KB260721

김대산 新무협 판타지 소설
FANTASTIC ORIENTAL HEROES

잡조행 雜組行

잡조행 7

김대산 新무협 판타지 소설

초판 1쇄 찍은 날 § 2009년 11월 4일
초판 1쇄 펴낸 날 § 2009년 11월 10일

지은이 § 김대산
펴낸이 § 서경석

편집장 § 문혜영
편집책임 § 정서진

펴낸곳 § 도서출판 청어람
등록번호 § 제1081-1-89호
등록일자 § 1999. 5. 31
어람번호 § 제2-1840호

주소 § 경기도 부천시 원미구 심곡2동 163-2 서경B/D 3F (우) 420-822
전화 § 032-656-4452 팩스 § 032-656-4453
http://www.chungeoram.com
E-mail § eoram99@chollian.net

ⓒ 김대산, 2009

ISBN 978-89-251-1982-3 04810
ISBN 978-89-251-1681-5 (세트)

잡초행

7

궁극(窮極)
[완결]

雜組行

김대산 新무협 판타지 소설

九十
회연(回緣)

1

신공의 경지가 십 성의 경지에 이르렀을 때부터 내력이 폭발적으로 증가했다. 동시에 때때로 까닭 없이 살기가 치솟는 기이한 현상이 수반되었다.

신공이 이윽고 십일 성의 경지에 진입하면서 내력의 수준은 거의 무한대로 확장이 되었다.

그러나 그는 희열을 느끼기보다는 차라리 절망했다.

신공의 진경이 높아질수록 살기 또한 더욱 치열해져서 마침내 스스로의 의지로 억제하기 어려울 정도가 된 데다, 더욱이 수시로 치솟곤 해서 언제라도 폭주할 수 있는 위험성을 보이고 있었기 때문이다.

그것은 분명 한계였다.

사실상 지금 그가 도달한 경지 자체가 이미 불가능의 영역이라고 해야 할 성취였으나, 이제야말로 정말로 인간으로서의 마지막 한계에 봉착하고야 만 것이다.

육신과 정신 모두의 한계였다. 그가 갈망하는 궁극의 경지는 곧 신의 영역이었기에, 인간으로서는 결코 넘을 수 없는 한계인 것이다.

그가 타고난 육신은 최상의 것이었고, 이미 금강불괴에 이른 지 오래되었으나, 그러나 결국 인간의 육신에 불과하였다. 만약 여기에서 한 발짝만 더 나아간다면 그의 육신은 그 엄청난 힘을 더 이상 포용하지 못하고 산산이 터져 나가고 말 것이다.

혹은 그의 정신이 먼저 그 치열한 살기의 폭주를 더 이상 감당하지 못하고서 마침내 인간으로서의 마지막 한 가닥 본성마저도 놓고 말 것이다.

또한 그것은 신공의 불완전성에서 기인한 저주였고, 그런 이상 그것이 아무리 공전절후의 위력을 지니고 있다고 하더라도 그것은 이미 신공이 아닌 마공일 수밖에 없었다.

그 악마공은 점점 더 빠르게 그를 괴물로, 악마로 만들어가고 있었기에 그는 더 이상 망설일 여유가 없었다.

그는 마침내 세상과의 인연을 끊었다.

전신의 대혈을 모조리 파괴하여 다시는 복구할 수 없도록 만들었고, 마지막으로 단전을 파괴하여 산공(散功)을 행하였다. 고금을 통틀어 가장 막강하리라는 소리를 듣던 내공이 산산이 흩어지는 과정에서의 고통은 참으로 지독하였다.

그리고도 부족하다 여겨 그는 스스로를 유폐하여 구중의 지하 석실에다 가두었다.

그러나 절망했다고 해서, 스스로를 유폐시켰다고 해서 열망마저 사라진 것은 아니었다. 그가 창안하였으며 일생을 바쳐 매진해 온 신공의 십이 성 경지에 대한 열망이었고, 그 궁극의 완성을 보고 싶은 갈망이었다. 아니, 그것은 욕망이고 집착이었다.

그에게 남은 시간이 줄어들수록 욕망과 집착은 오히려 거세어져만 갔고, 마침내 도저히 억제하지 못하게 되었을 때 그는 아들을 불렀다.

아들과, 또 그 아들의 아들에게도 신공을 버리라고 할 참이었다. 그럼으로써 신공의 존재 자체를 세상에서 아예 없애 버릴 작정이었다.

그러나 막상 자신의 몰골을 보고 놀라 통곡하고 절망하는 아들에게 자신의 전철을 그대로 밟으라고 하지는 못하였다.

아들은 아직 젊었다. 그리고 많은 것을 가지고 거느리는 정점에 올라 있었다. 더욱이 또 그 밑의 후손들에게까지 희생을 강요하는 일은 도저히 할 수가 없었다.

그래서 그는 아들에게 두 가지의 엄명을 내렸다.

"이후로 어느 누구도 신공을 십성에 이르도록 익힐 수 없다!"

사실 아들에게 그 엄명은 괜한 우려였다. 그의 아들은 신공의 구성에 이르러 이미 한계를 만났고, 그의 자질이 그 한계를 극복하지 못할 것이란 걸 그는 알고 있었으니까.

그럼에도 그가 엄명을 내린 것은 다른 한 사람 때문이었다. 바로 그의 손자, 그를 능가하는 불세출의 자질을 타고났기에 언젠가는 능히 자신이 이룬 성취를 능가하고야 말 그 아이 때문이었던 것이다.

또 하나의 엄명은, 언젠가 다시 왔을 때 자신이 더 이상 인간의 모습이 아니거든, 그때는 최후의 안배를 실행시키라는 것이었다. 최후의 안배란, 석실 지하에 매설된 만 근의 화약을 말함이었다.

세상과 완전히 격리된 구중의 지하 유폐지에서, 그 처절하고도 지독한 절대의 고독 속에서 그는 지켜보았다. 그의 내부에서 그를 인간으로 존재하게 했던 마지막 보루들이 서서히 무너져 가는 것을. 그리고 절망이자 갈망인 그것이 그 치열함을 넘어서서 이윽고는 차갑게 정제되어 가는 것을.

그는 차라리 담담하게 지켜보았다. 그의 정신이 마침내 완전한 욕망의 화신으로 변하는 것을. 최후의 객관적 관찰자이던 마지막 한 조각의 정신마저도 그 거센 욕망에 잠식당해 버리는 그 순간까지.

그리고 드디어 그는 그가 아니게 되었다. 그이되 완전히 새로운 그가 된 것이다.

새로운 그는 지금 기다리고 있다. 온 염원을 다하여, 한 가닥의 작은 불씨가 되살아나기를.

본래의 그가, 인간이었기에 차마 완전히는 끊지 못하고 마지막 연민으로 남겨놓은 지극히 작고 희미한 욕망의 불씨였다.

그러나 작은 불씨이되 그것은 욕망의 근원이었다. 그것을 좇는다는 것은 신의 섭리를 거역하는 의미였고, 곧 인간이기를 포기한다는 의미였다.

그렇게 되지 않기 위해 그는 세상으로부터 스스로를 유폐시켰으나, 이제 새로운 그는 절실하게, 온 염원을 다해 그것을 열망하고 있었다.

'정신과 능력을 옮기는 것이다. 경험과 깨달음을 고스란히 옮겨가 새로이 시작하는 것이다. 그럼으로써 나는 신공의 불완전성을 완전히 극복해 낼 수 있을 것이다.'

그는 새로운 육신을 꿈꾸고 있었다. 그리고 그 새로운 육신으로 하여금 그가 이미 이루었던 바 있는 신공의 십일성 경지를 단시간 내에 재현시킬 작정이었다. 그럼으로써 그 새로운 육신은 마침내 궁극의 완성을 보게 될 것이다.

그 새로운 육신은 그의 본래 육신에 비견되는, 아니, 더욱 뛰어난 최고, 최상의 완벽한 육신이어야만 했다. 그래서 백 년 세월을 단숨에 거슬러 불가능의 힘을 능히 몸 안에 수용할 수 있어야만 했다.

가히 완전무결이라고 할 그러한 육신이 실제로 존재하고 있다는 사실을 그는 이미 알고 있었다. 그랬기에 그가 끝내 욕망의 마지막 작은 불씨를 완전히는 끊지 못하였던 것이다.

그르르릉!

무거운 소리와 함께 두께 일 장에 달하는 석실의 문이 천천히 열리고 있었다.

그가 하얗게 웃었다.

2

부친의 패배에 뒤이은 죽음을 겪으며 염소천은 두려움과 분노 따위보다는 차라리 허탈감을 느꼈다. 그리고 조급해졌다.

그동안 그는 절치부심으로 무공을 연마했다. 그가 그처럼 각고의 수련을 한 것은 생애 처음이었다.

　그러나 그새 강산은 그가 상상하지 못했던 또 다른 경지에 가 있었고, 이제는 그가 감히 어떻게 해볼 수 없는 상대가 되고 말았다.

　방법이 없지는 않았다. 강산을 제거할 수 있는, 아니, 그냥 제거가 아니라 철저히 짓밟아 그가 당한 모멸과 비참함을 열 배, 백 배로 갚아 준 후에 다시 처참한 죽음을 선사할 확실한 방법이 말이다.

　바로 고금을 통틀어서 가장 위대한 무인으로 추앙받는 인물이자, 꿈의 무공인 칠절천마기의 창안자로서 이미 인간의 범주를 넘어선 초월자의 경지에 올라가 있는 초인. 바로 창천무종(蒼天武宗) 염천월(廉天月)이 그의 조부인 것이다.

　그러나 구중석실의 치밀한 기관장치들을 하나하나 해제하고 들어선 뒤 상면한 조부의 모습은 결코 그의 기억에 있는 모습이 아니었다.

　피골상접의 바짝 마른 몸으로 힘겹게 벽에 기대앉은 노인의 전신 피부에서는 누런 진물이 흘러내리고 있었고, 주름살 투성이인 얼굴은 초췌하기 짝이 없어서 마치 산송장과도 같은 모습이었다.

　누가 믿을 수 있으랴? 그가 바로 이 시대의 위대한 무인인 창천무종 염천월이라는 것을.

　그것이 어찌 고금제일인의 모습일 것이며, 염소천이 개인적으로도 우상으로 삼고 있던 존재의 모습일 수 있으랴?

염소천은 문득 참을 수 없는 분노를 느꼈다. 이곳까지 오는 동안 그의 마지막 힘이자 구원이었던 존재가 한순간 허상으로 전락하고 마는 충격에. 눈앞에 웅크리고 앉은 저 보잘것없는 늙은이를 한주먹에 쳐죽여 버리고 싶은 충동마저 치밀었다.

조부의 앞에 부친의 시신을 내려놓은 다음, 염소천은 뒤로 한 걸음을 물러서서 무릎을 꿇었다. 그리고 묵묵히 조부에게로 시선을 주었다.

조부 염천월은 아들의 주검을 눈앞에 두고도 별 감상이 없는 모양이었다. 진물 흐르는 두 눈으로 무심하게, 그런 중에 다시 찬찬히 아들의 주검을 살피고 있었다.

그런 조부의 안색에는 염소천이 기대하였던 슬픔이나 분노 따위는 조금도 없었다. 다만 진물 흐르는 두 눈 깊숙한 곳에서 비쳐 나오는 희미한 빛이 빠르게 부친의 시신을 훑고 있을 뿐이었다.

'만약 네 조부께서 나의 주검을 보고도 조금도 슬퍼하시지 않고 다만 살피는 것에 급급해하신다면… 너는 즉시 그곳을 물러나야만 한다. 그리고 그곳을… 영원히 폐쇄시켜라!'

부친의 유언이 귓가에 생생하였다. 그러나 염소천은 움직이지 않았다. 오히려 타는 듯이 조부를 쏘아보았다.

"그자가 네 아비에 비해 얼마나 더 강하더냐?"

염천월의 담담한 물음에 염소천 또한 차분하게 대답하였다.

“참으로 괴이한 자입니다. 두뇌는 그다지 영민하지 못하고, 신체적 자질 또한 외려 평범함에 미치지 못합니다. 그런데도 지독히 강합니다.”

염천월의 눈빛이 잠시 흔들렸다. 그러나 그는 이내 담담한 빛으로 돌아오며,

“너는 그에게 이미 두려움을 가지고 있는 것 같구나. 그가 지금 아무리 강하다고 하더라도 당세제일의 기재라는 네가 앞으로도 그를 능가하지 못할 것이라고 여기는 것이더냐?”

“그자가 무공을 이루어가는 속도는 결코 상식적이지 않습니다.”

문득 염천월의 눈빛이 차분히 가라앉았다.

“내게 무슨 방법이 있을 것 같으냐?”

“조부님께서는 고금에서 가장 위대한 무인으로 칭송받는 분이 아니십니까? 만약 방법이 없다면 그 칭송은 참으로 잘못된 것이라고 해야 할 것입니다. 저도 조부님만큼 강해지고 싶습니다. 아니, 조부님을 능가하고 싶습니다.”

“그를 능가하고 싶으냐?”

차라리 냉정한 반문에 염소천의 눈빛이 이글거리며 타올랐다.

“부숴 버리고 싶습니다, 무슨 수를 써서라도.”

“무슨 수를 써서라도?”

나직이 뇌까리며 염천월은 잔잔히 웃었다.

그 웃음을 보며 염소천은 부르르 몸을 떨었다. 이유를 알 수 없는 중에 문득 치밀어 오른 차가운 전율이었다.

조부의 말이 담담하게 이어지는 내내 염소천의 내부에서는 한 가닥 차갑고도 짜릿한 전율이 계속 흐르고 있었다. 그리고 마침내 조부에게서,

"그래서 너와 나, 우리 둘에게는 완벽한 육신 하나가 필요한 것이다."

하는 말이 나왔을 때에야 겨우 떨리는 목소리로 물을 수 있었다.

"누구입니까, 그 완벽한 육신의 소유자가?"

"그 아이다."

"그 아이라면?"

하다가 염소천은 다시금 부르르 전율하고 말았다.

"설마?"

그러나 염천월은 엷게 미소 지으며 말을 받았다.

"그렇다. 네가 생각하는 바로 그 아이다. 비록 태어날 때부터 갇혀 버린 정신으로 인해 버려지긴 했으나, 그 아이의 육신만큼은 천하제일기재라는 너를 오히려 한참이나 능가하여 가히 완전무결한 것이다. 만약 그 아이의 정신이 갇혀 있지 않았더라면… 그 아이와 너의 운명은 정반대로 바뀌었을 것이다."

"으음!"

“그 아이만이 완성된 칠절천마기를 온전히 담을 수 있는 천하 유일의 그릇이다.”

염소천은 갈등하지 않을 수 없었다. 조부 되는 이가 손자의 육신을 빼앗고자 하는 것이 아니던가? 천륜을 어기는 일이니, 곧 역천(逆天)이었다.

염천월은 가만히 손자와 시선을 맞추고 있었다. 손자의 짧은 갈등이 빠르게 희미해지고 있었다. 그리고 이내 맞춰오는 눈빛에서는 부정(否定)이나 거부의 의지가 없었다.

“어떻게 하면 되는 것입니까?”

그 질문에 염천월의 입가에 엷은 미소가 떠올랐다. 하얗게 부서지는 느낌이 나는 미소였다.

“너와 나는 죽고 그 아이만 살아남을 것이다. 그러나 너와 나의 죽음은 다만 육신의 죽음일 뿐이다.”

“한 몸에 세 사람이 공존하게 된다는 의미입니까?”

“그렇다.”

“왜, 왜 세 사람이어야 하는 것입니까? 할아버님과 그, 두 사람만으로도 가능하지 않습니까?”

“음! 너는 공존해야 된다는 데 대해 불만이 있는 것 같구나?”

“소손이 감히 어찌 그런 생각을…….”

“허허허! 아니다. 만약 나에게 선택의 여지가 있었다면 나 또한 당연히 가졌을 불만이다. 그러나 너는 불만을 가질 필요

가 없다. 셋이 공존하되, 그 주(主)는 어디까지나 네가 될 것
이니까. 아니, 네가 될 수밖에 없으니 말이다.”

“어인 말씀이신지……?”

“그 아이의 몸에서 칠절천마기의 완성을 보는 데는 세 가
지가 필요하다. 필요한 것의 첫 번째와 두 번째는 나의 혼백
과 너의 칠절천마기다.”

“으음!”

“너의 신공 화후가 이미 칠성에 달하였으니 그것을 그 아
이의 완벽한 육신으로 전이시킨다면, 나는 그것을 바탕으로
단시간 내에 이전에 내가 도달했던 십일성 초입의 경지로 끌
어올릴 수가 있을 것이다. 아울러 신공의 불완전한 부분을 찾
아 능히 극복할 것이며, 마침내는 궁극의 완성을 이루게 될
것이다.”

“하면 다만 저의 내공이 필요한 것입니까?”

손자의 물음에 강한 불신이 담긴 것을 보고 염천월은 천천
히 고개를 가로저었다.

“그렇지 않다. 알다시피 그 아이의 정신은 단단히 폐쇄되
어 있다. 그리하여 나의 혼백이 그 아이에게로 전이된 다음에
는 또한 그 폐쇄 속에 갇히고 말 것이니, 그리되면 나에게 신
공의 깨달음이 있다고 하더라도 그것이 아무 소용도 없게 되
지 않겠느냐?”

“아!”

  손자에게서 희미한 탄성이 뱉어지는 것을 보고 염천월의 입가에 고소가 번졌다.

  "그럼으로써 세 번째로 너의 혼백이 필요한 것이다. 오로지 너의 혼백만이 그 아이의 폐쇄된 정신 속에서 자유로울 수 있는 것이다. 그 아이는 곧 너의 분신이니 말이다. 네가 그 아이와 나의 혼백을 두루 포용하고 상호간 소통시킴으로써 너와 나는 각자가 바라는 바를 이루게 될 것이다. 나는 신공의 궁극 경지를 볼 수 있을 것이고, 너는 절대무적, 그야말로 인간의 경지를 벗어나 신의 경지에 도달하게 될 것이다."

  "아아!"

  염소천은 이윽고 긴 탄성을 흘려냈다. 비로소 조부의 생각에 공감할 수 있게 된 것이다.

  그러나 완전히 만족할 수는 없었다.

  조부의 말대로 그가 장차 인간의 경지를 벗어나는 절대무적의 위치에 우뚝 서게 된다면, 그때에도 그와 공존하는 존재를 용납할 수는 없는 일이었다.

  비록 한 몸에 존재할 수밖에 없다고 할지라도 그의 분신도, 그의 조부도 어디까지나 그의 아래에서 그를 경배하는 존재로 있어야만 하는 것이다.

九十一
동행(同行)

1

겨울이었다. 섣달도 벌써 중간이니 새해도 금방이리라.

올 겨울에는 유난히 눈이 흔했다.

어제 밤새 내린 눈으로 발목까지 빠지는 눈이 그대로인 관도를 사내 하나가 터벅터벅 걷고 있었다.

사내는 조금 큰 키에 호리호리한 몸매여서 전체적으로는 약하다는 인상이 드는 체형이었다. 그러나 묶지 않고 풀어헤친 머리가 얼굴을 반이나 가리고 있어서 무언지 모를 날카로움을 주는 데가 있었다.

발이 푹푹 빠지는 눈길에 짜증 섞인 소리 한마디쯤 뱉을 법도 한데, 사내는 묵묵히 걷고만 있는 중에 가끔씩은 우쭐거리는 몸짓으로 약간의 장난기마저 비치고 있었다.

휘이이이!

마침 한 자락의 삭풍(朔風)이 불며 눈가루를 공중으로 말아 올렸다. 그러나 사내는 오히려 시원하다는 듯이 머릿결을 쓸어 넘겼다.

그제야 사내의 얼굴이 잠깐 보였다.

웃는 얼굴이었다. 그런데 가만히 보자니 어딘지 모르게 어설픈(?) 데가 많은 얼굴이었다. 한쪽 눈썹이 다른 한쪽에 비해 짙은 색깔이고, 게다가 좀 비뚤기까지 하였다.

얼굴색은 전체적으로 검은 편인데, 그것 역시 코를 기준으로 반쪽은 짙고 반쪽은 옅어서 꼭 반면(半面)으로 그림자가 진 것 같았다.

사실 사내는 굳이 발목까지 빠지는 눈길을 터벅터벅 걸어가지 않고도 얼마든지 수월하게 원하는 곳까지 갈 수 있는 사람이었다. 그곳이 어디이든지 간에. 그는 천하에서 가장 빠른 사람이었으니, 잠깐 만에 아주 먼 거리를 이동해 갈 수도 있는 것이다.

그러나 그런 그도 천천히 즐기며 눈 위를 걸어가는 재주는 없었다. 그러자면 소위 경신(輕身)의 재주가 있어야겠는데, 그런 것에 대해서는 사내가 완전히 문외한인 탓이다. 그러니 그저 발목까지, 혹은 어느 산비탈 아래의 햇빛 안 들고 바람이 모이는 곳이라도 지날라 치면 무릎까지 푹푹 빠지며 가는 수밖에.

　물론 그래도 좋았다. 그는 자유를 꿈꾸는 사람이었고, 그 정도의 고역쯤은 자유의 한 갈래로 여기는 사람이었으니까.

　그는 바로 강산이었다.

　그가 강호로 나온 지도 벌써 일 년이 지나고 있었다.

　처음에는 이강을 찾아볼 생각이었지만, 꼭 그래야만 하는 이유가 딱히 있는 것은 아니었다.

　그래서 느긋하게 마음을 먹고 그저 발길 닿는 대로 다니다 보니 전에는 미처 알지 못했던 새로운 맛이 있었고, 또한 그것이 그가 누리고자 하던 자유의 맛과 비슷한 것 같기도 했다.

　그러나 그로서는 서른다섯 평생에 처음 해보는 짓이니 생각지 못한 난관이 없을 수는 없었다.

　이리저리 기웃거리며 다닌 지 얼마 되지 않아 봉착한 첫 번째 난관은 정말로 그가 미처 생각지도 못한 것이었다.

　그를 알아보는 사람을 만난 것이다. 그는 전혀 알지도 못하는 사람이었다.

　그는 단 한 번도 바란 바가 없건만, 이미 천하에서 가장 유명한 사람 중의 하나가 되어 있었던 것이다. 당금 천하에서 가장 강한 사람, 천하제일인이 바로 그였다.

　그럼으로써 그는 더 이상 자유로울 자유가 없는 사람이 되어 있었던 것이다.

　"제기랄! 그때 자세히 좀 배워놓는 것인데……!"
　그때 강산이 가장 아쉬워졌던 것은 바로 하오문의 변장 수법이었다.
　그가 하오문의 일을 돕고 있을 당시에 한동안은 역용을 하고 다닌 경험이 있었으니 무엇이 필요한지에 대해서는 대강이라도 보고 들은 바가 있었다.
　물론 그때야 다 하오문의 전문가들이 해준 것이고, 그 또한 귀찮고 번거로워서 대충만 보고 들은 것이니, 그것이 소용되는 재료가 문제가 아니라 얼마나 꼼꼼한 감각과 정교한 손재주가 필요한지에 대해서까지는 제대로 알지 못하였다.
　어쨌든 강산이 답답한 마음에 시전에 나가 눈에 띄는 대로 염료들과 이것저것 비슷하다 싶은 것들을 샀다.
　물론 수염이나 가피(假皮)와 같은 특수한 재료들은 엄두도 내지 못하였다.
　사실 그런 특별한 재료들을 시전에서 딱 입맛에 맞추어놓고 팔 리는 만무하였으니, 이런저런 기초 재료들을 구해서 다시 배합하고 혼용하여야 하는 것이었다.
　어쨌든 우여곡절 끝에 해놓고 보니 참으로 어설픈 역용이었다.

정교함이나나 꼼꼼함과는 거리가 멀어도 한참이나 멀었
다. 염료들을 대충 짐작으로 찍어 발라놓았으니 얼굴은 전체
적으로 꺼무죽죽한데다, 또 부분별로는 푸르죽죽한 곳도 있
고 벌겋고 누른 곳도 있었다.

마치 지난밤 술김에 오지게 얻어터진 파락호의 면상 같기
도 하였고, 모진 열병에 시달린 끝에 울긋불긋해진 형상 같기
도 하였다.

게다가 하오문의 수법은 한번 역용하면 특수 용제로 씻지
않는 한 세안 등의 일상생활을 그대로 다 하면서도 열흘은 거
뜬하게 유지가 되었는데, 이건 가볍게 물만 튀겨도 색이 번지
니 안 그래도 괴상한 형상을 아주 미친놈이나 귀신의 망측한
형상으로 되고 마는 것이었다.

그러나 그럴 때마다 도로 씻어내고 새로 하기란 귀찮고 성
가시기 짝이 없는 일이라, 강산이 궁여지책으로 뒤로 묶었던
머리를 풀어버리자 얼굴이 반이나 가려졌고, 그제야 남세스
러움을 무릅쓰고 나다닐 만해졌다.

강산의 지금 모습 하나만도 결코 간단치 않은 과정을 거쳐
서 만들어진 것이니, 지난 일 년여 간의 그의 독자 강호 행보
가 아무 대가 없이 그저 공짜로 자유를 만끽하는 여정은 아니
었음을 쉬이 짐작해 볼 수 있을 일이었다.

2

해거름 무렵이다.

작은 읍성에 들어서서 강산은 잠시 걸음을 멈추고, 한눈에 들어오는 읍성의 전경을 느긋하게 살폈다.

해를 등에 지고 선 가옥들의 모습이 은근히 눈부셨다. 그 눈부심 속 저쪽에서 마침 나란히 걸어오는 두 사람이 있기에 강산은 눈매를 더욱 가늘게 좁혔다.

노인과 어린 소녀. 아마도 조손간이리라.

육십대의 노인은 언뜻 생각에도 단아하다는 느낌이 드는 풍모였다. 먼 곳에 시선을 둔 채로 점잖게 걷는 걸음걸이인데, 평상시의 표정이 늘 그런 듯이 입가와 눈가에 담담히 떠올려 놓은 미소가 그런 느낌을 주는 것 같았다.

노인의 곁을 따르는 소녀는 열 살가량 되어 보였는데, 안쓰러울 정도로 가녀린 체구였으나 얼굴만은 참으로 깜찍하면서도 총기가 가득해 보였다.

약간의 안타까움에다 절로 귀엽다는 생각이 들기에 강산이 잠시 보고 섰는데, 마침 그를 보는 소녀와 눈길이 마주쳤다. 순간 강산에게 떠오르는 느낌은,

'맑다!'

는 것이었다. 참으로 깨끗하였다. 순수라는 말이 형상화된다면 바로 저렇지 않을까 싶을 정도로.

강산은 문득 빙그레 웃고 말았다. 그도 모르게 떠올린 미소

였다. 소녀가 그를 보고 문득 웃었기 때문인데, 해맑은 중에
도 호기심이 녹아 있는 소녀의 웃음은 너무도 인상적이어서
그로 하여금 따라서 웃지 않을 수 없도록 만들었다.

강산과의 거리가 스무 걸음쯤이나 남았을 때 노인과 소녀
는 문득 왼쪽 길로 방향을 꺾어 들었다. 몇 걸음 걸어가던 소
녀가 힐끗 고개를 돌려 강산을 보더니 이내 노인을 놓칠세라
총총히 걸어갔다.

강산은 어깨를 가볍게 한 번 으쓱했다. 그리고 그 자리에
선 채로 잠시 더 해거름의 눈부심을 즐겼다. 그리고 느긋한
걸음걸이로 조금 전 노인과 소녀가 꺾어 들어간 길로 들어섰
다.

3

강산은 요즘 시전 구경하는 것에 잔뜩 맛을 들이고 있는 터
였다. 어디를 가든 시전이 열리는 곳만큼은 빼먹지 않고 꼭
구경을 했다.

천하의 명소, 명승 구경이 제아무리 좋다 해도 일 년여를
떠돌다 보니 이제는 북적거리는 사람들 사이에서 함께 부대
끼고 이런저런 자질구레한 구경을 하는 소소한 재미만큼 쏠
쏠한 것도 없는 것 같았다.

"자! 떨이요, 떨이! 한 개에 십 전 하던 물건이 세 개에 십

전이요! 거저요, 거저! 자! 먼저 잡는 사람이 임자요, 임자!"

파시를 앞둔 탓인지 호객하며 외치는 장사치들의 목소리가 사뭇 높았다. 덩달아서 시전 거리를 오가는 사람들의 발길 또한 괜스레 빨라지는 것 같았다.

강산은 이곳저곳을 가볍게 기웃거리며, 또 스쳐 지나는 사람들의 옷차림이며 얼굴도 구경해 가면서 적당한 팔자걸음으로 어슬렁거리며 걷고 있었다.

그러던 어느 순간 강산은 눈빛에 반짝 이채를 떠올렸다.

저쪽 맞은편에서 누군가 걸어오고 있었다. 걸어온다기보다 그는 아주 시전을 쭉 훑어오고 있는 중이었다.

아주 귀신같은 손놀림에 바람 같은 발놀림이었다. 그자는 지나치는 행인들의 주머니 속 물건이 모두 다 자신의 것인 양 수월하게 꺼내어서 살펴보고, 또다시 집어넣고 일부는 자신의 품속으로 옮겨 넣고 있는 것이었다.

'어허!'

강산이 내심 탄식을 뱉지 않을 수 없는 것은 그자가 바로 좀 전에 보았던 인물이기 때문이었다.

단아한 기품에 고매한 인품과 학식이 흘러넘칠 것 같던 노인. 해맑은 눈빛이 참으로 인상적이었던 소녀와 함께 있던 바로 그 노인이었다.

소매치기 노인은 반대쪽에서 거슬러 오며 이내 강산에게까지 가까워졌다.

두 사람이 막 스쳐 지날 즈음 노인의 손이 자연스럽게 강산의 품속을 더듬으려는데, 강산은 돌연 돌 뿌리에라도 걸린 듯이 크게 몸을 휘청하였다.

그 순간 노인의 신형이 번뜩 움직이는가 싶었는데, 어느 틈엔지 좌측으로 일 장여를 비켜서서 걸어가고 있었다. 참으로 놀라운 민첩성이요, 경쾌한 보법이었다.

노인이 힐끗 강산을 돌아보았다.

그러나 그 시선은 다만 강산의 발걸음을 살피는 듯이 아래쪽으로만 머물렀을 뿐이고, 이내 물 흐르듯이 그대로 앞쪽으로 지나쳐 갔다.

"허!"

강산은 경탄과 탄식을 동시에 뱉어냈다. 노인의 손이 다시 바삐 움직이고 있는 것을 보았기 때문이다.

참으로 귀신이 곡할 정도의 솜씨였다.

그러나 강산은 이내 고개를 갸웃했다. 노인의 호흡이 상당히 거칠어져 있었기 때문이다.

그러고 보니 가히 일품이라고 할 만한 경공의 재주와 소매치기 솜씨에 비해 느껴지는 기의 감은 상당히 약했다.

그것은 곧 그의 내공이 일천하다는 의미이리라.

어쨌든 참으로 대담한 소매치기였다.

언제라도 쫓길 것을 대비해 인상착의를 최대한 평범하게 하여 되도록 사람들의 눈에 띄지 않도록 하는 것이 정상일 텐

데, 오히려 보란 듯이 뚜렷이 드러내 놓고서 하는 소매치기라
니? 그만큼 자신이 있다는 것일까?

그러다 강산은 피식 실소하며 중얼거렸다.

"훗! 참으로 쓸데없는 걱정이다. 내 갈 길도 제대로 못 찾
고 있는 주제에……."

강산은 관심을 거두었다. 소매치기도 시전을 구성하고 있
는 요소의 하나라고 생각하면 그만일 뿐이었다.

4

객잔으로 들어서는 강산을 흘깃 보더니 점소이는 잠깐 갈
등하는 눈치였다. 역시 풀어 내린 머리로 반이나 가린 얼굴
탓일 터였다. 물론 가려지지 않은 나머지 반쪽 얼굴의 기괴함
덕도 제법 보는 것일 테고.

이 순간 점소이는 열심히 계산하고 있으리라.

'쫓아내도 좋을 잡인인가, 아니면 건드리지 말아야 할 위
험인물인가?

늦지 않게 강산이 슬쩍 인상을 그어주었더니 점소이는 대
번에 움찔하는 눈치였다. 그러더니 곧바로,

"어서 옵쇼!"

하고 굽실 허리를 접었다.

강산은 점소이의 각듯한 안내를 받아 하나의 탁자를 차지

하고 앉으며 주문을 했다.

"야채만두 한 접시, 수육 한 접시, 그리고 분주(汾酒) 큰 걸로 한 병!"

점소이가 한 번 더 확인을 했다.

"분주요? 큰 병으로요?"

"음!"

"손님이 더 오실 모양이죠?"

"아니!"

끄덕이고 가로젓는 강산의 고갯짓이 자못 익숙하였다. 사실 그동안 주루에 들를 기회가 있을 때마다 거의 매번 듣는 질문이었다.

분주라면 꽤나 고급에 속하는 술인데, 웬만한 주당이 아니고는 두세 잔이면 나가떨어질 만큼의 독주(毒酒)였다. 그러니 혼자 와서 작은 병도 아닌 큰 병을 주문하니 혹시 더 올 일행이 있느냐고 묻는 것이다.

그러나 강산은 늘 분주 큰 것 한 병을 비우곤 했다. 그때 항주 잔설주루(殘雪酒樓)에서 그의 운명을 바꾸어놓았던 그 노인과의 만남을 잔잔히 추억하며.

강산이 술과 음식이 나오기를 기다리고 있는데 문득 옆얼굴이 간질거렸다. 슬쩍 눈을 돌려보니 시선 하나가 그를 바라보고 있는 중이었다.

어린 소년인데, 이제 겨우 열 살이나 될까 보이니 아무래도 주루에 혼자 앉아 있기에는 너무 이른 나이였다. 아마도 어른과 함께 왔다가 어른이 잠시 볼일을 보러 나간 것이리라.

강산은 문득 빙그레 웃고 말았다.

처음 보는 얼굴인데, 아는 사람인 까닭이었다. 다만 그가 처음 알았던 당시에는 소년이 아닌 소녀였지만.

감쪽같이 다른 얼굴이었다. 그러나 강산의 기감은 소년이 해거름 무렵의 바로 그 소녀였음을 분명하게 말해주고 있었다.

강산이 한 번 만난 상대에 대해 직접 접촉하지 않고도 어느 정도의 거리 영역 안이라면 다시 알아볼 수 있게 된 지는 이미 오래였고, 지금도 그 거리 영역의 범위는 계속 커지고 있는 중이었다. 굳이 따져 보지 않기로 했지만, 구관통의 교류능이 극대화되고 있는 결과이리라.

어쨌든 소년, 혹은 소녀의 변용은 참으로 놀라웠다. 비록 그런 쪽으로 강산의 안목이 그리 대단하다고는 할 수 없겠지만, 어쨌거나 눈으로는 도저히 조금의 허점이나 어색한 점을 찾아볼 수가 없으니 말이다.

강산의 미소를 보았는지 소년의 눈빛에 반짝하고 이채가 스쳐 지나갔다. 그러나 소년은 이내 더욱 빤히 시선을 마주쳐 오는 것이었다.

강산이 굳이 아는 척을 할 생각도 없었거니와, 마침 주문하였던 술과 음식이 나왔기에 시선을 거두고 짐짓 모르는 체 술잔을 채웠다.

그리고 그 맑은 액체의 질감을 잠시 감상하고 나서 다시 은은한 주향(酒香)을 음미하며 목구멍으로 탁 털어 넣었다. 그리고 목을 주르르 훑고 내려가는 화끈한 느낌에,

"캬아!"

하는 소리를 절로 냈다.

쪼르륵!

다시 잔을 채우다가 강산은 흘깃 고개를 돌렸다. 그리고 가볍게 고개를 갸웃했다. 소년이 여전히 그를 보고 있었던 것이다.

그 정도쯤이야 가볍게 무시하고 다시 분주의 화끈함과 그 속의 추억을 즐길 수도 있었지만, 강산은 그러지를 못했다.

소년의 눈빛에 담긴 뜻밖의 갈망을 읽어냈기 때문이다. 소년은 소리까지 냈다.

"쩝!"

입맛 다시는 소리였다.

'술?

내심으로 반문해 놓고도 강산은 막상 쉽게 믿기가 어려웠다. 소녀인지 소년인지는 확실치 않았지만, 어쨌든 겨우 열 살 내외라는 나이만큼은 확실해 보이는데 도무지 이해할 수 있는 갈망이 아닌 것이다. 그러나 그는 다시금,

"허!"

하고 절로 탄식을 내쉬었다.

소년의 눈빛이며 표정이 꼭 그랬다. 술 고픈 기색.

강산이 슬쩍 잔을 들어 보이자, 소년은 반갑다는 듯이 생긋 마주 웃는 것이었다. 그리고는 보란 듯이 자신 옆에 있던 술병을 들어 거꾸로 세워 보였다. 병에서는 한 방울의 술도 떨어지지 않았다. 그런 소년에게서는 황당한 중에도 모른 체하기는 어려운 참으로 묘한 귀여움이 있었다.

싱긋 혼자 웃음을 웃고 나서 강산은 자리에서 일어섰다. 그리고 술병을 들고는 성큼성큼 소년의 탁자로 다가갔다.

소년은 대뜸 술잔부터 내밀었다. 따르라는 뜻이리라.

강산이 맞은편 자리로 앉으며,

'그래, 어디 한 번!'

하는 기분으로 잔에 가득하도록 술을 따르자 소년은 쭉! 하는 소리가 나도록 급하게 잔을 비워 버렸다. 그런데 그 독한 분주를 단숨에 털어 넣고도 인상 하나 찡그리지 않았고, 잠시간 지그시 두 눈을 감고 있는 모양새가 마치 술맛을 깊이 음미하는 시늉이어서 강산이,

'허허!'

하고 실소가 절로 솟아 나오는 중에 눈앞의 소년을 다시금 살펴보자니 새삼 신기하였다. 아무리 봐도 역용의 흔적이라곤 없었다.

강산이 신기하기도 하고 귀엽기도 하여서 한참을 빤히 쳐다보고 있으려니, 소년이 문득 눈빛을 반짝이며 물었다.

"혹시 절 아세요?"

강산이 하마터면 생각 없이 고개를 끄덕일 뻔했다. 아니, 이미 약간은 끄덕이고 말았으되, 문득 소년의 눈빛 속으로 스쳐 지나가는 약간의 장난기를 눈치채고서 뒤늦게 대답만은,

"아니!"

하고 하였다. 그런 강산의 모습이 웃겼는지 소년이 잠시 예쁜 입꼬리를 가볍게 비틀더니 이내 피식 웃으며 물었다.

"홋! 그런데 아저씨 얼굴은 왜 그러세요?"

"응?"

"혹시 변장하신 거예요?"

"……!"

"그러시다면 차라리 지우세요. 지금 그 모습이 오히려 눈에 더 뜨이는 걸요!"

강산이 대답이 궁하기도 하여 소년의 빈 잔을 다시 채워주는데, 소년은 마다 않고 넙죽 받아 마셨다.

"허!"

강산이 탄식 한번 내뱉고 다시 따르자, 소년은 또 넙죽 비우고, 강산이 이윽고는 제 마실 생각조차 잊고 소년의 잔 채우기에 바빠졌다.

점잖게 회의 장삼을 차려입은 노인 하나가 객잔으로 들어
왔을 때는 강산의 아까운 분주 한 병이 거의 다 비어갈 즈음
이었다.

소년이 강산과 함께 있는 것을 보고 노인은 흠칫 놀라는 기
색이었다. 강산 역시도 대번에 알아보았다. 역시나 감쪽같이
새로운 얼굴로 변해 있었지만, 노인이 바로 그 소매치기 노인
이란 것을.

그러나 노인은 강산을 알아보는 것 같지 않았다. 다만 소년
에게 웬 낯선 사내가 접근해 있는 것에 대한 경계의 빛만 보
였다.

그런데 노인의 오른쪽 어깨는 조금 두툼해 보였다. 마치 안
에 천을 여러 겹으로 덧댄 듯이.

강산이 언뜻 노인의 기를 살펴보니 안정되지 못하고 불규
칙하였다. 내상을 입은 것이 분명하였고, 어깨에 상처까지 입
은 것이리라.

노인은 불안한 기색으로 설핏 객잔 내부를 일별하고는, 다
시 소년과 빠르게 눈짓을 교환했다.

그리고 그것만으로도 대강의 상황을 짐작하였는지 흘깃
강산을 살펴보고, 또 탁자 위에 놓인 분주 한 병을 보고 나서
천천히 소년에게로 다가와 옆자리에 앉으며 강산에게 말을
건넸다.

"내 손자는 숫기가 없어 모르는 사람과는 말을 잘 나누지

않는데, 젊은이하고는 쉽게 말을 트는 것을 보니 자네는 필히 좋은 사람임에 분명하네.”

초면에 대뜸 내뱉는 노인의 하대에 강산이 언뜻 당황스러운 심정인데, 노인은 빙그레 사람 좋은 웃음으로 말을 이었다.

“이것도 인연인 듯하니 우리 통성명이나 하세. 노부는 은중문(殷仲文)이라고 하고, 이 아이는 손자인 초(草)일세. 자네의 이름은 어떻게 되나?”

역시 갑작스러운 말이었으나, 묘하게도 거부감을 주지 않는 노인의 매끄러운 말솜씨에 강산이 끌려들듯이,

“저는 강(江)…….”

하고 말을 흐리다가 다시 이어,

“파(波)라고 합니다.”

하고 말하고는 스스로 겸연쩍어 엷은 실소를 떠올리고 말았다. 이름을 지어 말해야겠다는 생각이 설핏 들기에 얼떨결에 가져다 붙인 것이 윤파의 이름 자였기 때문이다.

“제 술 한잔 받으십시오!”

얼른 술병을 드는 강산에게서 무안을 면하고자 하는 기색이 없지 않았던 까닭에 은중문은 눈앞의 사내가 머리 굴리는 일에는 그다지 능한 인물이 아니란 것을 충분히 알아보고도 남음이 있었다.

은중문이 빙그레 웃으며 술잔을 드는데 술병을 기울이던

강산이,

"이런!"

하며 당황한 체 너스레를 떨었다. 술병에서는,

쪼르륵!

하고 겨우 한줄기가 쏟아지고는 술이 끊어지고 만 것이다.
강산이 짐짓 큰소리로,

"여보게!"

하고 소리쳐 점소이를 불러서는,

"여기 분 주 한 병……."

하고 주문을 하려다 흘깃 소년 은초를 돌아보더니,

"아니, 두 병 가져다주게! 큰 걸로! 그리고 한 병은 가져갈
지도 모르니 마개를 단단히 닫아주고!"

하고 고쳐서 주문을 냈다. 그 모습에 은중문이 빙그레 웃었
고, 은초도 환하게 미소 지었다.

은중문은 강산이 따른 술을 음미하듯이 아주 천천히 마셨
다. 그 옆에서 은초는 아예 한 병을 제 앞으로 당겨놓고는 홀
짝홀짝 연신 자작을 하고 있는 중이었다. 그 모습이 독한 분
주를 마신다고는 도저히 상상하기 어려웠고, 마치 감주라도
마시고 있는 듯하였다.

'쟤가 도대체 언제쯤이나 취할까?'

강산이 쓸데없는 호기심으로 소년에게 눈길을 주고 있는

데 은중문이 문득,

"쫓기는 처지인가?"

하고 물었다. 기왕에 은초와 주고받은 말이 있기도 해서 강산이 대충 둘러대었다.

"예! 불가피하게 맺고 만 원한이 있어서……."

순간 은중문의 눈이 반짝하고 빛났다.

"호? 자네의 기색을 보아하니 보통의 원한은 아닌 것 같고, 필시 목숨으로 풀어야만 하는 중한 원한이겠구먼?"

얘기의 방향이 조금 엉뚱한 쪽으로 나간다 싶었지만 기왕에 내디딘 걸음이라 강산이 이번에도 대충 고개를 끄덕이고 말았다. 그러자 은중문은 몹시 안타깝다는 듯한 표정을 지었다.

"허허! 그러나 노부가 보기에 자네는 굳이 힘들게 도망 다닐 필요가 없겠는걸?"

강산이 반문하지 않을 수 없어 짧게 받아주었다.

"예?"

"저런! 전혀 모르고 있었나, 자네 몸에 중병이 있음을?"

순간 강산은 퍼뜩 감을 채고도 남음이 있었다. 은중문이 그에게 수작을 걸고 있다는 것에 대해.

강산이 내심 피식 실소가 생겨났으나, 한편으로 익숙하고 친숙한 느낌이 들기도 하는 것이었다. 이런 상황이 그에게는 실로 처음이 아니어서, 그가 때때로 분주를 즐기게 된 것도 예전에 겪었던 비슷한 상황 때문이라고 할 수 있는 것이다.

즉흥적으로 강산의 얼굴에 제법 그럴듯한 경악과 다급함이 떠올랐다.

"아아! 어쩐지 가끔씩……."

"옳거니! 가끔씩 어디가 어떻던가?"

반색인지 안타까움인지 모를 반응을 보이며 은중문이 바싹 탁자 앞으로 붙어 앉았다.

"제가 평소 병치레 같은 건 거의 하지 않는 편인데, 요 근래에 들어서는 갑작스럽게 식은땀이 나며 어지러워 쓰러질 뻔한 적이 두어 번이나 있었습니다."

은중문이 가볍게 무릎을 쳤다.

"바로 그걸세. 그런 증상이야말로 자네 몸에 오랜 기간 잠복해 있던 병이 마침내 깊어지고 말았다는 징조일세."

강산이 또한 장단을 맞추었다.

"아아! 어찌하면 좋겠습니까?"

은중문이 진중한 빛으로 말했다.

"그야말로 저승사자가 앞뒤 양쪽으로 한꺼번에 닥쳐온 격일세. 흠! 노부가 보건대 자네가 선택할 수 있는 길은 두 가지뿐일세. 그야말로 살고 죽는 생사의 양대 기로인 셈이지."

"양대 기로라 하시면……?"

"우선 사로(死路)부터 말하자면, 말 그대로 죽음의 길일세. 다만 기왕에 죽을 것을 알았으니 이제부터라도 조바심칠 것

없이 사는 동안이나마 그냥 마음 편하게 지내라는 걸세!"

강산이 곧바로 크게 도리질을 치며 목소리를 높였다.

"아니, 그게 도대체 무슨 억하심정의 말씀이십니까? 개똥밭에 굴러도 이승이 좋다는데 하루라도 더 살고 봐야지 어떻게 새파랗게 젊은 목숨을 지레 포기하라는 겁니까?"

은중문이 또한 크게 고개를 끄덕이며 받았다.

"그렇지! 이처럼 절망적인 처지에서도 끝까지 포기하지 않으려는 자네의 생각이 참으로 가상하네! 암, 그래야지. 무릇 젊은이라면 어떤 고난에도 결코 굴하지 않는 불굴의 의지를 의당히 가져야만 하는 것이지!"

"생로(生路)는 무엇입니까?"

"생로라 함은 우선 노부가 자네에게 역용술을 시술함으로써 급한 대로 원수의 추격부터 따돌리는 것일세."

"역용술이라 하시면… 변장을 말씀하시는 것인지……?"

"아닐세! 변장과는 하늘과 땅의 차이가 나는 심오한 술법일세."

"아!"

"노부가 장담하건대, 만약 자네가 노부에게 역용술을 시술받는다면 천하의 그 누구도, 바로 자네의 코앞에서도 자네를 알아보지 못할 걸세!"

"아아!"

감탄을 연발하는 강산을 잠시 지켜보다가 은중문은 문득

슬쩍 표정을 흐리며 다시 말을 이었다.

"그런데 그렇게 해서 원수의 추격을 피하면 무얼 하겠나? 자네는 중병으로 인해 언제 죽을지 모르는 처지인 것을."

"음!"

대번에 무거운 침음성을 흘리고 마는 강산에 대해 은중문은 마치 손 안의 줄 인형을 놀리는 것처럼 능란하게 다루었다.

"허허허! 그러나 낙담할 것 없네! 노부가 어찌 비책도 없이 생로라 하였겠는가?"

강산이 바짝 몸이 단 듯이 머리를 은중문 쪽으로 바싹 기울이며 채근하여 물었다.

"무엇입니까, 그 비책이?"

"노부에게 자네의 병을 치료할 묘법이 있음일세!"

"아아!"

급기야 크게 감격하고 마는 강산을 가만히 지켜보고 있다가 은중문이 다시 말을 이었다.

"그런데 거기에는 몇 가지의 사소한 문제들이 있네."

강산이 조급증이 나는 듯이 곧바로 물었다.

"무슨 문제들입니까?"

은중문이 조금은 애매한 표정을 만들며 대답했다.

"우선은 자네의 병을 치료하자면 노부가 심오한 내가(內家)의 수법으로 손상된 자네의 기혈을 복원시켜야만 하는데,

이제 자세히 진맥을 해 보아야 하겠지만, 이미 시진(視診)해
본 결과만으로도 자네의 기혈이 손상된 정도가 참으로 심상
치 않아서 그 치료가 단기간에 이루어질 것이라곤 기대하기
어렵네."

"아!"

"게다가 노부가 자네에게 시술할 역용술은 그 지속 기간이
십이 시진으로 한정이 되는 것이기에 하루에 한 번씩은 시술
을 다시 해야만 하네."

거기까지 말한 은중문은 강산의 반응을 기다린다는 듯이
입을 닫았다. 과연 강산은 금방 스스로 해결책(?)을 제시했
다.

"하면 병이 치료될 때까지 제가 노야와 함께 지내면 될 일
이 아니겠습니까?"

은중문이 얼른 맞장구를 쳤다.

"그렇지! 자네의 사정만 허락한다면 그게 가장 좋은 방법
이지!"

그리고 은중문은 금세 다시 신중한 표정으로 되었다.

"한데 그렇게 하는 데에는 다시 작은 문제가 하나 있네."

"무엇입니까?"

"사실 노부가 자네에게 내가 수법을 베푸는 데에는 상당한
내공을 소모해야 하는 것이지만, 자네같이 심성 바른 젊은이
에게 그런 수고쯤이야 기꺼이 감당할 용의가 있네. 그러나 하

루에 한 번씩 역용술을 시술하는 문제는 좀 사정이 다르네. 시술하는 데 드는 수고야 또한 당연히 감수할 것이지만 문제는 시술에 필요한 재료들일세. 그것들이 워낙 귀한 물건이 되다 보니 그 구입 비용이 실로 만만치 않아서 노부의 빈한한 사정으로는……."

은중문이 아껴놓았던 속내를 비로소 비추는 것일진대, 기대했던 대로 강산은 곧바로 고개를 끄덕이며 끌려들었다.

"아아! 그렇군요. 참으로 고마운 말씀이십니다. 제가 비록 가진 게 풍족하진 않지만, 제가 가진 모든 것을 다 내놓겠으니 노야께선 부디 제게 선의를 베풀어주십시오."

그에 은중문이 기껍게 웃으며 한층 노골적으로 물었다.

"허허허! 이해해 주니 노부도 마음이 가볍네. 그런데 자네는 얼마나 가지고 있나?"

강산이 급하게 품속을 뒤져 삼십 냥 정도의 은자를 꺼내 보이며,

"이게 제가 가진 은자의 전부입니다."

하는데 은중문은 실망스러운 기색을 감추지 못하였다.

강산이 가진 은자라곤 실제로 그것이 전부였다. 애초에 상단을 나설 때 많은 은자를 가지고 나온 것도 아닌데다, 그나마 지금 꺼낸 삼십 냥도 그가 지난 일 년 동안 사정이 닿는 대로 이런저런 일을 해서 모으고 또 가끔씩 분주를 즐기는 단 한 가지의 사치 이외에는 그야말로 아끼고 또 아껴서 모은 은

자인 것이다.

　은중문이 강산의 기색을 보아하니 정말로 더 이상의 은자는 없는 눈치여서, 곧 은근한 목소리로 말했다.

　"그럼… 이렇게 하면 어떻겠나?"

　"예?"

　"사실 삼십 냥 정도로는 자네에게 들어갈 비용에 턱없이 부족하네만, 자네의 처지가 그처럼 안타까운데 노부가 어찌 외면할 수가 있겠는가? 그래서 하는 말인데…….."

　은중문이 문득 말끝을 흐리더니,

　"휴우~!"

　하고 가늘게 한숨을 내쉬고는 다시 멀뚱하니 두 사람을 바라보고 있는 은초를 슬쩍 돌아보고 나서 말을 이었다.

　"내 손자 아이는 몸이 많이 유약한 편이라 늘 곁에서 보살펴 주는 손길이 필요한데, 노부가 근래에 뜻하지 않은 사고로 몸을 좀 다치고 말았네. 그래서 마침 도와줄 사람 하나를 구하려던 참인데, 기왕에 얘기가 이렇게까지 나왔으니 자네가 그 일을 좀 해주면 어떻겠나?"

　은중문이 기대하기를 강산이 감지덕지하여 무조건 고개를 조아릴 줄 알았다.

　그런데 웬일인지 강산은 힐끗 은초 쪽으로 시선을 주더니,

　"제가 할 일이란 게……?"

　하고 짐짓 신중한 체 묻는 것이었다. 그에 은중문이 부드럽

게 웃으며 말했다.

"허허허! 그리 힘들거나 어려울 것은 없네. 주로는 노부가 잠깐씩 일을 하는 동안에 저 아이가 힘들거나 곤란한 지경에 처하지 않도록 돌봐주면 되는 일일세. 뭐, 때로는 노부의 간단한 심부름도 좀 해주면 좋겠고."

듣자 하니 공짜로 일꾼 하나를 두겠다는 수작이었으나, 강산은 선뜻 고개를 끄덕였다.

그것을 보고 은중문의 눈가로 엷게 미소가 번졌다. 그로서는 내상과 어깨의 상처를 치료할 때까지만이라도 정말로 은초를 돌봐줄 사람이 필요했던 터다.

그런데 지금까지도 이런저런 필요로 사람을 써본 적이 있었지만 제대로 된 사람을 못 만났던 탓인지 삼 일을 넘긴 자가 없었다.

사람이 너무 똑똑하면 금방 꾀를 부리려 하였고, 또 너무 미련하면 일하는 것이 영 마땅찮고 답답하였다.

그런데 강산을 보니 일단은 적당히 똑똑하고 또한 적당히 우둔하여 한동안 곁에다 두고 이런저런 사소한 일들을 부려먹기에는 아주 적당할 것 같았다.

은중문이 흡족하여 말했다.

"자네가 그리만 해준다면, 노부는 삼십 냥의 은자 외에는 단 한 푼의 은자도 더 받지 않겠네."

강산 또한 좋은 기색을 감추지 않았다.

"감사합니다, 노야!"
"허허허! 서로 돕고 사는 것이 사람 사이의 인정 아니겠
나?"

5

'지난 일 년간 나는 과연 자유로웠는가?'

강산이 그동안의 내키는 대로 그저 정처 없이 떠돌아다니
던 여정을 접고 은중문 조손을 따라붙어 볼 생각을 갑작스럽
게 하게 된 출발점은 바로 이 화두 때문이었다.

지난 일 년간 그는 많은 곳을 가보았다. 이름난 명승지와
유서 깊은 고적지, 그리고 나중에는 각지의 크고 작은 시전
바닥까지를 두루 섭렵하였다.

자유! 그것에 대해 굳이 정의를 내리자면,

'마음이 끌리면 끌리는 대로! 미리 계획하지 않고, 내가 이
미 가진 잣대나 기준으로 미리 재보지 않고 그저 그때그때 마
음이 내키는 대로!'

그게 그가 생각한 '자유'였다.

그러나 문득 생각해 보니, 그는 단지 열심히 다녔을 뿐이
다.

그는 세상과 늘 일정한 거리를 유지했다. 아주 멀지 않게,
그러나 아주 가깝지도 않게.

그 무엇과도 관계 맺지 않고 그저 관찰자로서만, 방관자로서만, 제삼자로서만 스쳐 흘러왔다.

그럼으로써 결국 사람들을 피한 셈이었다. 세상을 피한 셈이었다. 사람들과 세상과 얽혀드는 것을 피한 것이었다.

'세상을 피해 다닌 것을 자유라고 할 수 있는가?'

그것은 아닌 것 같았다.

그 혼자서 유유자적한다고 여겼는데, 이제는 가끔씩 허무해지고 외로워지곤 했다. 그런 걸 보면 지금까지의 방식이 뭔지 모르게 그와는 잘 맞지 않는 것 같았다. 그가 바라는 자유가 아닌 것 같았다.

강산이 이 동행에 무슨 거창한 의미나 그럴듯한 논리, 혹은 이것이다 싶은 깊은 특별한 감정 따위를 부여하는 것은 결코 아니었다.

그 자신도 아직 명확하지 않지만 그것은 그저 괜한 관심이고 갑작스러운 흥취이기 쉬웠다. 은초의 맑음과 그리고 은중문의 분위기에서 무언지 모르게 그를 끌어당기는 묘한 느낌으로부터 발단된.

九十二
속정(俗情)

1

'오호라! 그게 이렇게 되는 것이었군!'

은중문에게서 첫 번째로 역용술을 시술 받는 순간에 강산은 그 대강의 요결을 능히 짐작할 수가 있었다.

은중문의 손끝으로부터 흘러들어 온 가느다란 진기가 얼굴의 어느 부위를 어떻게 비집고 들어와서 어느 부위의 근육을 어떻게 밀고 당기는지가 요연하였던 것이다.

원래 그것은 독특하고도 심오한 구결에 의하여 아주 복잡하고도 미묘한 진기의 운용을 필요로 하는 것인데, 강산에게는 그리 복잡하거나 미묘할 것이 없었다.

강산의 진기는 단전 한 군데서 나오는 것이 아니었으니, 한

갈래에서 그렇게 복잡 미묘하게 갈라질 필요가 전혀 없는 일
이었다.

그냥 관통된 삼백스물네 개의 관문 중 얼굴 주변에 분포된
여러 개의 관문에서 선후(先後)를 따질 필요도 없이 그때그때
진기를 운용하여 은중문의 그것과 비슷하게 갈래를 나누어
흘리면 되는 일이었다.

그러나 일부러 잘난 척을 할 이유는 조금도 없었으니, 강산
은 그냥 얌전히, 그리고 때때로는 신기하다는 탄성으로 추임
새를 넣어가며 시술을 받았다.

은중문의 말로는 아주 가볍게 얼굴의 몇몇 부분에만 변형
을 주었다는데, 강산의 모습은 아주 딴사람이 되어 있었다.
얼굴이 많이 바뀌지 않더라도 전체적인 인상이 확 바뀌기 때
문이라는 설명이었다.

강산이 은중문 조손과의 작은 인연을 굳이 회피하지 않은
것은, 아니, 어떤 면에서는 일부러 인연을 만든 부분도 없지
않았던 것은, 솔직히 말하자면 그들 조손이 선보인 그 감쪽같
은 역용술에 대한 욕심이 어느 정도는 있었던 때문이다.

'배워놓으면 여러 가지로 편리하겠다!'

은중문은 그 역용술에 대해 천면공(千面功)이라는 사뭇 거
창한 이름을 말했다.

천면공! 천 개의 얼굴을 만드는 신묘한 공력!

그러나 그것에 대한 강산의 평가는 그리 후하지 않았다.

'역시 타고난 사기꾼이다!'

하지만 한편으로는 역시 그 거창한 이름만큼이나 강산의 욕심 또한 잔뜩 부푼 것은 사실이었다.

강산이 이미 대강의 요결을 짐작하였으면서도 배우고 싶다는 욕심을 슬쩍 비쳐 봤더니, 은중문은 단호하게 '불가(不可)!'를 외쳤는데, 그 단호함이 좀 지나치다 싶을 정도였다.

은중문은 잘못 악용하면 세상에 혼란을 줄 소지가 있다는 이유를 들었는데, 먼 옛날에 희대의 마두가 있어 천면공의 재주 하나로 세상을 온통 혼란에 빠뜨린 적도 있었다는, 다분히 전설 같은 얘기까지 덧붙였다.

2

은초는 겉모습만으로도 지나치리만큼 유약해 보였지만, 실제로는 더욱 약해 빠져서 몸에 무슨 고질적인 병증이 있는 게 아닌가 여겨졌다.

어린 나이임에도 강단이 있어 힘든 모습을 보이지 않으려고는 하나, 몸이 지닌 체력의 한계를 그의 의지가 따라주지 못하는 경우가 꽤나 자주 있었다.

짧은 거리는 그나마 제 발로 걷는데, 조금 걸었다 싶으면 금방 숨을 헐떡거리고 다리에 힘이 빠져 주저앉곤 하였다.

그럴 때마다 은중문은 노심초사하는 기색이었다. 그러나 달리 표시를 내는 것은 아니었고, 은초가 스스로 일어설 때까지 그저 묵묵히 기다려 주었다.

강산이 보기에 답답하여 덥석 안아 일으켜서 업어주고 싶은 마음이었지만, 조부인 은중문이 초연한 체하면서도 실은 안타깝기 그지없는 기색이라 함부로 끼어들지를 못했다.

시간을 두고 차츰 눈치를 보아하니 은초 스스로가 조부에게 업히는 것을 한사코 마다한다는 것을 짐작할 수 있었다.

아마도 자신을 위해 희생하고 있는 늙은 조부에게 자신의 병든 육신마저 짐으로 지워드릴 수는 없다는 나이답지 않은 마음씀씀이인 것 같았다.

또한 한편으로는 나이보다 한참이나 일찍 철이 든 사내아이로서의 자존심인 것 같기도 하였다.

은중문은 시간과 형편이 허락하는 대로 부지런하고도 충실하게 본업(?)을 수행했다. 그러나 그가 자신의 그러한 일에 대해 그다지 내켜 하지는 않는다는 것을 강산은 때때로 엿볼 수가 있었다. 더욱이 은초는 조부의 일에 대해 은연중에 부끄러워하는 눈치가 있었다.

그럼에도 그들이 이미 몇 년간이나 그 일을 계속해 왔고 지금도 그처럼 부지런히 하고 있는 것에 대해 강산은 그들 조손에게 그렇게 해서라도 은자를 벌어야만 하는 무슨 절박한 사정이 있을지도 모르겠다는 나름의 짐작을 해보기도 했다.

은중문이 소매치기로 벌어들이는 은자가 그리 많아 보이지는 않았다. 재주는 좋으나 본신의 내공이 원체 약해서인지 무공깨나 익혔다 싶은 대상들은 아예 건드리지를 않는 때문이었다.

그런데 제법 부자다 싶으면 호위무사들을 데리고 다니니 은중문이 노릴 수 있는 것은 기껏해야 보통의 사람들이나 소규모 장사치들의 가벼운 주머니뿐이었다.

그러나 은중문의 부지런함으로 볼 때는 또 아주 작게 번다고 할 수는 없을 것인데도, 그는 늘 은자에 허덕이는 기색이었다. 강산이 관찰해 본 결과로는 하루에 한 병 꼴로 손자에게 순도 높은 술을 사주는 것을 제외하고는 달리 호의호식을 하거나 특별히 돈을 낭비하는 것 같지도 않았는데 말이다.

그리하여 강산은 그들 조손에게 아마도 다른 이유로 나가는 지출이 또 있는 모양이라고 짐작하였다.

은중문이 일을 하는 동안에 강산은 은초를 데리고 멀찍이 떨어진 장소에서 그가 일을 마치고 돌아오길 기다려야 했다.

그리고 은중문이 한탕을 끝내고 돌아오는 즉시 그들은 서둘러서 그 지역을 떠났다. 그들은 한곳에 오래 머물 수 없는 처지였다.

물론 그들 세 사람 모두가 매번 완벽히 다른 모습이어서 당장에 소매치기로서의 정체를 들킬 위험은 적었다. 그러나 아무리 조심한다고 해도, 혹시 그가 주머니를 턴 사람 중에 무림의 고수나 관부의 포쾌라도 있었다면? 그렇다면 곧바로 얼굴을 바꾼다고 하더라도 추격을 당할 소지는 얼마든지 있었다.

그런 까닭에 그들은 쉼없이 이 지역 저 지역을 옮겨 다녀야만 하는 것이다.

3

해가 서편으로 완연히 기울기 시작하자 은중문의 걸음에는 약간의 서두름이 배어들고 있었다. 결코 내색할 그가 아니었지만, 아마 자신도 모르게 생기는 조급함이리라.

"업혀!"

길의 경사가 제법 심해지는 곳에서 강산이 불쑥 등을 들이대자, 은초는 움찔하며 당황해했다.

은중문의 얼굴에도 언뜻 당황의 기색이 떠오르는 것을 보고 강산은 퍼뜩 자신의 경솔함에 대해 가벼운 자책을 했다.

시전이 곧 파장을 앞둔 시간이었다. 서두르지 않으면 은중문의 오늘 일은 공을 쳐야만 했고, 그런 까닭에서 강산은 은중문의 서두름을 짐작할 수 있었기에 주변 생각 없이 대뜸 등을 들이댄 것이었다.

그러나 기왕에 내민 등이었다.

"업히라니까!"

조금은 재촉하는 투로 다시 말하는 강산에 대해 은중문은 가볍게 미간을 찌푸리며 제지하려고 했다. 그러나 그는 이내 언뜻 애매한 표정이 되고 말았다.

은초의 얼굴에 짧은 갈등이 지나고 있었다. 그러나 그것은 결코 거부의 표시가 아니었다. 은초는 다만 망설이고 있는 것이었다.

그리고 곧 은중문은 전혀 예상하지 못했던 결과를 보았다. 은초가 선뜻 강산의 등에 업힌 것이다.

'허!'

은초는 전형적인 외유내강의 성격이었다.

사람을 대함에 있어 귀천을 따지거나 차별을 두고 구분하여 대하는 약삭빠른 심성은 아니었으나, 아무하고나 쉽게 친근함을 나누는 무던한 성격도 아니었다.

그런 은초가 덥석 강산의 등에 업혔다는 것은, 그의 등에 업혀도 크게 마음의 부담을 느끼지 않는다는 의미이리라. 곧 강산에게 친근함을 가지고 있다는 의미이며, 나아가 그를 신뢰하게 되었다는 의미이리라.

사실 은초는 지난번에도 한 번 강산에게 업힌 적이 있긴 하였다. 그러나 그때는 은중문이 일의 대상을 잘못 고르는 바람에 급하게 도망을 쳐야 했던 긴박한 순간이었으니 은초도 강산도 선택의 여지가 없었다.

그러나 그때와는 달리 지금은 순전히 은초 자신의 의지로 선택을 한 상황인 것이다.

강산이 은중문 조손과 함께 지내면서 처음에는 많이 어색하였고, 이런저런 불편한 점도 적지 않았다.

그도 그럴 것이, 공동의 운명체라도 되는 듯이 더할 수 없이 돈독한 조손 사이에 완전히 남인 강산이 불쑥 끼어들었으니 어찌 이런저런 잡음과 갈등이 없을 수 있겠는가?

그러나 잠시도 긴장을 늦추기 어려운 일상과 바쁘게 지역을 옮겨 다니면서 크고 작은 사건들을 겪고, 또 그런 중에 어쩔 수 없이 노상에서 끼니를 해결하기도 하고 예기치 않게 허허벌판에서 노숙을 하기도 하는 등의 소소한 어려움과 고난을 함께 나누면서 세 사람은 빠르게 서로를 이해하게 된 것 같았다.

무엇보다도 모르는 사이에 서로간의 친밀감이 커진 것 같았다. 그런 것은 단적으로 은초가 강산을 부르는 호칭에서도 엿볼 수 있었다.

대숙(大叔)!

은초의 그 호칭에 존중과 의존(依存)과 친밀감이 함께 깃들어 있다는 것을 은중문은 알았다. 강산을 만나기 전에 은초는 누구에게도 그런 류(類)의 호칭을 써본 적이 없었다.

　'불쌍한 녀석!'

　은중문은 손자가 새삼 안쓰럽고 안타까웠다. 은초는 강산에게 정을 느끼기 시작한 것이리라. 태어날 때부터 이미 부여된 혈육의 정과는 다른, 사람과 사람으로서 만나 서로가 함께 쌓아가는 따뜻한 인정(人情).

　그것은 은초가 지금까지 느껴보지 못한 종류의 정일 것이다. 그가 태어나서 지금까지 잠시 잠깐 스쳐 가는 관계들이야 많았지만, 강산만큼 그들 조손 사이에 깊숙하게 들어온 사람은 없었으니까. 비록 그들이 만난 지가 아직 두 달이 채 안 되는 짧은 기간이었지만 말이다.

　'그의 어떤 점이 저 아이로 하여금 저처럼 쉽게 신뢰하도록 만든 것일까?'

　그 의문에 대해 지금 은중문이 내릴 수 있는 답은 강산이 전혀 스스럼없이, 그리고 어떤 계산도 없이 은초를 대하고 있다는 정도뿐이었다.

　그러나 어쨌든 은중문 역시도 지금껏 강산에 대해 가지고 있던 경계심을 한층 풀게 되었다. 손자가 신뢰하게 되었다는 이유 하나만으로도 그가 강산을 신뢰할 근거는 충분했으니까.

　그에게 손자는 모든 것이었다. 그의 목숨을 포함한 모든 것과도 결코 바꿀 수 없는 소중함이었다.

　"사내 녀석이 이렇게 가벼워서 어떻게 하나? 아무래도 많이 좀 먹어야 되겠다?"

"제가 무거워지면 대숙이 힘들 텐데요?"

주고받는 말끝에 강산은 싱긋 웃었다. 등에 업힌 채로 선뜻 선뜻 말을 받아주는 것으로 보아 은초는 그에게 업혀 가는 것이 싫지는 않은 모양이었다.

강산이 한 발짝 뒤떨어져서 걷고 있는 은중문을 힐끗 돌아보니 그의 입가에도 희미한 웃음기가 걸려 있었다.

강산이 은초의 엉덩이를 받친 손을 훌쩍 추스르고는,

"네가 아직까지 잘 모르는 모양이구나! 이 대숙이 겉보기에는 약해 보여도 사실은 힘이 장사란다. 어디 한 번 볼 테냐?"

하며 경중경중 뛰어갔다.

"하하하!"

"하하하하!"

강산과 은초의 웃음소리가 함께 달리고 있었다.

은중문은 환하게 웃었다. 참으로 오랜만에 활짝 웃어보는 웃음이었다.

4

은중문이 이미 몇 차례나 놀란 바 있지만, 강산은 처음에는 전혀 짐작조차 못했던 몇 가지 뜻밖의 면모를 지니고 있었다.

우선 호리호리하여 언뜻 유약해 보이는 체구인데도 체력

이 좋았다. 그것도 그저 보통으로 좋은 것이 아니라 상당히 좋았다.

지난번 예기치 못한 사고(?) 때 은중문 자신이 추격자를 달고 도주하는 상황에서 강산이 눈치 빠르게 상황을 파악하고는 은초를 들쳐 업고 반대 방향으로 뛰는데, 보통 사람이 혼자 뛰는 것보다 훨씬 빠르고 날렵한 데가 있었다.

나중에 은초에게 물어보니 강산이 근 삼 리(三里)가량이나 잠시도 쉬지 않고, 그것도 지치지 않고 계속하여 질주했다는 것이다.

그대로는 믿기 어려운 말이었지만, 은초는 결코 과장하여 말을 하는 성격이 아니었다. 사실이 그렇다면 강산의 체력은 보통 사람을 훨씬 능가한다는 얘기가 된다.

나중에 은중문이 강산에게 슬쩍 물어보았다. 어떻게 된 일이냐고.

긴가 민가 싶은 대답이 돌아왔다.

"사실은 제가 어렸을 때만 해도 저희 집안이 제법 크게 번성하였던 터라, 가친께서 지성으로 온갖 보약을 구해다 제게 먹이셨는데, 아마도 그 덕분인지 철들 무렵부터는 동네에서 장사 났다는 소리를 듣기도 했지요. 하하하! 물론 넓은 세상에 나와 보니 제 정도의 완력은 완력 축에도 못 끼는 것이라, 감히 함부로 힘 있는 체하고 다녔다가는 자칫 뼈도 추리지 못하게 되리라는 걸 재빨리 깨달았지요. 하하하! 지금 생각해 봐도 참으로 귀중한 깨달음이었습니다."

은중문이 처음에는 강산의 그런 의외의 면모에 대해 오히려 잘됐다는 생각이 앞섰었다. 어차피 자잘한 도움이 필요해서 데리고 다니기로 했으니, 강산의 체력과 힘이 좋아서 나쁠 일이야 있겠는가?

그런데 은중문의 고민은 금방 또 다른 데서 생겼다.

은중문이 처음에 강산에게 중병(重病)이 있다고 한 것은 물론 지어낸 말이었다. 그러나 그동안 같이 지내다 보니 강산에게는 정말로 상당히 심각한 병증 하나가 있기는 있는 것 같았다.

바로 착각증(錯覺症)이다. 때때로 제 녀석이 무슨 정인군자나 협의지사라도 되는 양 착각하는 심각한 병증.

그렇다면 웃기는 것은, 처음에는 몰랐다고 하더라도 지금쯤에는 자신이 소매치기 패거리의 공범이나 마찬가지의 처지가 되어 있다는 것을 눈치채지 못했을 것도 아닐 터인데, 군자나 지사에 어울릴 법하게 무슨 수를 냈어도 벌써 냈어야 하는 것이 아닌가?

그런데도 여전히 아무 군말 없이 따라다니고 있는 것을 보면, 혹시 제놈이 무슨 의적쯤이나 된 것으로 착각에 다시 착각을 하고 있는 것일까?

어쨌든 그런 것이야 그것이 착각이건 상상이건 저 혼자 머릿속으로 그리는 생각을 누가 어떻게 할 것이며, 또한 뭐라고 할 것인가? 문제는 그런 게 저 혼자의 머릿속 생각만으로 그치지 않고 때때로 실제의 엉뚱한 행동거지로 나타난다는 점이었다.

물론 기껏 애 들쳐 업고 뜀박질이나 좀 잘한다는 것 외에는 무슨 용빼는 재주가 있지도 않은 주제에 제깟 녀석이 감히 할 수 있는 짓거리가 또 무엇이 있으랴? 가끔씩 저자 바닥에서 허세로 거들먹거리는 동네 건달 따위를 만났을 때 표시 나지 않을 정도로 슬쩍 인상을 그리거나, 혹은 기껏 들리지도 않을 욕설을 입속으로 중얼거리거나, 또 혹은 등 뒤에다 대고 몰래 손 감자를 먹이는 정도일 뿐이었다.

그런데도 은중문이 문제라고 여긴 까닭은, 강산의 그런 엉뚱한 짓거리에 언제부터인지 은초까지 물이 들어가고 있는 때문이었다. 은초는 강산의 엉뚱한 짓거리를 함께 즐기고 통쾌해하기까지 했다.

은중문이 은초의 그런 모습을 보는 것은 처음이었다.

은초가 그딴 짓거리에 좋아라 강산과 죽이 맞는 모습에 그는 차라리 가슴이 아팠다.

그러나 은중문은 차마 강산을 질책하지는 못했다.

'그동안 부끄러웠던 것이로구나! 어린 마음에 이렇게 해서라도 그 부끄러움을 조금이라도 면해보려는 것이로구나!'

그런데 둘의 엉뚱함은 조금씩 정도를 지나쳐 가고 있는 중이었다. 제 녀석들끼리의 장난으로 그치는 것이 아니라 조금씩 대담하고도 노골적이 되어가고 있었다.

마음에 들지 않는 자와 우연인 체 어깨를 부딪치거나 슬쩍

다리를 걸고는 실수였다고 허리를 굽실거리기도 하고, 상대
를 잘못 건드렸다 싶으면 강산의 달음박질 재주를 믿고 냅다
도망을 치기도 하였다.

그러니 은중문의 지금 처지에서는 참으로 위험천만의 짓
거리가 아닐 수 없었다.

아니할 말로 무슨 후환이 있더라도 강산이 저 혼자 다 감당
할 것이라면 또 모르겠는데, 제놈이 어린아이까지 꼬드겨 애
먼 짓을 하는 바람에 만약에 은초에게까지 무슨 해라도 입는
다면 그 일을 어떻게 할 것인가? 생각만으로도 부르르 치가
떨리지 않을 수 없었다.

그러나 노심초사하면서도 은중문이 여전히 한마디의 질책
도 못하고 냉가슴만 앓고 있는 것은 물론 은초 때문이었다.

은초의 아이다운 모습을, 항상 제 나이보다 몇 살은 더 먹
은 것처럼 신중하고 사려 깊은 모습이 아닌, 제 나이에 걸맞
게 천진하고도 활달한 개구쟁이의 모습을 처음으로 보기 때
문이었다.

5

요즘 들어 강산은 자신이 마음의 제약으로 여기고 있던 것
들이 많이 엷어져 간다는 생각을 했다.

지난 일 년간의 강호행보다도 은 씨 조손과의 아직 얼마 되

지도 않은 동행이 훨씬 더 많은 것을 느끼게 해주고 있는 중이었다.

매일매일의 일상이 빠르게 지나가고 있었다. 마치 스쳐 가듯이, 많은 사람들을 쉽게 만나고 또 쉽게 헤어졌다.

오늘은 그저 스쳐 지나간 관계에 불과하지만, 언젠가 어디에선가 다시 만난다면 그것이 곧 인연일 터였다. 아니, 다시 만나지 못할지라도 이미 인연은 인연인 것이다.

그저 흐르는 대로의 구애 없는 일상이었다. 거리낌 없는 관조였다.

그러나 방관이 아닌 관심과 애정을 가진 관조였다. 그런 관조에서 나오는 여유였다. 그리고 자유로움이었다.

'나는 비로소 강호인이 되어가고 있는 중인가?

강산은 이제야 자신이 진정한 강호를 배우고 있는 게 아닌가 하는 생각을 하였다. 한결 대범해지고, 소탈해지고, 또 여유를 찾아가고 있는 것이 아닌가 여겨지기도 했다.

그런 자신에 대해 만족스러웠다. 그런 것이야말로 그의 마음속에 오랜 세월 움츠려 왔던 본성이 아닌가 싶은 생각이 들기도 했다.

九十三
선생(先生)

1

　은중문은 아는 게 참 많은 노인네였다.

　본인 스스로는 그저 주워들은 것들일 뿐이라는데, 강산이 보기에 단순히 강호를 오래 떠돌아 다녀서 쌓인 뿌리 얕은 견문 정도로 치부할 것은 결코 아니었다. 얘깃거리가 생기는 대로 어느 분야에서든 그 식견을 풀어내는 데 있어 막히는 경우가 거의 없었다.

　은중문이 시간이 날 때마다 은초에게 학문을 가르치는데, 강산이 보기에 천문지리에서 하도낙서에 이르기까지 박식함이 아주 줄줄 흐르는 것 같았다. 물론 상대적으로 강산 자신의 지식이 얕아서 그럴 수도 있는 것이겠지만 말이다.

　　강산이 이제서야 뒤늦게 학문에 대한 열정을 새삼 불태울 마음은 조금도 없었지만, 그래도 은중문이 손자에게 강론하는 내용 중에서 한 가지 분야에 대해서만큼은 매번 귀를 기울이곤 하였다.

　　바로 무공에 관한 강론이었다.

　　그런 강산에 대해 은중문은 그저 빙그레 미소를 지을 뿐이었다. 그의 강론이 무슨 대단한 것은 아니었고, 가문의 비전(秘傳)인 것은 더욱이 아니었다.

　　은중문이 강론하는 무공은 그야말로 기초 중의 기초였다. 그것은 다만 그가 병약한 손자에게 주는 정성이요, 손자가 조금이라도 건강해지기를 바라는 염원이었다.

　　유난히 병약하다 싶더니 은초에게는 병이 있었다. 태어날 때부터 지니고 나온 몹쓸 절맥(絶脈)이라고 했다.

　　강산이 살펴본 바로도 은초의 내부 기맥은 온통 뒤틀려 있을 뿐 아니라 그 상태로 단단히 굳어져서, 적어도 강산이 아는 한도 내에서는 어떻게 손을 써볼 방법이 없을 것 같았다.

　　은초가 무공을 익히는 일이 도저히 불가능하다는 것을 모를 리 없음에도 은중문이 꾸준히 강론을 계속하고 있는 것은, 우선 손자에게 언젠가는 건강해질 수 있다는 자신감을 주려는 뜻인 것 같았다.

　　한편 강산으로서는 무공에 대해 그렇게 기초적이고도 체계적인 강론은 처음으로 듣는 것이기에 저절로 귀가 솔깃할 수밖에 없는 노릇이었다. 반대로 얘기해서 그것이 무공에 대해 조금만 더 깊이 들어간 얘기였다면, 그는 오히려 듣지 않으려 했을 것이다. 아무래도 그의 빈약한 무공 지식 기반으로는 도무지 이해할 수도 없고 따분하기 짝이 없는 얘기가 되었을 테니까.

무공의 기초 원리에 대한 강론에 끼어들면서부터 은중문은 가끔씩 아주 간단한 동작 시범을 보일 때도 있었다. 그것은 아주 간단한 동작으로 도인 체조 같은 것이었는데, 물론 은초는 따라 할 수 없는 동작이었으니, 어쩌면 강산을 배려한 것인지도 몰랐다.

강산은 은중문의 시범을 군말없이 따라 했다. 아무래도 엉성하기만 한 그의 동작에 은초가 웃음을 터뜨리곤 했고, 손자의 밝은 웃음소리에 은중문이 은근히 기꺼워한다는 것만으로도 그가 시범을 따라 할 이유는 충분했다.

은중문은 강산의 자세를 교정해 가며 좀 더 시간을 할애했고, 강산 또한 기꺼이 더욱 열심을 떨었다.

2

"자네, 이참에 정식으로 몇 가지 무공을 배워보지 않겠나?"

은중문이 강산에게 다소 뜻밖의 제안을 한 것은 강산이 한

동안 기초적인 자세와 동작을 열심히 따라 하는 중이었다.

그것은 강산에 대한 은중문의 가벼운 욕심의 발로였다. 두어 달을 함께 지내다 보니 사람이 점점 더 쓸 만하게 보이는 터라, 내친김에 몇 가지 조그만 재주를 가르친다면 자신이 일(?)을 할 때 조수로 써먹어도 괜찮겠다 싶어진 것이다.

무엇보다도 은초와 죽이 잘 맞는다는 것만으로도 강산의 심성에 대해서는 신뢰할 만했다. 누구보다 선한 심성을 지녔지만 유독 사람과의 관계를 맺는 데 있어서는 예민하고도 까다로운 은초가 처음 만났을 때부터 지금껏 변함없이 강산에게 호의를 보이고 있다는 것만으로도 강산의 기본 심성에 대해서는 믿음이 가는 것이었다.

게다가 이제 두어 달이 지났으니 처음에 그를 잡아두기 위해 던져 놓은 미끼가 지금쯤은 그 약발이 상당히 떨어져 있을지도 몰랐고, 그런 의미에서라도 새로운 미끼를 던질 필요는 있는 것이었다.

"노야께 말씀입니까?"

강산이 싱글거리며 반문했다.

"왜? 노부가 무공 사부로서 영 미덥지 못하다고 생각하는가?"

강산으로서는 여러 가지 이유로 난감하지 않을 수 없는 상황이었다. 그가 그저 애매한 미소를 떠올리고만 있자, 은중문은 문득 정색을 하고 말했다.

"무공을 가르친다는 것이 반드시 스스로의 무공이 높아야 만 가능한 일은 또 아닐세."

"아! 그런가요?"

하고 강산이 짐짓 형식적인 추임새를 넣자, 은중문은 곁의 은초를 돌아다보며 빙그레 웃었다. 그에 은초가 강산에게 눈을 찡긋하고는 마치 조부의 재미있는 얘기를 기다린다는 듯이 짐짓 조부 쪽으로 엉덩이를 당겨 앉았다.

"노부의 무공이 비록 일천하지만, 그렇다고 노부가 익힌 무공의 원류까지 일천한 것은 결코 아닐세. 노부가 익힌 무공의 원래 위력은 강호의 그 어떤 절학에 비해서도 그다지 뒤지지 않는 고절한 것이라네."

강산이 애매한 미소는 벌써부터 거두었지만, 여전히 담담히 웃는 얼굴이었다. 은중문의 말이 이어졌다.

"노부는 과거 기연으로 한 권의 무공 비급을 얻은 바 있는데, 노부에게는 너무도 과분한 것인데다 더욱이 육십 줄에 들어서서 얻은 것이라 제대로 진전을 보지 못하였네."

강산이 문득 호기심이 인다는 듯이,

"혹시 신투술입니까?"

하고 불쑥 물었다. 은중문이 가볍게 고개를 끄덕이며 답했다.

"그렇다네. 그러나 그게 다는 아닐세. 나름으로 체계를 갖춘 무공이고, 아마도 제대로 성취를 본다면 능히 강호에서 고수 소리를 듣고도 남을 만한 것일세. 어떤가? 함께 지내는 동안만이라도 한번 배워볼 생각이 없나?"

그에 강산이 짐짓 애매하다는 표정을 지으며,

"그럼 제가 노야를 사부로 모셔야 하는 겁니까?"

하고 물었다. 은중문이 빙그레 웃으며,

"그것이야 하루를 배워도 스승은 스승이니……."

하고 슬쩍 말끝을 흐리는데, 강산이 문득 고개를 가로저으며 말했다.

"제가 지난 몇 년간 강호를 전전하면서 보니 무림인들이 사부와 제자, 그리고 문파에 속하면서 짊어져야 하는 구속이란 게 참으로 만만치가 않았습니다. 전 그런 것은 싫습니다. 그냥 자유로운 게 좋습니다."

사실 강산이 그냥 해보는 말은 아니었다. 이강의 경우만으로도 예(例)는 충분하지 않은가? 윗대로부터 무당파와 얽힌 관계며, 또 노달과 얽힌 관계들이 얼마나 복잡했던가?

그러나 은중문이 보기에 강산의 그러한 반응은 그야말로 넝쿨째 굴러들어 온 기연을 한 발길질로 차버리는 무모함이오, 똥인지 된장인지도 구분 못하는 무식함에 다름 아니었다. 그에 은중문이,

"허허!"

하고 실소를 흘리고 마는데, 강산이 언뜻 혼잣말처럼 중얼

거렸다.

"뭐, 그냥 무공선생 정도라면 또 모르겠지만……."

은중문이 다시금 어이없어하다가는 문득 빙그레 웃으며,

"무공에 대한 욕심은 있으나 사부 대접은 하기 싫다?"

하고는 문득 웃음기를 거두며 다시 물었다.

"하면 수업료를 내고 배우겠다는 얘기인데… 그러나 자네에게는 은자가 없지 않은가? 지난번에 냈던 은자 삼십 냥이 자네가 가진 전부라며?"

하고 말했다. 그에 강산이 겸연쩍게 웃음기를 떠올리며,

"은자는 없지만……."

하면서 품속을 뒤지더니 반으로 접힌 뭔가를 꺼내서 은중문에게 내밀었다. 은중문이 실소하며 받아서 펴보고는 움찔 놀라고 말았다.

자그마치 은자 일 천냥짜리 전표였다. 그것이면 보통의 한 가족이 십 년을 놀고먹어도 될 액수이니, 은중문으로서도 결코 무시 못할 거금인 것이다.

은중문은 전표를 다시 한 번 세세히 살폈으나, 중원제일전장 발행의 진품임을 의심할 여지는 조금도 없었다.

"무공을 가르쳐 주는 대가로 이걸 전부 노부에게 지불하겠다는 것인가?"

강산이 어깨를 으쓱하며 답했다.

"그것은 제가 선친께 물려받은 전 재산으로, 지금껏 근 이

십 년간 온갖 고생을 겪는 중에도 결코 깨지 않은 것인데 그걸 몽땅 다 드리기는 어려운 일입니다."

은중문의 눈이 슬그머니 빛을 발했다.

"허허! 물론 은자 일천 냥은 거금임에 분명하네. 그러나 노부가 지닌 절학의 가치에 비하면 결코 크다고 할 수 없을 것이네. 자네는 잘 모르겠지만, 만약에 노부가 강호에 절학을 팔기로 마음만 먹는다면 어찌 기껏 은자 일천 냥만 받을 것인가? 다만 비인부전이라, 어디까지나 자네의 곧은 심성이 노부의 절학을 배울 만하다 여겼기에 꺼내본 이야기일세."

"어련하시겠습니까? 그러나 어쨌든 셈은 정확해야 하는 것이고, 또한 사람의 일이란 언제 어떻게 될지 모르는 것이니 당장 내일 무슨 사정이 생겨 제가 무공을 계속 배울 수 없게 되지 않으리라고 어찌 보장을 할 수 있겠습니까? 그러니 하루하루 단위로 계산을 하도록 하는 것이 좋겠습니다. 그리고 적당한 기간마다 정산하여 셈을 치르도록 하면 되지 않겠습니까?"

은중문이 짐짓 생각하는 체하다가 여전히 미진하다는 기색으로 고개를 끄덕였다.

"본래 가르치고 배우는 일은 참으로 신성한 업(業)이라 결코 사고파는 대상이 될 수 없음인데, 자네 생각이 정히 그렇다면 그리 한번 해보도록 하세. 그런데 자네는 하루에 얼마를 쳐줄 셈인가?"

강산이 또한 잠시 생각하는 체하다가,

"하루에… 은자 한 냥이면……."

하고 말을 떼는데, 은중문이 곧바로 어이없다는 듯이,

"허허허!"

하고 실소한 다음에 짐짓 단호하게 고개를 가로저었다.

"하루 한 냥이라……! 천 냥이면 대략 삼 년인데… 소위 절학이라 불리는 무공이란 게 결코 그리 간단한 것이 아닐세."

그에 강산이 문득 얼이 빠진 표정을 하자, 은중문이 다시금 피식 실소하고 나서 말을 이었다.

"노부의 무공이 비록 정통 현문의 갈래는 아닐지 모르겠으나, 그래도 기초적인 내가(內家)의 바탕은 필요로 하는 것일세."

"기초적인 내가의 바탕이라 하시면……?"

"비급 상의 기본적인 수법들이라도 기본적으로 십 년 연공의 내력은 필요하며, 응용 수법들을 익히기 위해서는 최소한 반 갑자의 내력이 필요함일세. 노부가 비급을 얻고도 제대로 절학을 펼치지 못하는 것도 바로 그런 한계 때문이지."

"음!"

강산이 짐짓 무거운 침음성을 흘리는데, 은중문이 빙그레 웃으며 덧붙였다.

"그러니 자네가 노부에게 무공을 배운다고 한다면, 일단 십 년은 접어놓고서 다시 시간을 따져 봐야 하는 것일세."

　강산이 잠시 고민하는 체하다가 문득 눈빛을 빛내며 물었다.

　"만약에 제게 이미 약간의 내력이 있다면, 그리고 그것이 대략 십 년 연공에 맞먹을 만하다면… 그 십 년은 생략할 수도 있겠군요?"

　그에 은중문이,

　"호오?"

　하고 짐짓 놀랍다는 듯이 감탄성을 발했다. 강산이 진지한 투로 다시 말했다.

　"전에도 한번 말씀드렸지 않습니까?"

　"뭘 말인가?"

　"제가 어렸을 때 보약을 많이 먹었다고!"

　"허! 그래서?"

　"제가 지난 몇 년간 강호를 돌아다니던 중에 우연히 무림의 고인 한 분을 만난 적이 있는데, 그분께서 제 맥을 짚어보고 나서 말씀하기를 '혹시 무슨 기연을 만난 적이 있나?' 하고 묻습디다."

　"호?"

　"그래, 제가 '무슨 기연이요?' 하고 되물었더니, 그분의 말씀이 '이를 테면 절세고인을 만나 벌모세수의 대법을 받았다거나, 아니면 무슨 천고의 영물이나 영초를 복용했다든가 한 일이 없었느냐 하는 말일세' 라고 합디다. 그래 제가 '세상에 태어나 만난 사람들 중에 고인이라고 할 만한 사람은 귀하가 처음이며, 무슨 천고의 영물, 영초 같은 것은 구경도 한 적이 없소!' 했단 말입니다? 그랬더니 그분이 '참으로 괴이타!' 하며 고개를 외로 꼬고 바로 꼬고 하는데, 그때 언뜻 떠오르는 것이 있어 제가 '아참! 어렸을 때 가친의 극성으로 이것저것 귀하다는 약재들을 숱하게 먹은 적은 있습니다' 하였지요. 그랬더니 그분이 '옳거니!' 하고 무릎을 치며 '필경 그중에 세상을 놀라게 할 만한 진기한 영초가 있었음에 틀림이 없네!' 하고는 어쨌든 제 몸속에는 무림인으로 치자면 대략 이십 년 정도의 내공에 해당하는 잠력이 내재하고 있다는 말씀을 하더군요. 만약 그분의 말씀이 사실이라면 저는 곧바로 노야의 무공을 배울 수도 있는 것이 아니겠습니까?"

강산이 표정 한번 찡그리지 않고 하는 말이라, 은중문이 이윽고 정색을 하며,

"지금 노부더러 그 말을 믿으란 것인가?"

하고 나무라듯이 말을 하였다. 그에 강산이 얼른 두 손을 모으며,

"예? 아니, 저는 그냥 그런 일이 있었다는 말씀을 드리는 것이지, 사실 그게 뭐 대단한 일이라고 굳이 믿어주십사 할 것까지야 있겠습니까?"

하고는 싱겁게 웃어버리는 것이었다.

은중문이 아무리 생각하여도 강산이 무공을 배우는 데 최

소한 십 년 이상 걸린다는 자신의 말을 믿지 못하고서 황당한 말을 꾸며서 한 것 같기는 한데, 한편으로는 이미 그동안에 강산이 보여준 범인의 범주를 벗어난 체력과 힘을 보아왔던 터라, 새삼 긴가 민가 하는 생각이 섞여 들기도 하는 것이었다. 그러다 문득,

'굳이 따질 필요가 무엇이랴.'

하는 생각이 들기에 은중문은 짐짓 흔쾌한 체 고개를 끄덕였다.

"좋네! 자네가 정히 그렇다니 일단은 자네의 뜻을 따르기로 하세."

은중문은 흡족한 표정을 굳이 감추지 않았다. 사실 한 달에 은자 서른 냥이면 세 사람이 너끈히 생활하고도 남는 돈이며, 좀 아껴 쓰면 그 동안 적잖이 부담이 되었던 은초의 술값(?)까지도 충당할 수 있을 터였다.

3

'능력이 없는 자가 보물을 지니고 다니는 것은, 섶을 지고 불속을 지나는 것이나 마찬가지이다!'

자고이래(自古以來)의 교훈에 충실하고자 한 것인지 은중문의 철학은 비급이 아니라 그의 머릿속에 들어 있었다.

신수록(神手錄)!

　원래 무공이 기록되어 있었던 비급의 제목을 듣고서 강산은 언뜻 '사실은 신투록(神偸錄)이 아니었을까?' 하는 생각부터 떠올렸다.

　어차피 은중문이나 강산이나 정식으로 무공을 전수하고 전수받자는 것도 아니었던 만큼, 신수록에 대한 은중문의 첫 강론은 마치 설렁설렁 옛날이야기를 풀어내는 듯이 그와 은초의 제법 장황한 과거사로부터 시작되었다.

　은중문의 가문은 대대로 학자의 가문이었다.

　오래전에는 꽤나 유명한 석학들을 배출했다고 하는데, 그의 증조부 때부터는 그저 평범한 학자 집안으로 전락하게 되었다. 그러나 이후로도 풍족하지는 않았으나 문사로서의 평범한 일상을 누릴 정도는 되던 가문의 불행은 그의 아들로부터 시작되었다.

　독자였던 아들은 태어날 때부터 병약하여 은중문이 백방으로 의원을 대고 약을 썼으나 그야말로 백약이 무효였고, 진맥하는 의원들마다 한결같이 오래 살지 못할 것이라고 했다.

　그러나 조상님의 보살핌인지, 혹은 남은 가산을 쏟아 붓다시피 들인 정성 덕인지 아들은 스물이 넘도록 잘 버텨주었기에, 은중문은 마침내 한 가지 욕심을 더 부려볼 수 있게 되었다.

　바로 대를 잇는 것이었다. 인근의 평범한 농사꾼 집안의 참한 낭자를 택하여 혼인을 시켰고, 이태 만에 손자를 보는 경사를 맞이했다. 손자가 태어났을 때 그의 기쁨은 그야말로 하늘에까지 닿을 정도였다.

그러나 그 같은 기쁨은 곧 원망으로 바뀌었다. 손자가 태어나던 그해에 아들 내외가 두 달 간격으로 세상을 떠나 버린 것이다. 아들의 죽음은 늘 달고 다니던 병증의 갑작스러운 악화였고, 며느리는 난산의 후유증으로 병석에 누워 있던 중에 지아비의 죽음으로 충격이 겹친 때문이었다.

재앙은 그뿐이 아니었다. 손자가 아들의 병증을 그대로 물려받은 것이었다. 아니, 의원들의 진단에 의하면 더욱 고약한, 그래서 손을 댈 수조차 없는 희귀 절맥이라 하였고, 다섯 살, 심지어는 돌을 넘기지 못하고 죽을 것이라는 매정한 진단도 있었다.

물론 은중문은 세상에 단 하나 남은 그의 혈손을 결코 포기할 수가 없었다. 손자의 이름을 초(草)라고 지은 것도 손자가 어떤 인생을 살건 다만 들판의 잡초처럼 오래 살아주기만을 간절히 염원한 때문이었다.

이후로 조금만 용하다는 의원이 있으면 먼 길이라도 단숨에 달려가서 은초의 맥을 짚게 했고, 백약이 무효라는 데도 좋은 약이 있다는 소리를 들으면 빚을 내어서라도 반드시 구했다. 그런 약의 대부분이 아직 갓난아이가 먹어내지도 못할 것들이었지만, 후일에 소용이 될 것만 같았고, 당장에 사두지 않으면 막상 필요한 때가 되어서는 구하지 못할 것만 같은 절박한 심정 때문이었다.

그런 때문에 안 그래도 바닥을 보이던 가산은 완전히 탕진되었고, 마지막으로 남은 대대로 물려오던 가택마저도 남의 손에 넘어가 곧 비워주어야 할 지경이 되었을 무렵, 하루는 그의 집으로 백발 백염의 노인 하나가 찾아왔다.

참으로 신선과 같은 풍모를 지닌 그 노인은 자신의 생애를 정리하는 의미로 천하를 돌아보기 위해 떠도는 중이라고 했다. 그러다 부근에서 우연히 몇 장의 필사본을 구하게 되었는데, 그 글귀 중에 평소 지대한 관심을 두던 내용에 관해 언급된 부분이 있는지라 궁금함을 참지 못하고 물어 물어서 은중문의 집까지 찾아오게 되었다는 것이다.

은중문이 노인이 건네는 그 필사본이란 것을 받아보니, 과연 그가 익히 알고 있는 글귀들이 적혀 있었다. 바로 그의 집에 몇 대째 전해 내려오는 한 권의 서책에 적힌 글귀였던 것이다. 잠깐 생각해 보니, 그의 아들이 생전에 친한 문우들끼리 문장 교류를 하곤 했는데, 아마도 그때 일부가 흘러나간 모양이었다.

은중문이 노인을 대청으로 청해 잠시 얘기를 나누었는데, 노인의 식견은 가히 막히는 부분이 없는 경지였다. 은중문이 스스로의 식견에 대해 자부는 하지 못할지라도 크게 모자란다는 생각을 해본 적이 없었는데, 노인은 그 경륜과 지식을 감히 짐작하지도 못할 정도였다.

노인의 청이 별로 어려운 것이 아니었고 은중문 또한 태생이 글을 읽는 문사인지라, 흔쾌히 노인의 청을 수락하였다. 뿐만 아니라 누추한 거처가 괜찮으시다면 며칠간이라도 좋으니 자신의 집에 유숙하면서 천천히 보고 가시라며 아예 서가가 있는 사랑을 통째로 내주었다.

그날 밤 사랑에서는 내내 불이 꺼지지 않았다. 그리고 다음날 아침 소박하나마 아침상을 들였으나, 노인은 상이 들어오는지조차 모를 정도로 가히 몰아지경에 들어 있었기에 은중문은 감히 소리를 내지 못하고 조용히 상을 물렸다.

그리고 그 자신은 이미 수차례나 읽어본 바 있는 그 서책의 글귀 중에 저처럼 노인으로 하여금 몰아지경에 빠지도록 할 만한 내용이 과연 있었나 하고 다시금 기억을 되새겨 보았다.

그러나 그의 기억으로는, 문장으로서는 빼어난 명문이라고 할 수 있으나 학문적으로는 특기할 만한 체계나 논리가 정립되지는 않은 그저 어떤 현상에 대해 일종의 심중소회(心中所懷)를 은유적으로 풀어놓은 것에 불과했다.

그날 저녁 무렵이 되어서야 사랑의 문이 열렸다. 노인은 꼬박 하루 동안을 몰아지경에 빠져 있었던 것이다. 가히 초인적인 정력이었다.

은중문이 은근히 기대에 차서 물었다.

"원하시던 답은 찾으셨는지요?"

노인은 은중문의 물음에는 대답 않고 오히려 반문했다.

"이 책은 누가 쓴 것이오?"

"저의 증조부께서 쓴 것이라고 들었습니다."

"그분의 성함이……?"

"한평생 출사(出仕)나 입신(立身)하신 바 없이 산천을 벗 삼아 천하를 떠도셨다 들었으니, 함자를 말씀드려도 모르실 것입니다."

그에 노인이 가벼이 한숨을 내쉬며 말했다.

"참으로 놀라울 정도로 깊고도 치밀한 논리요. 그러나 다만 논리의 유희에 불과할 뿐, 참으로 쓸모없는 내용이외다."

참으로 야박하기 그지없는 평가였다.

그러나 은중문으로서는 전혀 뜻밖의 평가는 아니었다. 오히려 처음부터 노인이 무엇에 대해 기대를 했으며 또한 무엇 때문에 꼬박 하루 동안이나 그 쓸모없는 서책에 몰두했는지가 새삼 궁금해질 뿐이었다.

그때 노인이 아무래도 미련이 남는 기색으로 다시 물었다.

"이 책의 저작 일자가 건양 이년(乾陽二年)이니, 지금으로부터 근 삼 갑자 전쯤이오. 해서 물어보는 것인데 혹시… 이 책의 개정본 같은 것이 있지는 않소?"

금방 야박하기 짝이 없는 평가를 내렸음에도 노인의 얼굴에는 뭔가 절실한 기대 같은 것이 언뜻 스쳤다.

“아마도 책의 마지막 장에 붙은 지도와 미완성의 그림을
두고 하시는 말씀 같군요. 하지만 제가 가문의 어른들께 듣기
에 이 책 이후에는 증조부님의 다른 저작이 없다고 하였습니
다.”

노인의 얼굴에 다시금 참으로 안타깝다는 빛이 스치고 지
나갔기에 은중문이 또한 괜한 안타까움을 느끼고는 하지 않
으려던 말까지 덧붙이게 되었다.

“혹시 그 지도와 그림에 관심이 있으시다면 얼마든지 필사
를 하여 가십시오.”

노인이 가볍게 미간을 좁혔다. 그 모습에서 은중문은 언뜻
노인이 자존심을 세우는 것 같다는 느낌을 받았다. 그래도 노
인이 사양의 말을 하지는 않았으므로 은중문이 한 번 더 권하
였더니 노인이 문득,

“허허허!”

하고 나직이 웃으며,

“노부가 하루 동안이나 꼬박 몰입해 있었더니 본의 아니게
책의 모든 내용은 물론 지도와 그림까지도 세세히 다 외우게
되어서 실상은 이미 필사한 것이나 마찬가지요. 하여 이대로
그냥 가기에는 염치가 서지 않을뿐더러, 노부로 하여금 실로
몇십 년 만에 이 같은 몰아지경을 체험할 수 있게 해주었으니
그에 대한 약간의 사례를 하고 싶소.”

하며 품속에서 주머니 하나를 꺼내어서는 은중문에게 건

네었다. 주머니의 무게로 그 속에 상당한 양의 금은이 들어 있음을 짐작할 수 있었으나 은중문은 정중히 사양하였다. 언 뜻 노인의 탈속하고도 비범한 풍모와 해박한 지식에 지푸라 기라도 잡는 심정이 생겼기 때문이다.

은중문은 어렵게 한 가지 부탁의 말을 꺼냈다. 바로 그의 갓난쟁이 손자의 병증을 한번 살펴봐 주십사 하는 부탁이었 다.

그런데 노인은 뜻밖의 말을 했다. 지금까지 불치라는 말만 들어왔거늘, 노인은 비록 불가능에 가깝지만 은초를 치료할 방법이 아주 없지는 않다는 것이었다.

은중문에게 불가능에 가깝다는 말은 귀에 들어오지도 않 았다. 다만 방법이 있다는 것 자체만으로도 이미 한 가닥의 구원이었다.

"노부가 직접 시술이 가능한 방법이 있는데, 다만 이 아이 가 적어도 열 살은 되어야 그 시술이 가능하오."

노인의 말에 은중문의 낯빛이 대번에 창백해졌다. '열 살 은 되어야 가능하다' 는 말만이 귀에서 뱅뱅 맴을 돌았다.

"어째서… 어째서 열 살입니까?"

은중문이 흡사 따지듯이 물었다.

"세수(洗髓)와 역근(易筋)에 병행하여 전신 대맥을 일시에 타통시키는 시술이니, 어느 정도 근골이 형성되고 난 다음에 야 시술이 가능한 때문이오."

차분한 노인의 대답에 은중문이 이윽고는,

"아아!"

하고 답답한 탄식을 흘려냈다. 잠깐의 희망이 곧바로 절망으로 변하고 마는 순간이었다. 돌을 넘기지 못한다 하고 길어야 다섯 살이라는 손자의 목숨인데, 십 년이 지나야 시술이 가능하다니 어찌 그렇지 않겠는가?

은중문의 탄식을 가만히 지켜보던 노인이 가늘게 한숨을 쉬며 혼잣말처럼 덧붙였다.

"또한 노부의 명운이 그때까지는 이어지지 않을 것이니 이 방법은 결국 불가능이라고 할 수밖에 없겠소."

그 말에 은중문이 탄식조차 불어내지 못할 정도로 새삼 낙담하고 마는데, 노인이 다시 담담하게 입을 열었다.

"한 가지의 방법이 더 있는데……."

순간 은중문의 두 눈이 부릅떠졌다. 극한 환희였다. 그의 일생에서 그 때만큼 격렬하게 절망과 환희가 교차한 적은 없었다.

"예? 방법이 또 있다는 말씀이십니까?"

부르짖듯이 외쳐 묻는 은중문에 대해 노인은 여전히 차분한 어조로 말을 이었다.

"한 가지 영물을 복용하는 것이오. 그런데 그것이 천고에 드문 영물이라 구하기가 결코 용이하지는 않을 것이나, 노부가 마침 그 영물에 대해 알고 있는 바가 얼마간 있으니 시간을 두고 만반의 준비를 해나간다면 혹시 구할 수 있을지도 모르겠소. 다만 그것 또한 이 아이가 최소한 열 살은 넘어서 복용해야 할 뿐 아니라, 복용 시에는 필히 이 갑자 이상의 내력을 지닌 이가 곁에 있다가 아이의 임맥과 독맥을 동시에 추궁과혈하여 임독양맥의 재건에 균형이 서도록 해주어야만 하오. 그래야만 영물의 막대한 영기를 견뎌내고 온전히 약효를 볼 수 있을 것이니 말이오."

그러나 은중문은 차라리 노한 절규를 토해냈다.

"그 영물의 내단이 아무리 특효가 있다고 한들, 십 년이 지난 다음에야 효력을 볼 수 있다면 그것이 대체 무슨 소용이란 말입니까? 제 손자는 당장 내일 죽을지 아니면 내년에 죽을지 모르는 바람 앞의 촛불 같은 처지인 것을요!"

그러자 노인은 외려 빙그레 웃으며,

"허허허! 이 아이가 그때까지 살 방법이 없다면 노부가 애써 이런 얘기를 할 이유도 없지 않겠소? 걱정 마시오! 비록 내내 병약한 몸으로 살아가야 하는 처지는 어쩔 수 없을 것이나, 적어도 열다섯까지는 큰 변고 없이 살게 할 방도를 노부가 일러줄 것이니."

"아아!"

은중문은 다시 희열의 탄성을 뱉으며 급기야 노인의 발 앞에 꿇어 엎드렸다.

"아아! 이 아이는 저희 가문의 마지막 남은 혈손입니다. 노

신선께서는 부디 하해와 같은 은혜를 베풀어주십시오! 그리
만 해주신다면 이 보잘것없는 목숨이나마 기꺼이 바치겠습니
다.”

　노인이 담담하게 웃으며,

　“허허! 일어나시오. 노부는 번거로운 예를 좋아하지 않
소.”

　하고 말하는데, 순간 은중문은 자신의 몸이 지극히 부드러
운 어떤 기이한 힘에 떠받쳐져서 일으켜지는 것을 느끼고 경
악하지 않을 수 없었다.

　노인이 차분하게 덧붙였다.

　“그리고 이미 말했거니와 이것은 귀하가 노부에게 귀한 서
책을 기꺼이 보여준 데 대한 대가를 치르려 하는 것일 뿐이니
그 이상으로 생각할 필요는 조금도 없는 것이오.”

　그리고 노인이 알려준 방도, 즉 은초가 열다섯까지는 죽지
않고 살 수 있게 할 방도는 바로 늦어도 한 달의 주기로 열양(熱
陽)의 성질을 띠는 영약을 복용하거나, 그것이 여의치 않을 때
는 대용으로 가능한 한 순도가 높은 독주(毒酒)를 매일 섭취하
라는 처방이었다. 그리하여 이후 은초는 어린 나이 때부터 술
을 입에 대기 시작했던 것이다.

　그때 노인이 빙그레 웃으며,

　“흠! 어쩐다?”

　하고 잠시 뜸을 들이더니 문득,

"허허! 무릇 귀한 보물에는 따로 주인이 있다고 하더니 이런 경우를 두고 하는 말인지도 모르겠군."

하고 혼잣말하듯이 중얼거리고 나서 다시 은중문에게,

"노부가 전후의 사정을 짚어보건대 귀하에게 제법 요긴히 쓰일 것 같아서 주는 것이니, 혹시 나중에라도 너무 노부를 욕하는 일이 없기를 바라오. 허허허!"

하며 품속에서 책 한 권을 꺼내 은중문의 손에 쥐어주었다.

이미 노인을 신선의 반열로 여기고 있는 터에 은중문이 감히 사양할 생각조차 못하고서 책을 보니 '신수록(神手錄)'이라는 제목이 고문체로 쓰여 있었다.

노인이 담담히 다시 덧붙였다.

"그 물건은 노부가 근래에 우연하게 얻은 것인데, 지금 생각해 보니 아마도 본래부터 귀하에게 돌아가게 되어 있던 물건인 것 같소. 노부가 잠시 살펴본 바로는, 지난 시대의 어느 고인이 이 비급에 담긴 절학으로 나름대로 한 시대를 풍미한 바 있다고 하니 결코 간단한 내용이 아니라고 할 것이오."

그리고 노인은 은중문이 느끼지도 못하는 사이에 그의 맥문을 잡고는 잠시 살핀 뒤에 다시 말했다.

"이미 근골의 노화가 상당히 진행되었으니 비급상의 심법이 비록 심오한 것이긴 하나, 이제부터 수련하여 내가(內家)의 성취를 이루기란 요원하겠소. 흠! 그러나 다행히도 이 비급 상의 몇 가지 재간은 그다지 깊은 내공의 화후가 없이도 능히 펼칠 수 있는 묘용이 있으니 귀하가 마음먹고 부단히 노력만 한다면 얻는 바가 아주 없지는 않을 것이오.”

순간 맥문을 통해 한 가닥의 따뜻한 기운이 흘러들어 오는 바람에 은중문을 부르르 몸을 떨고 말았다. 그때 노인의 근엄한 목소리가 있었다.

“마음을 진정시키시오!”

그 위엄에 은중문은 급히 정신을 가다듬었다.

잠시 후 손을 떼며 노인이 가만히 미소를 떠올리기에, 은중문은 무엇인지 모르지만 노인이 자신에게 뭔가를 베풀었다는 것을 짐작하고는 깊숙이 읍했다.

“무공을 수련한 바 없어 낯설 것이나, 노부는 금방 귀하의 근골과 주천(周天)의 경로 상에 있는 대맥들을 간단하게나마 바로잡았소. 그러니 귀하가 비급 상의 무공을 연마하게 될 때에 약간의 도움은 될 것이오.”

물론 그때까지만 해도 은중문은 자신이 장차 무공을 수련하게 될 것이라곤 상상조차 하지 못했으나, 어쨌든 노인이 성의를 베푼 것이니 다시금 허리를 숙여 감사를 표했다.

그런데 그가 허리를 폈을 때 노인은 이미 자취를 감추고 난 뒤였다. 그 신묘한 둔적(遁迹)에 은중문은 노인이 필시 도를 통한 신선임에 분명하다 여기고 다시 한 번 먼 허공을 향해 깊숙이 허리를 숙였다.

당시에 은중문은 그것이 얼마나 큰 기연인지 알지 못했다.

기연은커녕 신수록에 언급된 심법과 경공법, 그리고 몇 가지 종류의 무공들이 도대체 무엇에 쓰이는 것인지조차 제대로 알지 못했으며, 더욱이 신투술과 은신술, 천면공 따위를 보고는 비급을 서가에 꽂아 놓기조차 부끄러워 헛간 한구석에다 처박아두기까지 하였다.

그리고 그때로부터 얼마 지나지 않아 그는 마침내 조상 대대로 지켜 왔던 가택을 남의 손에 넘기고 길바닥 위로 나앉게 되었고, 손자의 힘겨운 연명(延命)을 위한 약재를 사기는 고사하고 당장의 끼니를 때울 방법조차 암담한 절박한 처지로 몰리고 말았으니, 그때에서야 마지막 한 가닥 희망으로 신수록을 다시 보게 되었다. 그리고 구걸 등으로 겨우겨우 연명하며 그야말로 혼신을 다하여 무공 수련에 매달렸다.

처음에는 전혀 모를 소리뿐이었으나, 절실하게 파고들다 보니 무공의 근본 이치라는 것이 학문의 근간과 크게 다르지 않았다. 그러나 이치를 이해하는 것과 무공을 익히는 것은 또 다른 얘기였다. 죽어라 심법을 외워도 희미한 기감조차 느낄 수 없었고, 비급 상에 기록된 몇 초식의 장권법과 도검술에 도전해 보았지만 이미 굳어진 그의 육신으로는 기본 자세를 취하는 것조차 쉽지가 않았다.

그러나 무공을 익히는 것 외에는 달리 탈출구가 보이지 않았기에 죽기 살기로 매달리기를 다시 삼 년여. 은중문은 마침내 내공에 입문을 할 수가 있었다. 은중문이 나중에 생각해 보니 그나마도 그때 '근골과 주천(周天)의 경로 상에 있는 대맥들을 간단하게나마 바로잡아 주었다'던 노인의 은혜 덕분인 것 같았다.

일단 내공에 입문하고 나니 또 다른 길이 열리기 시작했다. 물론 장권법과 도검술 등은 여전히 수박 겉 핥기에 불과했으나, 다행스럽게도 경공과 신법은 사상(四象)과 음양오행(陰陽五行)의 이치에 기반한 운용의 묘를 크게 취하고 내공의 뒷받침을 상대적으로 작게 취하는 묘용이 있었으므로 그나마 수월하게 익혀 나갈 수가 있었다.

그런 중에 은중문은 그때까지도 약간의 거리낌이 남아 미뤄두었던 은잠술과 신투술 등에 다시금 관심을 두게 되었는데, 그것이 또한 내공과 근골의 제약에서 상대적으로 자유로운 분야라 성취하기가 수월했다.

그렇게 은중문이 절치부심하여 무공을 익히기를 다시 칠년여. 마침내 삼 년 전에 그는 손자와 함께 강호로 나선 것이었다.

4

'이 아이가 열네 살이나 되었단 말인가?

강산은 은초의 마른 작대기 같은 몸을 다시 보았다. 열 살이라고 하기에도 너무도 작고 빈약한 체구였으니, 강산은 은초에 대해 새삼 연민을 느끼지 않을 수 없었다.

"그때는 초아(草兒)의 병세가 이미 극단으로 치닫고 있는 중이었으므로 노부로서는 고민하고 말고 할 여가도 없이 곧바로 투업(偸業)을 시작하지 않을 수 없었네. 치욕스럽기보다는 그것으로 초아의 생명을 유지할 수 있다는 데 대해 차라리 감사하는 마음이었지. 덕분에 지금까지도 우리 조손이 연명을 해나가고 있으니, 그때 그 노인은 그야말로 우리 조손이 겪어야 할 앞날의 상황까지를 훤히 꿰뚫어본 선지자이셨던 셈이지. 허허허."
나직한 은중문의 웃음소리 속에 그간 겪어온 세월의 질곡과 무게가 담겼다.

<h1 style="text-align:center">九十四
공부(工夫)</h1>

1

강산의 몸속에 이십여 년의 내공에 해당하는 잠력이 존재한다는 말에 대해서야 당연히 제법 센 허풍으로 치부하고 말았지만, 어쨌든 상호간에 거래 조건까지 걸었으니 은중문으로서는 무공 전수에 대해 흉내나마 내보지 않을 수 없는 일이었다.

그리고 기왕에 흉내를 낸다면, 처음에 흑심(?)을 가졌던 대로 나중에 조수로 쓸 때에 조금이라도 실용의 도움이 되는 쪽으로 가르쳐 보는 것이 좋을 터였다.

그런 취지에서 은중문은 경공법부터 수업을 시작해 볼 생각이었다. 기왕에 강산이 도망치는 쪽에 자질이 좀 있으니,

그것을 더욱 발전시켜 보자는 취지였다.

　은중문은 말 한 마리를 샀다.
　다 늙어빠진 말이라 헐값이었으나, 말 뒤에 매달 작은 수레 한 대까지 같이 샀으니 은자에 관한 한 짜기가 왕소금보다 더한 은중문으로서는 제법 크게 마음을 먹은 것일 터였다.
　첫째는 은초에게 먼 길 가는 고생을 조금이라도 덜어주려는 것이고, 더불어서 일행의 이동 시간도 줄여볼 심산이라고 했다.
　결국은 목숨처럼 여기는 손자를 위하겠다는 것이고, 또한 이동 시간을 줄여서 한 탕이라도 더 뛰겠다는 욕심이라는 얘기였으니, 강산으로서는 덕 볼 것이 조금도 없었다.
　덕을 보기는커녕 이전보다 더 빨리, 더 오래 걸어야 할 것이니 오히려 고생이 더해질 것을 걱정해야 할 일이었다.
　물론 강산이 그런 정도에 불평을 할 것까지는 아니었는데, 은중문이 오히려 앞서서 생각을 해주는 체했다.
　힘들면 말 등에 타라는 것이었다.
　강산이 타라면 못 탈 것도 없다는 정도의 가벼운 생각을 한 것까지는 좋았다. 그리고 수레의 연결부를 디딤 삼아 턱하니 말 등에 올라탄 것이며, 은중문이 고삐를 잡아 말이 요동치지 않도록 해준 것까지도 다 좋았다.
　문제는 말 등에는 안장조차 얹히지 않았으며, 또한 은중문은 강산에게 말고삐를 넘겨주지도 않았다는 것이다.

미끈거리는 말 등은 엉덩이를 붙이기조차 힘들었으며 어디 마땅히 붙잡을 데도 없는 마당에, 게다가 무슨 고약한 심사가 발동했는지 은중문은 강산더러 두 손일랑 아예 쓸 생각 말고 오로지 하체의 힘만으로 버텨보라고 했다. 짐작하건대 그가 그러는 데에는 또 무슨 뜻이 있는 것 같았기에, 강산은 못하겠다는 말을 하기도 참으로 애매했다.

말이 움직이기 시작하자 강산은 말의 목을 끌어안은 채 바짝 허리를 숙여 매달리다시피 하는 모양새가 되었는데, 그런 중에 말은 말대로 목이 조이는지,

푸르륵!

하고 도리질을 치는데 마치 짜증을 내는 것 같았다. 그 모습에 은초가 참지 못하고,

"하하하!"

하고 웃음을 터뜨리고 말았다.

은중문은 담담한 목소리로 강론을 시작했다. 경신의 기초에 관한 것이었다.

몸의 중심을 어떻게 잡아야 하고, 또 중심의 이동은 어떻게 해야 하는 것이며, 균형 감각을 키우는 가장 좋은 방법 중의 하나가 바로 말 타기라는 등등의 말까지는 강산도 대충은 이해가 되었다.

그런데 문제는 그 이후로 이어지는 심오정심의 이치들이
었다.

무슨 동중정(動中靜)이니 하더니 정중동(靜中動)이라고 금
세 말을 바꾸질 않나, 또 이정제동(以靜制動)이라고 한참 설파
를 하다가는 느닷없이 극동(極動)이면 극정(極靜)이요, 극정이
면 곧 극동이라는 등의 알 수 없는 소리를 하질 않나, 그러더
니 이윽고는 움직이지 않음이 곧 움직임이 된다는 말도 안 되
는 이치를 주워섬기니, 이게 무슨 귀신 씨나락 까먹는 소리인
지 도대체가 짐작하기조차 버거웠다.

강산이 애매한 자세로 말 등에 겨우 매달려 있는 와중에 힐
끗 뒤를 돌아보니 은초의 고개가 연신 끄덕거리고 있었다.

'제기랄! 이거 나 배우라고 하는 소리야, 자기 손자 가르치
려고 하는 소리야?'

강산이 절로 투덜거림이 나오지 않을 수 없는데, 그러나 그
가 어찌 알 수 있었으랴? 그것이 곧 금강부동신법의 요체와도
통하는 이치라는 것을. 그가 그 이치에 대해 머리로는 이해하
지 못해도 몸으로는 이미 그것보다 훨씬 더 깊고 오묘한 경지
를 체득하고 있다는 사실을.

어쨌든 경신의 공부는 강산도 건성건성, 선생인 은중문도
건성건성으로 이어지고 있었다.

그런데 그런 중의 어느 순간, 강산은 한 가지 기발한 생각
을 해냈다. 아니, 사실 그것은 강산의 입장에서야 기발하다고

할 것도 없어서, 곧바로 응용으로까지 이어졌다.

바로 무형방호막으로, 그중에서도 발능과 교류능의 적절한 조화로 부드러운 진기의 층을 만들어낸 것이었다. 그럼으로써 말이 움직이면서 발생되는 충격에 대해 적당한 흡수와 완충이 이루어졌다.

그 부드러움이란 푹신한 솜을 여러 겹 덧댄 것보다도 훨씬 더 좋아서 마치 구름 위에 앉은 듯한 느낌이었다.

그 좋은 느낌을 말이 또한 알고서 좀 전까지 연신 푸르륵거리며 짜증이나 내던 놈이 이제는 호룽! 호르룽! 하며 만족스러운 콧소리를 내고 있었다.

그러나 은중문이나 은초로서는 도무지 알 수 없는 일이었다.

2

말을 산 지 사흘째 되는 날.

아침 일찍부터 은중문의 손이 약간의 조화를 부리더니, 말은 완전히 다른 모습으로 변했다.

폐기 직전의 노마(老馬)가 아니라, 혈기왕성한 젊은 말, 그중에서도 가히 명마의 면모였다.

마침 마시장(馬市場)을 만났기에 장이 서자마자 팔아치우려는 작정이었다.

홍정은 필요없었다.

은중문은 자신이 말을 샀던 가격 대비 대여섯 배를 불렀으나 마침 관심을 보인 부상(富商) 한 사람과 거래가 곧바로 성사되었다.

그리고 그들은 서둘러 마시장을 떠났다.

천면공이 사람이 아닌 말에게 적용이 되었으니, 그 효력이 얼마간이나 지속될지 은중문으로서도 도무지 예측 불가였기 때문이다.

은중문이 말을 처분한 또 다른 이유는, 그들이 다음 목적지로 가는데 관도를 가자면 멀리 돌아가야 해서 이틀 정도가 더 소요되기에 산길을 택한 때문이었다.

사실 은중문이 그곳을 가는 것이 처음은 아니었으나, 다만 산길을 택한 것은 이번이 처음이었다.

그런데는 은중문이 강산의 체력을 믿는 바가 컸다.

강산의 체력은 그저 쓸 만한 정도를 넘는 제법 놀라운 것이니, 은초를 업고도 웬만한 산길 정도는 너끈히 넘어가고도 남겠다는 계산이 선 것이다.

아침나절에 산중으로 들어섰는데, 시간은 어느새 한낮을 훌쩍 지나고 있었다.

그런데 가도 가도 오히려 첩첩산중이니 그들은 아무래도 길을 잃은 것 같았다.

봇짐장수들이 즐겨 다니는 길이 있다는 것은 틀림이 없는데, 은중문으로서 처음으로 와보는 산길인데다 더욱이 큰 문제는 바로 눈이었다.

며칠 전에 내린 눈이 이미 거의 다 녹은 산 아래와는 달리 산속으로 들어갈수록 사정은 완전히 딴판이었다.

시야가 미치는 사방 천지는 온통 눈으로 뒤덮였고, 응달진 산비탈에는 무릎까지 빠지는 눈 위로 앙상한 나뭇가지들만 삐죽삐죽 빠져나와 있을 뿐이었다.

그러니 초행에 제대로 길을 찾기란 요원한 노릇이었고, 짐작하건대 이미 한참이나 길을 벗어나 헤매고 있는 중임에 분명했다.

한 이틀 시간 좀 벌어보려다 생각지 못한 난관에 봉착하고만 은중문의 인상은 진작부터 잔뜩 찌푸려진 채 펴질 줄을 모르고 있었다.

그러나 그런 사정이야 강산이 크게 상관할 일은 아니었고, 무릎까지 빠져드는 눈밭을 걸어가며 등에 업힌 은초와 시시덕거리기는 일도 그다지 싫지는 않았다.

마음이 조급해진 것일까? 은중문이 이윽고는 강산에게서 은초를 넘겨받아 등에 업으며, 강산에게는 설피(雪皮) 한 쌍을 내주며 신으라고 했다.

은중문이 길을 재촉하며 앞서 나가는데 은초를 업은 상태에서도 그의 발은 겨우 발목 어림이나 빠질 정도였고 나아가는 속도도 사뭇 빨랐다. 그가 눈이 얕게 쌓인 곳만 골라서 걸을 수는 없는 노릇일 테니, 바로 경신의 재주일 터였다.

강산 또한 이제는 깊게 발이 빠지지는 않고 있었는데, 이상한 것은 그의 뒤에 남는 발자국이 그가 신은 설피의 크기보다도 훨씬 컸으며 그 형체가 아주 희미하다는 것이었다.

조금씩 눈발이 날린다 싶더니 금세 앞을 보기 어려운 폭설로 화하고 있었다.

이미 몇 차례나 방향을 바꿔보았으나 여전히 헤매고만 있는 중에 설상가상으로 폭설까지 쏟아지니 더 이상 강행군을 하기에는 아무래도 무리였다.

은중문에게는 등에 업힌 은초의 떨림이 그대로 전해졌다. 하긴 아무리 몇 겹으로 옷을 껴입혔다고는 하나 하루 종일 눈 쌓인 산중을 헤매고 있으니 안 그래도 병약한 아이가 견디기는 어려운 노릇이었다.

은중문이 불이라도 피워 잠시 쉬어볼 요량으로 걸음을 늦추는데, 뒤쪽에 처져서 따라오고 있던 강산이 갑자기 크게 소리를 질렀다.

"토끼다!"

강산이 가리키는 쪽을 보니 무언가 설색(雪色)과 잘 구분도 되지 않는 물체 하나가 후다닥 뛰듯이 달아나고 있었다. 그 뒤를 강산이 냅다 쫓아가는데 설피를 신은 채 뒤뚱거리며 뛰는 모양새가 참으로 가관이었다.

은중문이 실소하며 소매 속에서 표창 한 자루를 꺼내어 손바닥 안에 잴 때였다. 문득 등 뒤에서,

"하하하하!"

하고 은초의 맑은 웃음소리가 터져 나왔다. 그에 은중문은 손바닥 안의 표창을 다시 소매 속으로 갈무리하였다.

당장에 먹을 것이 궁한 처지도 아니니, 토끼야 굳이 잡지 않아도 될 일이었다. 그보다는 손자의 웃음소리가 더욱 귀하지 않겠는가?

그러는 사이에 강산은 이리 허둥대고 저리 자빠지면서 막 저쪽의 산모퉁이를 돌아가고 있었다.

은 씨 조손의 시야에서 벗어났다 싶자, 강산은 가볍게 토끼를 낚아챘다.

돌아가는 형편을 보아하니 오늘 밤은 아무래도 이 눈 덮인 산중에서 하룻밤을 보내야만 할 것인데, 추위 속에 딱딱한 건포를 씹는 것보다야 모닥불에 막 구워낸 따끈한 토끼구이를 맛보는 것이 훨씬 더 정취가 있지 않겠는가?

3

눈발은 더욱 거세어지고 있었다.

게다가 산중의 밤이 일찍 찾아온다고 하더니 사방은 어느새 어둑어둑한 기운이 몰려오고 있었다.

하룻밤을 보낼 적당한 자리를 찾고 있는 중이었지만 시간을 더 지체하여서는 곤란할 것 같기에 은중문은 그런대로 괜찮아 보이는 근처의 한곳을 지정했다.

숲 속의 작은 공터인데, 주변을 몇 그루의 커다란 나무가 둘러싸고 있는 공간이었다.

천막을 나뭇가지에 묶어 위를 가리고 또 사방으로 둘러치자 아쉬운 대로 눈보라는 피할 만한 공간이 만들어졌다.

양념을 제대로 하지 못한 때문인지 토끼구이는 기대만큼 훌륭하지 않았다.

어쨌든 대충 요기를 한 뒤에 세 사람이 천막 안에 들어앉아 있자니, 바깥에서 그토록 사납게 울던 칼바람 소리가 조금씩 잦아지는 것 같았다.

좁은 공간 안에 한동안이나 갇혀 있어서인지 은초는 몹시 지루해하며, 좀 전부터는 천막의 출입구 부분에 작은 틈새를 만들어 눈만 빠끔히 드러내 놓고서 내내 바깥 풍경을 바라보고 있는 중이었다. 뭐 그런다고 해도 보이는 것이래야 바깥에 피워놓은 모닥불의 빛이 미치는 데까지일 테고, 그나마도 온통 눈밭일 뿐이겠지만.

은초와, 또 은초의 뒷모습에다 멀거니 생각 없는 시선을 주고 있는 강산을 보며 은중문은 피식 실소하고 말았다.

이럴 때 보면 강산—은중문은 여전히 강파(江波)라고 알고 있었지만—이란 인물도 참으로 건조한 성격이 아닌가?

사근사근하거나 붙임성이 있기까지를 바라지는 않지만, 그래도 이럴 때 슬쩍 우스갯소리라도 한마디하면 좀 좋을까?

그러나 그는 설렁설렁한 성격인 것 같으면서도 막상 누가 말을 시키지 않는 한 먼저 말을 꺼내는 경우가 드물었다.

"험!"

가볍게 헛기침을 하며 일어난 은중문은 은초의 머리 위 천막 자락을 조금 더 제쳤다.

눈보라는 그쳐 있었고, 한결 약해진 바람에 희끗희끗 가는 눈송이만 날리고 있었다.

은중문이 천막을 넓게 젖혀 은초의 옆을 통해 바깥으로 나서면서 강산을 향해 슬쩍 말을 던졌다.

"따라나서게."

뚝!

뚜둑!

은중문은 근처에서 나뭇가지 두 개를 꺾었다.

손가락 두 마디쯤의 제법 굵은 나뭇가지였는데 그다지 애먹이지도 않고 쉽게 꺾이는 걸 보니 겨울 내내 바짝 말라 있는 때문이리라.

은중문이 그중 하나를 강산에게 건네주며 말했다.

"어디 한 번 휘둘러보게."

"예?"

강산이 의아해하자 은중문은 빙그레 웃으며 다시 말했다.

"그동안 강호 밥을 몇 년쯤은 먹었다고 했으니, 남들이 칼이나 검 쓰는 것에 대해 구경이라도 해보았을 거 아닌가? 그러니 그 막대기를 검이든, 도든, 창이든, 도끼든 아무튼 자네 마음에 드는 무기라 여기고 한번 휘둘러보란 말일세."

은중문이 사실은 지루해하는 손자에게 눈요깃거리나 만들어줄까 하여 자청한 일이었다.

그런데 역시 효과는 만점이었다. 뭘 해도 엉성한 강산이었고, 금세 은초의 웃음소리를 이끌어낼 수 있었으니 말이다.

강산이 윤파와 이강의 검 쓰는 모습을 익숙할 정도로 본 처지이고, 그들 두 사람의 이름이 강호에서는 무적이신(無敵二神)이니 뭐니 하며 사뭇 거창한 위세를 떨치고 있었으니, 강산의 눈높이만큼은 강호 도상의 어느 누구와 비교해도 결코 낮지 않다 할 수 있을 것이다.

그러나 그것이야 어디까지나 말 그대로의 눈높이일 뿐이고, 실제로 그가 직접 검을 쓰는 것과는 전혀 별개의 문제였다.

물론 만약에 그가 절세 기병인 무명(無名)을 쓸 것 같으면 마치 한 몸이 된 듯이 신묘한 지경으로 펼쳐 낼 자신이 있는 것이지만, 그러나 그것 역시 초식이나 형(型)과는 아주 거리가 먼, 무어라고 설명하기가 참으로 곤란한 그저 감(感)에 의존한 것일 뿐이지 않겠는가?

어쨌든 굳이 막대기를 휘둘러 보라고 재촉을 하니 그런 중에도 이강을 흉내 내는 것은 더욱 어려울 것 같았고, 윤파의 목검질이야 비록 쌍검은 아니지만 어떻게 흉내는 내볼 수 있을 것 같았다.

획!

휘익!

몇 차례의 막대기질을 지켜본 끝에 은중문은 고개를 가로젓고 말았다.

물론 웃자고 시작한 의미가 컸지만, 그렇더라도 강산의 막대기질은 너무나 엉망이었다.

그가 체력은 좋을지 모르겠으나 무공을 어찌 체력만으로 익힌다 하겠는가? 단언하건대 강산은 결코 무공을 배울 자질이 아니었다.

그때 언제 천막 밖으로 나온 것인지 은초가 소리쳤다.

"아니, 아니, 그렇게 하는 것이 아니고, 검극(劍極)이 곧장 아래로 완전히 떨어진 다음에 다시 횡으로 베어가야지요."

그러더니 이내 손뼉까지 쳐가며 외쳤다.

"바로 그렇지요! 와! 좋은데요?"

그쯤에서 은중문은 슬그머니 뒤로 빠져주었다.

사실 은초는 지극히 총명한 아이였다.

신수록의 무공을 수련하는 과정을 대부분 곁에서 지켜보았고, 때때로 무릎을 치게 만드는 조언까지 해주곤 하였으니, 신수록에 대한 이해의 깊이로만 따진다면 어쩌면 은초가 오히려 그를 능가할지도 모르겠다는 생각을 해본 적도 있는 은중문이었다.

"굳이 어렵게 형(型)과 기(技)를 취하려 할 필요 없이 오히려 힘이 자연스럽게 흐를 수 있도록 하는 데 중점을 두세요. 검에다 힘을 제대로 싣는 것만으로도 충분히 승기를 취할 수 있을 테니까요."

은초는 부지런히 지적하고 고쳐 주었다. 마치 오늘의 무공 선생은 은중문이 아니라 그인 것 같았다.

강산이 처음에는 피식피식 웃어가며 건성으로 듣고 만 것이 사실이나, 조금 지나다 보니 아이가 하는 말들이 그가 취하는 마구잡이의 동작에 슬슬 녹아드는 데가 있었다.

그리고 무엇보다도 이해하기에 참 좋았다. 그것이 제대로 된 무공 요결인지 아닌지는 별개의 문제이겠지만 말이다.

은중문 역시 점차로 두 사람의 연무 광경 속으로 빠져드는데, 가만히 보니 둘이서 가르치고 배우는 것은 이미 신수록 상의 초식들이 아니었다.

그저 횡소천군(橫掃千軍)이니 팔방풍우(八方風雨)니 선인지

로(仙人指路)니 대붕전시(大鵬展翅)니 하는 강호의 누구나 아
는, 그래서 말 그대로 삼류로 분류되는 기본 초식 몇 가지였
다.

　은초가 그를 따라 강호 바닥을 전전하면서 몇 번쯤은 견식
했을 법한 초식들이고, 또한 한때 무공에 관심을 보였기에 그
저 소일거리나 삼으라고 구해준 기본 무서(武書) 몇 권에도
빠짐없이 언급된 초식들이었다.

　그러나 누구의 가르침도 없이 다만 보고 들은 것만으로 또
다른 누군가를 가르칠 수 있다는 것은 은초가 그 초식들의 이
치에 대해 단순히 외우는 것을 넘어 머릿속으로나마 자신만
의 초식으로 완전한 정립을 시켰음을 의미하는 것이리라.

　"허허."

　은중문의 나직한 웃음소리는 차라리 안타까운 탄식이었
다.

　'어차피 빛을 보지 못할 총명과 재능이라면 차라리 평범하
였으면 좋을 것을!'

　강산은 괜히 신나는 기분이었다.

　붕!

　부웅!

　손에 든 막대기가 허공을 가르는 소리와 느낌이 제법 통쾌
했다.

　제 기분에 취한 듯이 더욱 힘차게 휘둘러대는 강산의 모습

에 은중문 혀를 찼다.

'허! 이거야 원, 도를 연습하겠다는 건지 아예 몽둥이 쓰는 법을 연습하겠다는 건지……'

강산이 한바탕의 막대기질을 끝냈을 때, 은초는 짐짓 엄지손가락까지 세워가며,

"이야! 대숙은 역시 힘이 좋으세요."

하고 강산을 추켜세운 뒤에 다시,

"그러니 나중에 병기를 취한다면 가벼운 검보다는 무거운 도를 취하는 게 좋겠어요. 거기에다 길이 또한 길수록 더욱 좋겠고요."

하고 병기에 대한 조언까지 덧붙였다.

4

잠에서 깨자마자 강산은 조용히 천막 밖으로 나왔다.

천지간이 희뿌옜다. 다시 눈발이 휘날리고 있었다.

이제는 정말로 지겨운 생각이 들지 않을 수 없어서 강산은 저도 모르게 인상을 한번 찌푸리고는 눈밭으로 걸어나갔다.

이렇게 눈이 계속 내리다가는 산속에서 하루 이틀쯤 더 헤매야 할지도 모를 일인데, 남은 양식으로는 아무래도 부족하겠다 싶어 은 씨 조손이 일어나기 전에 먹을거리를 좀 구해볼 생각이었다.

잠시 걸어가다 거치적거리기에 강산이 허리춤에 걸어놓았
던 막대기를 어깨 위로 걸치는데,

또한 아침거리를 구하러 나온 길인지 앞쪽 눈 덮인 풀숲에
서 토끼 한 마리가 삐쭉 고개를 내밀더니 강산과 눈이 마주치
자 후다닥! 하고 냅다 달아났다. 강산이 쫓을까 하고 어깨를
움찔하였으나 그냥 눈으로만 쫓고 말았다.

나중에야 아까운 생각이 들지언정, 일단은 토끼보다는 좀
더 크고 거친 놈을 만날 기대를 품은 것이다. 어제 실력을 다
듬은 막대기까지 차고 나온 길이 아니던가?

'노루는 좀 시시하고, 호랑이로……?

혼자 생각 끝에 강산은 괜히 실실 웃으며 고개를 저었다.

호랑이를 잡아서는 당장에 먹을거리로 맞춤할 것 같지도
않았고, 무슨 재주로 잡았느냐고 은중문에게 괜히 의심이나
받든지, 그렇지 않더라도 분명히 호피 욕심을 낼 터이니 껍데
기 벗기는 수고나 하게 되든지, 하여간 그다지 좋을 일은 없
을 것 같았다.

'멧돼지나 한 마리 걸려라!

괜한 헛생각인 줄을 알면서도 일단 목표를 정하고 나니 입
가에 싱긋 웃음이 절로 떠올랐다.

그때였다. 십여 장쯤 앞쪽에 두텁게 눈을 뒤집어쓰고 있는
커다란 바위 아래가 꿈틀하니 움직인 것 같았다. 사실은 눈보
다는 감각에 먼저 잡힌 것이지만.

　제법 커다란 틈새를 이루고 있는 바위 아래에 바위 색보다 조금 더 짙은 회색의 물체 하나가 웅크리고 있었다.

　'크다!'

　놈의 실체를 확인한 강산의 첫 소감이 그랬다.

　강산은 몸을 낮추며 슬금슬금 다가섰다. 그러나 놈이 도망갈 걱정은 하지 않아도 좋을 것 같았다.

　강산의 눈과 딱 마주친 놈의 두 눈이 시뻘겋게 달아오르고 있었다.

　훅!

　후욱!

　강산이 허리를 펴고 좀 더 노골적으로 접근하자 놈의 콧김도 드세어졌다. 그러다 이윽고 놈의 흉성이 폭발한 모양이었다.

　크르르!

　놈은 마치 맹수나 되는 것처럼 포효하며 곧장 달려왔다.

　와사사삭!

　놈의 저돌적인 돌진에 땅바닥의 눈이 뒤집히며 그 속에 묻혀 있던 덤불과 잡목들이 마구 꺾이고, 혹은 거칠게 들고 일어섰다.

　딱!

　제법 경쾌한 타격음과 함께 강산은 나직이 중얼거리지 않을 수 없었다.

"제기랄!"

딱 한 방이었을 뿐이다.

멧돼지란 놈은 한번 화가 나면 화살을 몇 대나 맞고 창에 온몸을 찔린 상태에서도 끝까지 달려드는 놈이라고 하더니 이건 딱 한 번, 그것도 그저 조금 힘주어 휘둘렀을 뿐인데 그대로 상황 종료가 되고 만 것이다.

그럼으로써 어젯밤 애써 배운 초식들을 제대로 한번 써먹어보리라던 야무진 기대 또한 단박에 물거품이 되고 만 것이다.

그 상황에서 저절로 발동이 되고 만 발능(發能)을 탓할 수밖에. 하긴 그것이 발능인지 탄능(彈能)인지, 혹은 흡능(吸能)이나 교류능(交流能)인지 구별하기에 애매하게 되어버린 지도 이미 오래였지만.

툭!

강산이 그래도 남는 아쉬움에 몽둥이로 멧돼지의 대가리를 건드려 보았으나, 놈은 역시나 아무런 반응이 없었다.

"제길!"

강산이 한 번 더 투덜거리고 나서는 이내 걱정이 되었다.

아무래도 너무 컸다. 역시 좋은 소리를 듣지는 못할 것 같아 괜한 짓을 했다 싶은데, 기왕에 잡은 놈을 버리고 다시 토끼를 쫓기에는 영 내키지 않았고, 이미 시간도 많이 지체되었다.

그런데 놈을 끌고 가려니 다시 고민이었다.

'이걸 어떻게 한다? 통째로 끌고 가나, 아니면 적당한 크기만큼만 잘라서 가?

그러나 일단 사냥을 하였으면 고기 한 점이라도 허투루 버리는 것은 멧돼지에 대한 도리가 아니겠다 싶었다.

거대한 멧돼지가 눈밭 위를 누워서 갔다. 끌려갔다. 아주 가볍게.

"끙! 어이 영차!"

낑낑거리며 제 몸의 두 배는 족히 넘어 보이는 거창한 덩치의 멧돼지 한 마리를 끌고 오는 강산의 모습은 은 씨 조손을 놀라게 하기에 충분했다.

"와!"

은초가 환호하였지만, 은중문은 강산이 예상했던 그대로 잔뜩 이맛살을 찌푸리며 고개를 절레절레 저었다.

5

주체하지 못하도록 넘치게 장만한 멧돼지 고기가 생각지도 못한 화를 부른 모양이었다.

아마도 멧돼지의 사냥 흔적과 천막까지 끌고 온 흔적, 그리고 무엇보다도 생전 처음으로 해보는 강산의 서투르기 이를

데 없는 고기 손질이 남긴 요란한 흔적들이 그들을 끌어들였
으리라.

십여 명의 그자들은 짐승 가죽으로 만든 투박한 옷을 두껍
게 걸치고 있었다. 그런 때문인지 하나같이 체구들이 커 보였
다.

며칠 간격으로 이어진 폭설로 바깥세상과 연결이 끊어진
깊은 산중에서, 더욱이 굶주리기까지 했다면 멀쩡한 사람도
화적으로 돌변하고 말 터인데, 십여 명이 되는 패거리가 커다
란 도에 몽둥이, 도끼까지 제각기 중병(重兵)을 둘러멘 모양
새로 날카로운 눈빛 중에도 짐짓 느물거리는 인상까지, 놈들
의 정체는 확연하였다. 두말할 것 없이 산적들이었다.

은초의 얼굴에 설핏 두려움의 빛이 서렸고, 은중문의 두 눈
은 잔뜩 경계의 빛으로 바쁘게 돌아갔다.

그러던 어느 순간 은중문의 두 눈이 문득 의아한 빛으로 크
게 떠졌다.

강산이 성큼성큼 산적들을 향해 다가서고 있었다. 오히려
반갑다는 듯이.

그러나 그가 어깨에 걸치고 있는 막대기가 당장에 문제가
된 것이리라.

"놈! 어딜 감히!"

한소리 호통과 함께 사내 셋이 도(刀)며 도끼를 치켜들고
강산을 향해 달려들었다. 그러나 다음 순간,

퍽!

"어이쿠!"

딱!

"아이고!"

통렬한 타격 소리와 애고지고 하는 비명이 터지더니 세 놈이 잇달아 바닥을 뒹굴었다.

강산이 서두르지 않는 걸음으로 나머지 사내들 쪽으로 향했다.

"어어?"

"저, 저 자식 좀 보게?"

"뭣들 하느냐, 저놈을 당장에 요절내지 않고!"

놀람과 호통이 뒤섞여 터져 나오는 가운데, 나머지 사내들이 우르르 강산을 향해 달려왔다.

그러나 결과는 매한가지였다.

"일 검이 횡단하매 천군을 쓸어버린다. 횡소천군(橫掃千軍)!"

퍽!

"악!"

"팔방으로 풍우가 몰아친다. 팔방풍우(八方風雨)!"

딱!

"크억!"

제법 낭랑히 초식의 이름을 외치는 강산의 목소리와 통쾌한 타격 소리, 그리고 어김없이 터지는 비명.

잠깐 만에 다시 네 명의 사내들가 바닥을 뒹굴자,

"와아!"

하고 지켜보고 있던 은초의 환호성이 터져 나왔다.

"이눔들! 너희들 산채로 안내하여라!"

완전히 전의를 잃고 바닥에 널브러진 채, 혹은 엉거주춤 선 채로 눈치만 살피고 있는 산적들에게 강산이 짐짓 위엄스럽게 호통을 쳤다.

그 소리에 아직까지도 긴가 민가 하고 있던 은중문은 언뜻 고개를 끄덕였다.

직접 보았으면서도 도저히 믿기 힘든 강산의 무위에 대한 의문은 잠시 미루어두더라도, 기왕에 산적들을 제압했고 그것이 무슨 의협심 따위로 행한 것이 아닌 다음에야 힘쓴 만큼의 보람은 찾고 볼 일이었다.

저들이 여기에 출몰했다는 것은 멀지 않은 곳에 저들의 산채가 있다는 것일 터. 눈보라가 쉽게 그치지 않고 있으니 차라리 놈들의 산채로 들어가 잠시간 신세를 좀 지자는 계산이 서는 것이었다. 그런 연후에 눈이 그치면 놈들에게 길 안내를 받는다면 좀 편할 일이겠는가?

그런데 그때 강산이 잠시 허둥대는 모양새이더니 이내 곤란하다는 시선을 이쪽으로 보내고 있었다.

은중문이 퍼뜩 짐작해 보건대, 아마도 놈들을 묶으려는 모양인데 마땅한 방도가 없는 모양이었다. 하긴 끈을 미리 준비한 것도 아니고, 그렇다고 이 눈밭에서 칡 줄기 따위를 구해 볼 수도 없는 일이긴 했다.

은중문의 고개가 저절로 갸웃하고 돌아갔으나, 곧장 다가가서 간단히 산적들을 점혈했다. 물론 그의 내공 수준으로 고차원의 점혈이야 불가능하지만, 가볍게 견정혈을 짚어 팔 하나를 못 쓰게 하는 정도는 그리 어렵지 않았다.

비록 점혈의 유효 시간이 기껏 일각 정도에 불과했지만, 은중문의 손길이 스치는 순간 저릿한 느낌과 함께 마비되고 마는 한쪽 팔을 부여잡으며 대번에 질린 기색들이 되고 마는 산적들에게 다른 제제 수단을 추가로 강구해 둘 필요는 없어 보였다.

다만 은중문을 다소간이나마 찜찜하게 만드는 것은 그가 점혈하는 모습을 유심히 바라보고 있는 강산의 심상치 않은 눈치였다.

산적들의 산채에 사내라고는 세 명의 늙은이가 있을 뿐, 나머지는 아낙 다섯과 대여섯의 어린아이들뿐이었다.

은중문이 간단히 산채를 둘러보니, 처음부터 기대하였던 것도 아니었지만 참으로 곤궁한 살림살이였다.

일단은 마당에다 장작불을 피우고 가지고 온 멧돼지 고기를 풀어서는 아낙들에게 굽게 했다.

점령자와 피점령자 사이의 긴장이 풀어진 것은 고기 굽는 구수한 냄새가 마당 가득 진동할 때쯤이었다.

그리고 역시 아이들이 먼저였다.

대여섯이나 되는 아이들이 장작불 주변을 이리저리 뛰어 다니며, 그러다 아낙들에게서 작은 고깃점들을 눈치껏 얻어 먹어 가면서 해맑게 웃고 재잘댔다.

은초의 얼굴에도 슬그머니 웃음꽃이 피어났기에, 은중문은 아이들을 불러 모아 은자 몇 푼씩을 나누어 주었다.

그런 모습이 산적들에게는 그들을 해치지 않겠다는 뜻으로 비친 모양으로 다들 크게 안심하는 기색들이었다.

산적들은 처음의 인상처럼 흉포하기만 한 사람들은 아니었다. 칼을 내려놓으니 그냥 보통의 사람들이었다.

그런 중에 은중문을 크게 안심시키고, 또한 강산으로 하여금 반색하게 만든 것은 바로 산적들이 들고 나온 커다란 독이었다. 어디에 숨겨 두었다가 들고 나온 모양인데, 독에는 톡 쏘는 주향을 풍기는 맑은 액체가 반쯤이나 넘게 찰랑거리고 있었다.

6

이틀이 더 지나도록 눈은 여전히 그쳤다 내렸다 하기를 반복하고 있었다.

　은중문은 차라리 마음 편하게 한 탕(?), 아니, 몇 탕을 포기하기로 했다. 무엇보다 은초에게 먹일 술이 넉넉히 있다는 것이 그로 하여금 쉽사리 포기할 수 있도록 했다.

　그 며칠간 강산은 작정했던 대로 은중문으로부터 점혈법에 대해 가르침을 청했다.

　그러나 그런 방면으로는 아예 무지한 강산에게 그 공부는 전신 대소 혈도의 명칭을 외우는 것만으로도 머리를 혼란스럽게 만들었고, 나아가 봉혈(封血)과 해혈(解血)의 구체적인 이론으로 들어가서는 아예 지끈거리는 두통을 유발했다.

　그나마 곁에서 은초가 친절하고도 재미난 방식으로 설명을 보충해 준 덕에 강산은 겨우 점혈에 대한 기초적인 원리를 대강이나마 이해할 수가 있었다.

　그러나 실제로 점혈을 구사하는 데 있어서는 강산은 이번에도 사뭇 엉뚱하고도 기묘한 방법으로 응용을 해냈다.

　그것은 상대의 혈도를 정확하게 짚어 봉쇄하는 것이 아니라, 자신의 진기를 상대의 진기가 흐르는 길목 중에 남겨 진기의 흐름 자체를 봉쇄하는 방법이었다.

　혈도의 이름과 그 정확한 위치는 여전히 제대로 외우지 못하였으나, 그는 이미 삼백육십 개의 관문, 아니, 확실하게는 아직 미관통 상태인 서른여섯 군데를 제외한 삼백스물네 곳의 관문과 그것들 각각에서 비롯되는 진기의 흐름에 관해서 자신의 몸을 통해 직접 상세하게 체득하고 있으며, 또한 자신의 진기를 다른 사람의 체내에 남기고 거두는 것을 마음대로 할 수 있으니, 곧 봉혈과 해혈이 자유자재로 가능한 것은 지극히 당연하였다.

나아가 그처럼 특이한 방식이니, 상대가 아무리 해혈법에 능하다고 하더라도 그에게 한번 점혈이 된 이상에는 결코 해혈이 불가능할 터였다.

물론 그런 것은 강산이 다만 마음속 짐작으로만 해보는 것이지 은중문이나 은초에게 드러내 보일 것은 아니었다.

7

산채에 머문 지 사흘째가 되자 눈이 완전히 그친 듯하기에 은중문은 서둘러 길을 나설 채비를 했다.

산적들이 작별 인사를 대신하기라도 하듯이 아침부터 나서서 부지런히 길을 닦은 덕분에 해가 동천(東天) 가운데에 자리했을 즈음에는 산채에서부터 앞산의 능선 자락까지 이르는 좁은 길 하나가 닦였다.

바닥을 보이는 술독을 달달 긁다시피 하여 호로병 두 개에다 가득 술을 채운 다음에 강산은 은초를 업었다.

은초가 이제는 사양하는 기색도 없이 넙죽 강산의 등에 업히는 것을 보고 은중문은 엷게 미소를 떠올렸다.

가끔씩 몰아치는 산바람은 여전히 매서웠지만 그래도 어
딘가 폐부 깊숙이까지 시원해지는 느낌이 있었다.
　복잡한 인간사와는 상관없이 계절은 저 홀로 흘러 천지간
에는 어느새 여린 봄기운이 도는 것인가?

九十五
중연(重緣)

1

　한동안 일을 거른 조바심 때문일까?

　은중문은 자신의 마음속에서 일어나고 있는 성급한 욕심을 끝내 털어 버리지 못하였다. 아니, 욕심은 점점 더 커져만 가고 있었다.

　욕심의 발단은 좀 전 길에서 마주 지나친 상인 차림의 사내 때문이었다.

　은자를 탐내는 것은 아니었다. 은중문으로 하여금 이처럼 예외적으로 무작정적인 욕심을 부리게 만든 것은 바로 그자가 흘리고 간 한 가닥의 진한 약향(藥香) 때문이었다.

　다년간의 경험으로 판단했을 때 그것은 상당히 귀한 약재가 풍기는 향이었다.

은중문 스스로도 억제하기 어려운 그 집착적인 욕심은 물론 은초 때문이었다.

비록 약향 같은 것을 맡지는 못했지만, 은중문의 번뜩이는 눈빛만으로도 강산은 능히 짐작할 수가 있었다. 은중문의 직업적 육감이 발동하였다는 것을.

분명 괜찮은 작업 대상을 찍은 것이리라.

힐끗 자신을 돌아보는 은중문의 눈길을 받고 강산은 걸음을 늦추었다. 그런 강산에게 은중문은 가볍게 고개를 끄덕여 보이고는 왔던 길을 되돌아갔다.

강산의 등이 문득 따뜻해져 왔다. 은초가 고개를 묻은 때문이었다.

[첫 번째 만나는 시전 어귀에서 기다리고 있게!]

강산의 귓가에 한 가닥 가느다란 전음이 와 닿았다.

2

강산과 은초가 은중문을 기다린 지 이미 한나절이나 지나가고 있었다.

손자가 걱정할 만한 일에 대해서는 꼼꼼하리만치 신경을 쓰는 은중문이기에 무슨 일이 생기지 않았다면 이렇게 늦을

까닭이 없었다.

은초의 얼굴에는 진작부터 걱정이 서렸으나 내색하지 않으려 애쓰는 기색이었다.

그때 갑자기 주변이 소란스러워졌다.

일단의 무사들이 바삐 달려오더니 삽시간에 사방으로 깔리며 길목을 차단하고 있었다.

그러더니 행인들에 대해 일일이 검문을 하기 시작하는데, 그 기세가 아주 등등해 보였다.

놀라고 당황한 행인들과 상인들이 웅성거리는 말들 중에는, 성 밖에도 이미 수백이나 되는 무사들이 천라지망을 치고 있다는 소리가 들렸다.

무사들은 이 지역의 패주인 비룡문(飛龍門)의 문도들이라고 했다. 그러고 보니 무사들 중에는 고수급으로 보이는 자들도 제법 섞여 있었다.

강산은 잔뜩 미간을 좁히고 말았다.

'이 영감이 도대체 무슨 사고를 쳤기에?'

그것은 직감이었다. 필시 은중문이 감당하지 못할 물건을 잘못 건드린 때문이라는.

강산과 은초도 검문을 피할 수 없어 등짐을 뒤짐당했다.

그러나 별 의심받을 만한 물건이 없었기에 무사통과를 하고 일단은 시전의 안쪽으로 들어서는데, 앞쪽 국수 가게 앞에 서 있던 중년의 장한 하나가 그를 향해 가볍게 눈짓을 하는 것이었다.

강산은 곧바로 알 수 있었다. 그가 바로 은중문임을.

은중문이 가볍게 눈짓하는 순간 강산의 귓가에는 가느다란 전음 한 가닥이 와 닿았다.

[정서(正西) 방향으로 곧장 칠십 리쯤 가면 천화루(天華樓)라는 주루가 있는데, 제법 알려진 곳이니 찾는 데 어려움은 없을 것이네. 내일 정오에 그곳에서 만나세. 초아를 부탁하네.]

빠른 어조로 전음을 보내고 나서 은중문은 문득 마주 걸어와서는 가볍게 강산의 어깨를 스치며 지나갔는데, 그 순간 그의 손이 강산의 품속으로 빠르게 들어왔다가 나갔다. 그리고 자신의 품속에 뭔가가 남았음을 알고 강산은 내심 투덜거리지 않을 수 없었다.

'제기랄!'

아마도 그 물건이리라. 사방에 깔린 무사들이 눈에 불을 켜고 찾고 있는 문제의 물건. 그런데 그것을 넘겨받았으니 아주 성가시고 위험한 혹을 달고 만 셈이었다.

은중문은 이미 빠르게 사라져 버린 뒤였으므로, 강산은 일단 그와는 반대의 방향으로 길을 잡았다.

3

일이 커져 버렸으나, 강산은 최대한 개입을 자제하겠다는
생각이었다.

만약 그가 가벼이 개입한다면 그로 인해 비룡문이라는 문
파에 예상하지 못한 어떤 영향을 미칠 수도 있는 것이며, 그
것은 다시 그 문파와 직간접적으로 연관되어 있을 수많은 사
람들에게 영향을 미칠 것이다.

뿐만 아니라 그러한 영향들은 언젠가 그 자신에게로 되돌
아올 것이니, 결국 그가 정의를 내려가고 있는 자유로움에 위
배되는 일이었다.

'책임을 져야 한다면, 그것은 어디까지나 일을 만든 사람
이 져야 하는 것이다.'

강산이 일단 내린 결론은 그랬다.

다만 아직 어린아이에 불과한 은초에게까지 그런 냉혹한
잣대를 들이댈 수야 없는 일이니, 만약의 경우에는 은초를 보
호해 주는 수준까지만 관여를 할 작정이었다.

사실은 은중문이 문제의 물건으로부터 이미 자유로워졌으
니, 어떻게 하든 그 일신의 안위를 확보할 수 있으리라는 믿
음이 있기도 했다.

강산은 은초와 함께 성을 벗어나 관도를 걷고 있는 중이었
다.

등에 업히라고 하는데도 굳이 걷겠다고 고집하는 은초의

고개는 내내 땅을 향해 떨어져 있었다.

그런 은초의 모습을 보는 강산 또한 마음이 좋을 리는 없었으나 달리 위로하거나 달래볼 요량이 그에게 있는 것도 아니어서, 두 사람은 벌써 한동안이나 그저 묵묵히 걷고만 있는 중이었다.

그때 맞은편에서 한 무리의 인물이 빠르게 달려오고 있었다. 날렵한 모습들로 보아 무림인들이었고, 또한 기세가 사뭇 거칠었기에 강산은 얼른 은초의 손을 잡아채 관도 가로 비켜섰다.

그런데 그들을 지나쳐 칠팔여 장이나 달려가던 무인들이 돌연 멈추어 서더니 곧바로 되돌아서 달려오는 게 아닌가, 직감적으로 그 기세가 심상치 않았다. 순간 강산이,

'아차!'

하고 내심의 경각심을 토했다.

지금 자신의 품속에 있는 물건이 오전나절에 길에서 마주쳤던 그 상인 차림의 사내의 것일진대, 그때 사내가 조금이라도 주의를 했었다면 은중문과 함께 있었던 자신과 은초를 몰라볼 리 없지 않은가?

처음에야 경황이 없고 또 세세한 모습까지 기억하기도 어려웠겠지만, 나중 정신을 차리고 나서야 열 살 소년이 함께 있었다는 사실 정도는 능히 기억해 내었을 것이 아닌가?

무슨 사달이 생겼다는 것을 짐작했을 때, 그와 은초는 일단

변용부터 했어야 했다.

그러나 뒤늦은 후회가 무슨 소용이랴? 할 수 없었다. 은초를 업고 냅다 달아나는 수밖에는.

다만 잘 닦인 관도에서야 기껏 달음박질(?)로 어찌 무림인들의 경공을 따돌릴 수 있으랴. 얼어붙은 은초를 들쳐 업은 강산은 곧바로 관도 옆의 숲 속으로 뛰어들었다.

"잡아라! 바로 저놈들이다!"

하고 외치는 소리가 뒤꼭지로 따라붙었다. 왠지 억울한 느낌이 들었지만, 어쨌든 물건은 지금 자신의 품속에 있었다.

"제길!"

저절로 나오는 소리를 뱉어내며 강산은 숲 속을 내달리기 시작했다.

마치 숨바꼭질과 같은 쫓고 쫓김이 시작되었다.

강산은 꼬리를 아주 잘라 버리지는 않았다. 그럼으로써 은중문에게 달라붙을 꼬리를 조금이라도 줄여주려는 것이었다. 그것이 지금 그가 은중문에게 해줄 수 있는 최대한의 배려라고 생각하였다.

그런데 조금 이상했다.

강산이 일부러 끌고 다니고는 있지만, 그래도 숨 막히도록 쫓길 필요야 없는 일이기에 어느 정도 여유를 두고서 도망을 치고 있는데도 이상하게도 무사들은 조금의 착오도 없이 너무나 정확하게 뒤를 따라붙고 있었다.

강산은 속도를 조금 더 내어서 아예 종적을 감춘 채 잠시간 기다려 보았다.

그런데 무사들은 역시나 아주 정확하게 뒤를 짚어왔다.

"허! 이게 어떻게 된 노릇이지? 우리한테 무슨 참기름 냄새라도 나나?"

강산이 짐짓 숨을 몰아쉬며 내뱉는 말에 등 뒤의 은초가 문득,

"아! 천리향!"

하고 나지막하게 중얼거렸다.

"천리향? 그게 뭔데?"

강산이 정말로 알지 못하여 묻자 은초가 잔뜩 긴장한 와중에도 간단히 정리하여 대답을 했다.

"무림인들이 비밀스러운 추적에 쓰는 물건인데, 소용되는 재료들이 워낙 귀해서 구하기가 굉장히 어렵다고 해요. 그러나 일단 한번 뿌려 놓으면 천 리 밖에서도 그 냄새를 추적할 수 있다는 기물(奇物)이에요."

"흠! 그러니까 내 품속에 들어 있는 물건에 바로 그 천리향이란 것이 뿌려졌다? 그런데 그렇게 냄새가 지독하다면서, 왜 나는 아무 냄새도 안 나는 거지?"

"천리향은 특이한 방법을 통해서만 그 냄새를 감지할 수 있는데, 천 리(千里)는 물론 과장된 것이지만 숙련된 사람이

라면 십 리(十里) 안쪽에서는 능히 식별이 가능하다고 해요.”

“그래? 흠! 그렇다면 일단은 최소한 십 리 이상은 도망을 치고 봐야 한다는 얘기라 이거지?”

강산이 고개를 끄덕이고는 문득 품속을 뒤져 물건 하나를 꺼내며 다시 말했다.

“그러나 일단은 이 물건이 도대체 무엇인지 구경이나 하고 나서 도망을 쳐도 치기로 하자.”

단단히 싸인 최상품의 비단 천 안에는 서신 한 통과 다시 이끼로 싸인 제법 굵직한 삼(蔘) 한 뿌리가 있었다.

보내는 사람이 비룡문주이고 받는 사람은 별도로 언급되지 않은 서신에는, 늘 물심양면의 도움을 아끼지 않아준 데 대한 치사(致謝)와, 지난 석 달간 새로이 동맹에 합류한 방파의 주인들이 입맹(入盟) 예물로 준비한 백 년 묵은 산삼의 효능에 대한 설명 등이 간략히 적혀 있었다.

그리고 서신에는 다시 몇 장의 속지(屬紙)가 있었는데, 그 첫 장은 ‘동삼육맹(同三六盟)’ 이란 제목 하에 하나의 도표가 그려져 있었다. 일종의 조직도인 모양이었다.

그리고 다시 뒷장에는 도식에 나오는 방파들의 목록과 그 상세한 세력 현황이 기술되어 있었다.

마지막 장은 ‘현안 처리 결과와 건의 사항’ 이라는 제목 하의 내용이었는데, 그 내용은 이상한 기호들로 기록되어 있어

읽을 수가 없었다. 아마도 암호인 모양이었다.

그런데 그 뜻을 짐작할 수는 없었지만, 그 기호들은 강산에게 낯이 설지가 않았다.

'하오밀문?'

일련의 단상들이 강산의 머릿속을 빠르게 스쳐 지나갔다.

지난날 선변은 동창제독 구말에게 약조를 했었다. 향후에 어떤 이유로든 그녀가 제반 천하대사(天下大事)의 전면에 나서는 일은 없을 것이라고.

그때 구말이 물었었다.

"암중에 나설 여지는 남겨두는 셈인가?"

그 질문에 대해 선변은 이렇게 대답했었다.

"제게 어찌 제독 각하의 시야에서 벗어날 재주가 있겠습니까? 그리고 만약이라도 제게 지나침이 있다면 각하나 조정에서 손을 쓰기 전에 아마도 잡조에서 먼저 그냥 두고 보지는 않을 것입니다. 이번 일에서 보듯이 제가 아무리 거대한 세력을 쌓는다고 해도 잡조가 마음만 먹는다면 하루아침의 사상누각에 불과하지를 않겠습니까?"

제독은 강산에게 보장을 요구했었다.

그러나 강산이 보장하기 전에 선변이 스스로 강산에게 약조했었다. 구말에게 약조한 일에 대해서는 필히 지키겠노라고.

강산은 설핏 쓴웃음을 떠올렸다.

선변의 약조가 제대로 지켜지지 않고 있는 듯한 상황에 대해서는 그렇다고 하더라도, 자유를 추구하며 전혀 지금까지와는 다른 세상을 여행하고 있다고 생각했는데, 결국은 잡조동맹과 하오밀문과 선변이라는, 그가 벗어 던지고 왔다고 믿었던 예전 세상의 실상들과 이렇게 다시 만나고 있다는 데 대한 허탈감의 고소(苦笑)였다.

4

은초는 스르르 잠이 들어 있었다. 사실은 강산이 수혈을 봉쇄한 때문이었다.

이제 족히 이삼십 리는 추격자들을 떨어뜨린 것 같으니 다시 추격을 당할 일은 없을 터였다.

그래도 혹시 모를 번거로움마저도 거리껴지기에 아예 이곳 산중에서 밤을 보낸 다음, 내일 정오 즈음에 맞추어 은중문이 지정해 준 천화루라는 주루로 갈 작정이었다.

물론 은중문은 주루로 오지 못할 수도 있었다.

그럴 경우 어떻게 해야 할지에 대해 새삼 고민이 되지 않는 것은 아니었으나, 내일 일은 내일에 가서 다시 고민해 보자는 편한 배짱을 가지기로 했다.

문득 등 뒤 은초의 숨이 불규칙하게 변하는가 싶더니 등이
따뜻하게 젖어왔다.

'이 아이… 울고 있는 것인가?

아이답지 않게 제법 의연한 줄로만 알았더니 꿈속에서까
지는 그렇지를 못한 모양이었다.

강산은 문득 안쓰러운 마음이 되었다.

자신의 어쭙잖은 잣대로 인해 안 그래도 깊은 상처를 안고
서 힘겹게 살아가고 있는 아이의 상처를 다시금 덧나게 만들
고 있는 것은 아닌가 하는 회의도 일었다.

적당한 장소에서 멈춘 강산은 조심스럽게 은초를 내려놓
았다. 그리고 불을 피우고 또 잠자리 준비를 했다.

한참 부산을 떨고 난 다음에야 강산은 은초의 수혈에 머물
러 있던 한 가닥의 진기를 거두어들였다.

깨어난 은초는 소매로 눈가부터 닦았다. 그리고 잔뜩 가라
앉은 목소리로,

"할아버지는요?"

하고 묻고는 잠시 침묵하였다가 이내 다시 물었다.

"괜찮으시겠죠?"

강산은 일부러 분명한 투로 대답해 주었다.

"물론이다."

그것만으로도 은초는 조금이나마 안심을 하는 듯 보였다.
아니, 강산의 그런 분명함에라도 기대고 싶은 것이리라.

타닥!

타다닥!

모닥불이 타들어가고 있었다.

은초는 내내 불빛에만 눈길을 주고 있는 중이었다.

강산이 문득 생각이 나기에 등짐을 뒤져 육포와 분주가 담긴 호리병을 꺼내어 은초에게 내밀었다.

은초는 육포는 마다하고 말없이 호리병만을 받아 몇 모금이나 벌컥거리고 나서 강산에게 다시 넘겼다.

강산이 역시 말없이 두어 모금을 마시고 난 다음 다시 넘겨주려 하니 은초는 가만히 고개를 가로저었다.

그리곤 품속에서 뭔가를 꺼내는데, 얄팍해 보이는 책 한 권과 곱게 접힌 비단 천이었다. 은초가 그것들을 불쑥 내밀기에 강산이,

"이게 뭔데?"

하고 물었다. 그러자 은초는 문득,

"훗!"

하고 나직이 피식거리고 나서 말했다.

"우리 가문에 마지막으로 남은 것이니까, 뭐, 가보(家寶)쯤 된다고 해 두죠."

"가보? 그런데 이걸 왜 나에게 주는 거지?"

"드리는 게 아니에요. 상황이 험하니 만약을 위해 잠시 맡

겨두려는 거죠. 아무래도 대숙께 있는 게 더 안전할 테니까
요."

"허허! 날 그렇게나 믿나?"

강산이 별 생각 없이 말했는데, 은초는 문득 진지한 기색이
되어 말했다.

"지금 제 곁에 있는 사람은 어차피 대숙밖에 없는데 대숙
을 믿지 않으면 저는 누구를 믿어야 하죠?"

그에 강산이 움찔 당황하며,

"허!"

하고 짧은 탄식을 뱉는데 은초가 이내,

"하하하!"

하고 가볍게 소리 내어 웃더니,

"어떤 경우에도 저는 대숙을 믿을 수 있어요."

하고 말했다. 그 말에 강산이 오히려 마음이 가라앉기에 담
담히 물었다.

"나를? 함께한 지 이제 겨우 몇 달밖에 안 되었는데?"

"전 그냥 믿을 수 있어요. 저의 대숙이니까요."

단호하기까지 한 은초의 말에 강산이 문득 묘한 마음이 되
었기에 말없이 은초를 바라보기만 했다.

은초가 웃는 눈빛으로 잠시 강산을 바라보고 있더니 문득
화제를 돌렸다.

"사실 이 물건들은 그다지 중요하지도 않아요. 게다가 전

이미 이 안의 내용을 다 외우고 있으니 만약에 잃어버린다고 하더라도 언제든지 다시 쓰고, 또 그릴 수 있는 걸요?"

"허!"

강산은 나직이 탄성을 뱉었다. 비록 얇아 보이기는 하나 그래도 책 한 권을 다 외우고 있으며, 더욱이 그림까지도 똑같이 그려낼 수 있다니, 사실이라면 은초의 총명함은 실로 놀랍다고 해야 하지 않겠는가? 그때 은초가 선뜻 그 한 권의 책을 넘겨주며,

"전에 할아버지께서 말씀하셨던 책이 바로 이것이에요."

강산이 언뜻 기억이 살아나기에,

"아! 신수록을 준 그 노인에게 보여주었다던……?"

하고 반문했다.

"예! 그게 바로 이 책이죠."

고급 유지로 된 책이었다. 강산이 괜히 호기심이 생겨,

"내가 좀 봐도 될까?"

하고 묻자 은초는 오히려 반갑다는 듯이,

"예! 물론이에요."

하고 대답하고는 싱긋 웃으며 다시 말했다.

"그런데 보셔도 무슨 내용인지 전혀 모르실 걸요?"

우스갯소리로 하는 말이겠지만, 은초의 그 말에 대해서 강산은 전혀 이의를 제기할 생각이 없었다.

겉장을 살펴보니 아무것도 적히지 않았는데, 대충 책장을

넘겨보니 빽빽하게 쓰인 문구들로 거의 빈틈이 없었다.

눈에 들어오는 대로 몇 줄을 읽어보았지만 과연 무슨 말인지 도무지 의미를 알 수가 없는 문구들이었다.

그냥 덮으려다 제목이라도 보자는 생각으로 겉장 바로 다음의 속지를 보는 순간, 강산은 흠칫 굳어버리고 말았다.

'아아!'

거기에는 여섯 글자가 선명한 필체로 적혀 있었다.

삼백육십관해(三百六十關解)!

그 순간 강산은 대번에 직감할 수 있었다. 그것이 바로 그의 몸에 주문처럼 각인되어 있는 삼백육십관과 어떤 관련이 있다는 것을.

"혹시 그 책 아세요?"

강산이 그대로 굳어 있는 것을 보고 은초가 의아해하며 묻더니 이내 고개를 가로저었다. 해놓고 보니 스스로도 엉뚱한 질문이라고 여겨졌으리라.

그의 가문에서만 소장하여 내려온 책인데 강산이 알 까닭은 전혀 없는 일이었다.

그리고 예전에 그 신선 같았다던 노인이 책을 보면서 꼬박 하루를 몰입해 있었다는 얘기야 또 그럴 수도 있겠다고 하더라도, 지금 강산이 다만 제목만 보고도 넋을 놓아버린 듯한 모습은 참으로 어이없어 차라리 우스꽝스럽다고 할 수밖에 없는 일이었다.

그때 강산이 문득 고개를 끄덕이다가는 다시 가로젓는데, 그것이 은초가 했던 물음에 대한 뒤늦은 답이라면 또한 묘하였다. 이어 강산이,

"나는 다만 이 제목 중의 다섯 자 '삼백육십관'에 대해서만 알 뿐이다. 나머지에 대해서는 조금도 알지 못한다."

하고 말하였기에 은초가 이윽고는 참지 못하고서,

"하하하!"

웃고 나서 다시 말했다.

"글을 조금이라도 아는 사람이라면 삼백육십관이란 글자 정도는 다 알지 않겠습니까?"

그에 강산이 따라서,

"하하하!"

웃고 나서,

"그렇구나!"

하고 고개를 끄덕였다.

그러나 강산의 눈빛이 여전히 추스르지 못한 격동으로 넘실거리는 것을 은초는 미처 보지 못하였다.

"기왕에 삼백육십관해를 보았으니 이 만뢰궁극관도(萬雷

窮極觀圖)도 한번 펼쳐 보세요.”

　하고 말하며 은초가 그 한 폭의 그림을 펼쳐 보이는 순간, 강산은 전율하듯이 부르르 전신을 떨고 말았다.

　그림 속에 묘사된 항아리와 같은 모양의 그 공간은 아마도 어느 계곡인 것 같았다.

　위는 층층의 운무로 막혀 있고, 아래로는 그야말로 만 가닥의 강력한 뇌전이 비처럼 쏟아지고 있었다.

　그 가운데에 한 사람이 우뚝 서 있었는데, 만 가닥의 뇌전은 그 사람의 몸을 사정없이 관통하고 있었다.

　그림을 보는 순간 강산이 전율하지 않을 수 없었던 것은, 그림 속 만 가닥의 뇌전이 한순간 마치 그 자신의 전신을 관통하고 지나가는 통렬한 느낌을 받았기 때문이다.

　“만뢰곡(萬雷谷)이라는 곳을 묘사하고 있다고 해요. 그런데 대숙은 그림에서 무엇이 느껴지나요?”

　은초가 자못 흥미롭다는 빛으로 물었을 때, 강산은 제풀에 흠칫 놀라서 새삼 그림을 응시했다.

　그러나 그 순간에 그림은 그저 그림일 뿐이었다. 다만 좀 전의 그 통렬한 느낌만은 뇌리에 각인된 듯이 여전히 뚜렷하였다. 강산이,

　“참으로 잘 그린 그림 같구나. 느낌이 아주 생생해.”

　하고 말했기에 보다 흥미로운 대답을 기대했던 은초의 눈빛에는 약간의 실망이 담겼다.

은초는 그림의 내력에 대해 간단히 설명했다.

대략 사오 년 전쯤, 그러니까 그들 조손이 대대로 물려오던 가택 인근에 좁고 초라한 움막과 같은 임시 거처를 만들어 지낼 때였다.

어느 날인가 마침 은중문이 신수록의 막바지 수련으로 조금 떨어진 산의 토굴에서 벌써 한 달여 동안이나 폐관 수련 중일 때, 한 노인이 찾아왔기에 은초가 맞이하였었다.

"완전히 하얗게 센 백발의 노인이었는데, 몹시도 야윈 몸에다 비렁뱅이를 겨우 면했다 싶을 정도로 남루한 행색이었죠."

은초의 말에 강산이 문득 끼어들었다.

"노인의 모습에 대해 좀 더 자세히 기억나는 건 없니?"

은초가 설핏 의아해하며 대답했다.

"그저 평범한 얼굴이었는데, 다만 하얗게 센 눈썹이 귀 부근까지 길게 뻗어 있는 것이 특징적이었어요."

"음!"

강산이 나직이 탄식할 때 은초는 갑자기 또 생각났다는 듯이 덧붙였다.

"아! 그리고 주름이요! 얼마나 연세를 드셨는지 얼굴과 목 할 것 없이 아주 자글자글하니 온통 주름투성이였어요."

'아아!'

강산이 다시금 길게 탄식했다. 그러나 그의 내심으로만 흐르는 장탄식이었다.

백발의 노인은 은초의 이름을 물어보고, 또 그의 아버지와 할아버지, 그리고 그 윗대에 대해서도 쭉 물어보았다.

낯선 인물이 가계(家系)를 묻는데도 은초는 크게 꺼려지는 마음이 들지 않았기에 알고 있던 증조부까지의 함자를 순순히 대답해 주었다.

처음 보는 노인에게 스스럼없이 그런 것들을 말해주었을까 싶지만, 나중에 생각해 보니 노인에게서 풍겨 나오는 느낌이 참으로 사람을 편안하게 해주는 데가 있어서 별 경계심을 느끼지 못한 것 같았다.

노인은 은초의 가문을 잘 안다고 했다. 또 이런저런 얘기를 나누는 중에 삼백육십관해에 기록된 문구들을 일부 인용하였기에 은초가 신기한 마음에 또한 삼백육십관해 중의 문구를 인용하자 노인은 크게 놀랐다.

그에 은초가 선뜻 그 한 권의 난해하기 그지없는 책자를 가져다 보이며 윗대로부터 전해져 오는 책자이기에 외우고 있다고 말하자, 노인은 크게 감격해하는 기색이었다.

노인이 책자의 한 장, 한 장을 넘기며 거의 반 시진가량을 깊은 사색에 잠겨 있었는데, 중간중간에 은초의 머리를 쓰다듬기도 했다. 그런데 그 손길이 너무도 따뜻하고 부드러웠기에 전혀 거부감이 들지 않았다.

노인이 몇 번이나 나직한 탄식을 토해내고는, 은초에게 한 장의 도해를 건네며 다시 길게 탄식하며 말했다.

"아아! 아이야! 이 못난 늙은이가 네게 줄 수 있는 것이라곤 기막히게도 고작 이 한 장의 그림뿐이로구나! 네게 무용지물일 것이며 또한 천하인 모두에게도 무용할 것이니, 결국 아무짝에도 쓸모없는 그림이란다. 그러나 이 늙은이가 일생을 진력하여 마침내 완성해 낸 것이라 네게 남기고 싶구나!"

그것이 바로 만뢰궁극관도(萬雷窮極觀圖)였다.

5

"후우~!"

잔뜩 억누르고 있던 숨을 이윽고 토해내듯이 강산은 길게 숨을 내쉬었다.

그 한 권의 책과 그 한 폭의 그림, 그리고 은초를 바라보는 그의 눈빛에 만감이 교차했다.

두 가지의 물건과 은초, 그리고 그 자신 사이에 질기게 흐르고 있는 인연의 흐름이 비로소 보이는 것 같았다.

참으로 질기디질긴 인연이 아닌가?

강산은 언젠가 만뢰곡이라는 곳을 한번 가보고 싶다는 생각을 했다. 물론 이미 백 년 넘게 책을 간직하고 있었던 은초의 가문에서도 끝끝내 알아내지 못한 장소이니, 그가 가보고 싶다고 해서 갈 수 있는 장소일 리는 없었다.

'언젠가 인연이 닿는다면……'

그의 몸에 삼백육십관을 심어준 노인의 마지막 행로가 어쩌면 그 만뢰곡으로 이어져 있을지도 몰랐다.

이제에 와서는, 아니, 이미 오래전부터 삼백육십관이야말로 그의 근원이요, 정체성이라 할 수 있는데도 그는 자신의 그러한 근원에 대해 아는 게 거의 없었다.

사실은 삼백육십관의 끝에 과연 무엇이 있을까 하는 강렬한 의문이 있기도 했다.

그는 지금 구관통까지나 와 있지만, 거의 막바지에 온 것이 아니라 이제 막 새로운 출발점에 선 것 같은 막연함을 느끼고 있는 중이었다.

궁극십관통은 도무지 어떤 것인지, 어떻게 그 근처에라도 가볼 수 있는지는 참으로 아득하고 요원하게만 느껴졌다.

욕심? 그런 건 아니었다.

다만 궁금함이었다, 호기심이래도 좋고.

강산은 문득 쓴웃음을 뱉고 말았다.

'신이 된다고? 신이 되는 것은 과연 어떤 것일까?

6

“초(草)야!”

“예, 대숙!”

“네 할아버지께로 가자!”

“예? 지금 말이에요?”

“그래, 눈을 감아라. 내가 뜨라고 할 때까지 떠서는 안 된다.”

은초는 더 이상 묻지 않았다. 물을 필요가 없었다. 강산이 감으라면 감으면 될 일이었다.

은초의 강산에 대한 신뢰는 이제 굳건하다고 할 정도였다. 조부에 대한 혈육으로서의 신뢰와는 또 다른, 사람 대 사람으로서, 그리고 사내 대 사내로서의 신뢰였다.

비록 어떤 사정으로 그 신뢰가 깨어진다고 해도, 그 깨어짐으로 인해 받을 상처조차도 기꺼이 받아들일 수 있을 것 같은 그런 뿌듯한 신뢰였다.

강산은 은초를 등에 업지 않고 품에 안았다.

그리고 한순간 그의 몸은 그곳에서 사라졌다.

은초는 아련한 현기증을 느꼈으나, 눈을 뜨는 대신에 강산의 든든한 품속으로 더욱 파고들었다.

그런 때문에 그는 빛보다 빠른 속도, 아니, 속도의 개념을 아예 초월하여 마치 일렁이듯이 너울너울 공간과 공간을 이

동해 나가는 기이한 광경을 목격하지 못했다.

  강산이 가는 방향은 애초에 은중문과 만나기로 했던 천화
루 쪽이 아니었다. 비룡문 쪽으로 방향을 돌렸다.
  비룡문이 보이고 있는 여러 측면의 능력으로 보아 은중문
이 그들에게 잡혔을 가능성이 훨씬 클 것으로 보고 일단은 비
룡문 쪽을 먼저 확인해 보려는 것이었다.
  은중문이 물건을 그에게 넘긴 것은 결과적으로 참으로 다
행스런 일이었다. 그 덕분에 그가 만약 잡혔다고 하더라도 고
초는 당할망정 목숨을 잃지는 않았을 테니까.
  다만 은중문이 그런 만약의 경우에 처해 있다면, 물건이 그
자신에게 없으며 천화루에서 만나기로 한 강산 자신에게 있
다는 사실을 있는 그대로 말해주고 몸을 보전하면서 시간을
벌고 있기를 바랄 뿐이었다.
  그러나 강산은 또한 알고 있었다. 은중문이 결코 그렇게 하
지 않으리라는 것을.

7

  비룡문의 커다란 대문 앞이 소란스러웠다.
  "본인은 신수방(神手幇)의 태상호법이다. 본 방 방주께서
이곳에 억류되어 있다는 것을 알고 왔으니 지금 즉시 모셔오

라! 만약 그러지 않는다면 오늘부로 강호 도상에서 비룡문의 이름을 지워 버리겠다!"

참으로 황당한 위협이었다.

도대체 어디에 있는지도 모르는 문파에서 왔다는 사내는 지금 품에 병약한 소년까지 안은 채, 이곳 일대 사방 백 리의 광활한 땅을 관할하는 지역 패주 비룡문의 정문에 버티고 서서 감히 위협성의 호통을 치고 있었다.

그런데 그 황당한 위협이 실제로는 결코 황당하지 않다는 사실은 이내 밝혀졌다.

난데없는 소란에 몰려나와 사내를 제압하고자 달려들던 십여 명의 비룡문 무사들이 순식간에 바닥으로 나뒹굴었다.

강산의 나무 막대기에는 시퍼런 기운이 돌고 있었다. 믿을 수 없게도 강기였다.

가볍게 막대기를 휘두르는 강산 앞에서는 모든 것이 무용지물이었다. 초식도, 고수도, 숫자도, 검진도, 그 무엇도 소용이 없었다.

대문 앞에 몰린 비룡문의 무사들은 어느덧 백여 명을 훌쩍 넘었건만, 그중 반 수 이상은 이미 바닥에 나뒹굴고 있었다. 서 있는 자들도 하나같이 하얗게 질린 기색이었다.

강산은 조용히 서 있었다. 그런 채로 그는 그대로 거대한 산이었다. 누구도 감히 그에게로 다가서지 못했다.

"모두 물러나라! 이 경고에도 불구하고 만약 내 앞을 막는 차가 있다면 더 이상 사정을 봐주지 않을 것이다.”

강산의 나직한 호통에 사방의 대기마저 부르르 치를 떨었다. 가히 만부막적(萬夫莫敵)의 위용이었다.

그러고 보니 강산의 엄청난 위용에도 불구하고 지금까지는 기껏 멍들고 부러지고 기절한 정도이지 막상 죽은 자는 없었다. 그러나 이제부터는 더 이상 사정을 두지 않겠다고 하니, 그야말로 숨이 멎을 듯한 공포가 엄습하는 것이었다.

앞이 트이자 강산은 천천히 대문을 넘어 마당을 가로질러 나아갔다. 안쪽에는 다시 백여 명에 이르는 무사들이 포진해 있었지만, 감히 강산의 앞을 막아서지 못하고 황망히 비켜서기에 바빴다. 누구도 감히 강산의 정면에 서지 못했다. 멀찍이 떨어져 있어도 감히 똑바로 도검을 겨누지 못했다.

강산이 넓은 비룡문의 내부를 일일이 뒤져 볼 필요는 없었다. 무작정 앞을 향해 천천히 걸어가고 있자니, 잠시 후에 그의 앞쪽에 결박된 은중문의 모습이 나타났으므로.

은중문은 강산과 그의 품에 안겨 있는 은초를 보고는 언뜻 절망하는 표정이 되고 말았다.

그러나 강산은 태연히 그의 곁으로 다가서며 품속의 은초에게 나직이 말했다.

“초야, 이제 눈을 떠도 좋다.”

은초가 그제야 눈앞에 은중문이 서 있는 걸 보고 잠긴 목소리로,

"할아버지!"

하고 불렀다.

은중문이 아직 혼란스러운 중에도 격동을 참지 못하고 강산에게서 은초를 받아 꼭 끌어안았다.

그사이 강산은 천천히 주변을 한 번 둘러보았다. 그 한 번의 시선으로 인해 사방의 공간이 일시에 움츠러들었다.

8

은중문은 손자의 말이라면 그것이 무엇이든 일단 믿고 보는 사람이었으나, 이번만큼은 은초의 말을 받아들이는 데 한참이나 시간이 걸렸다. 그것이 바로 강산의 신위에 대한 묘사였기 때문이다.

그러나 은중문은 딱히 놀라는 모습을 보이거나, 혹은 굳이 강산에게 감사를 표하거나 하지는 않았다. 믿기 어려운 일을 당했을 때, 우선은 일이 풀려 나가는 형세대로 그저 차분히 지켜보고 있는 것이 가장 좋은 처세일 수도 있다는 것을 알 만한 연륜을 지녔기 때문이리라.

九十六
영물(靈物)

1

"잠깐 볼일을 좀 보고 오겠습니다."
하는 강산에 대해 은중문은,
"그리하게!"
하고 대수롭지 않다는 듯이 허락했다. 사실은 강산의 행사
에 대해 그가 더 이상은 이러쿵저러쿵 개입할 엄두를 내볼 수
도 없게 되어버렸지만.

신시 초(申時 初;오후 3시경).
사해상단의 강진분점(綱津分店)에 한 사내가 찾아와서는
대뜸 분점주(分店主)와의 면담을 요구했다.

　사전 약속도 없었고 신원 확인도 안 된 자를 만나줄 이유는 조금도 없는 것이었지만, 사내가 내민 한 개의 옥패는 분점주 나은(羅誾)으로 하여금 대번에 문밖으로 뛰어나오도록 만들었다.

　"저… 이 옥패는 어떻게 가지게 되셨는지……?"

　공손한 중에도 탐색하여 묻는 나은에 대해 강산은 빙그레 웃으며,

　"그런 건 묻지 마시고."

　하며 슬쩍 비켜가고자 했다. 그러나 나은이 짐짓 곤란한 형색으로 다시 꼬리를 달았다.

　"그래도 누구이신지는 알아야 저희도 나중에 본 단에 보고를 할 수 있기에……."

　그에 강산이 짐짓 표정을 조금 굳히며 잘라 말했다.

　"내가 이 옥패를 누구에게 얻었건, 설혹 길에서 주웠다고 하더라도 일단 옥패로 요구한 이상 삼천 냥의 한도 내에서는 무조건 은자를 내어주도록 되어 있는 것으로 알고 있소만?"

　나은은 더 이상 따져 볼 여지를 잃고 말았다. 옥패에 대해 아주 자세히 알고 있는 자인 것이다. 나은이 마침 차를 내오는 시비에게,

　"동호(童晧)에게 일러 지금 즉시 천 냥짜리 두 장과 백 냥짜리 열 장, 도합 삼천 냥을 전표로 준비해 오라고 해라!"

　하고 이르자 시비의 얼굴에 언뜻 의아함이 스치는 듯했으

나 곧바로,

"예!"

하고 공손히 복명하고는 방을 나갔다.

잠시 후에 오십대 초반쯤으로 보이는 사내 하나가 방으로 들어오는데 슬쩍 살피는 사내의 눈매가 왠지 꼼꼼하다는 생각을 하며 강산은 내심 실소하고 말았다.

'후훗! 별 게 다 신경이 쓰이는 걸 보니 그동안 어쩔 수 없이 도망자의 습성이 몸에 밴 모양이로구나.'

"그릴 수 있겠는가?"

"예!"

강산이 떠나자마자 묻는 나은에 대해 동호의 대답에는 자신이 있어 보였다.

"초상(肖像)을 지단(枝團)으로 보내야 하니 즉시 그려 올리도록 하게!"

나은이 서둘렀다.

2

"이것이 무엇인가?"

"노야께 무공을 배우는 수업료입니다. 원래는 하루하루 계산하여 중간중간에 정산해 나가려던 것이었지만 오늘 제게 뜻밖의 거금이 생겼기에 아예 일시불로 드리려는 것입니다."

"허!"

은중문이 그저 탄식만 불어 내쉴 뿐인데 강산이 빙그레 웃으며 다시 말했다.

"낮에 제가 볼일이라고 했던 것이 사실은 이 근처에서 빚을 받을 게 있어서였습니다. 예전 저의 선친께서 살아 계실 때 이 근처에 사는 한 거상에게 거금을 빌려주신 적이 있는데, 이후 그 거상의 사업이 갑자기 기울어 선친께서는 빚을 돌려받기를 포기하셨지요. 그런 지가 어느 듯 이십여 년의 세월이 흘렀고, 마침 이 근처를 지나는 길이라 오늘 혹시나 해서 가봤더니 그 거상은 재기하여 예전보다 몇 갑절의 부를 이루었더군요. 그리하여 저를 보고는 흔쾌히 후하게 이자까지 붙여서 빚을 갚았습니다."

강산의 얘기가 제법 천연덕스러운지라 은중문이 슬며시 안색을 펴고는 짐짓 장단을 맞추었다.

"흠! 그런 일이 있었구먼. 한데 수업료라면 애초에 일천 냥으로 정한 것인데, 삼천 냥이나 되는 거금을 주는 이유는 또 무엇인가?"

"예! 그게… 제가 그동안 노야께 몇 가지 무공을 사사하다 보니 처음에 예정하였던 삼 년 가지고는 어림 반 푼어치도 없겠고, 더욱이 그 무공이 참으로 고명하여 노야께서 삼 년을 한정할까 오히려 두려워지는 마음이 들지 않겠습니까? 그래

서 크게 기대하지도 않았던 돈이 생긴 김에 선금을 드림으로
써 미리 기간을 연장시켜 놓으려는 것이지요.”
　은중문은 잠시 망설이는 듯했다. 그러나 그는 곧 선뜻 전표
를 받았다.

　은중문에게는 해마다 한 번씩 크게 은자가 소용되는 일이
있었다.
　그런데 금년에는 이런저런 예기치 못한 사정들을 겪느라
은자가 턱없이 부족했는데, 강산이 은초를 통해 그런 사정을
알게 되었기에 사해상단의 분점을 찾아가 은자를 구해온 것
이었다.
　은중문에게 해마다 한 번씩 크게 은자가 소용되는 일이란
바로 독각화섬(獨角火蟾)이라는 희귀 독물을 구하는 일이었
다.
　물론 은초를 위해 쓰일 물건이겠거니 짐작이 되기에 강산
이 자세한 사정은 구태여 물어보지 않았지만, 그 희귀 독물을
구하는 과정에 대해 듣고는 은근히 심사가 뒤틀리지 않을 수
없었다.
　매년 이월 초에 독각화섬을 비싼 값으로 샀다가 이월 말 경
에는 다시 원래의 주인에게 되팔아야만 하는데, 그 되파는 값
이 살 때의 절반도 안 되는 헐값이라는 것이었다.
　참으로 황당한 거래가 아닐 수 없으나 울며 겨자 먹기로 그

러지 않을 수 없는 것은, 은 씨 조손에게 독각화망이 필요한
시점은 매년 이월 보름 딱 하루뿐인데, 만약 그날에 독물이
필요하지 않으면 다시 다음해를 기다려야만 한다는 것이었
다.

　그런데 희귀 독물인 만큼 그것을 관리하는 일은 지극히 전
문적인 분야라 은중문으로서는 다음해까지 독물을 살려서 보
관할 방법이 도저히 없는 것이었다.

　더욱이 독각화망을 절실히 필요로 하는 사람이 달리 또 있
는 것도 아니어서, 독물을 죽여 없앨 바에는 반값이라도 받고
되팔았다가 다음해의 필요한 시기에 다시 사는 게 그나마 손
해를 작게 보는 일이라는 것이었다.

　천약원(千藥院).

　섬서(陝西)에서 가장 크다는 약재상(藥材商)이다. 이름 그대
로 천 종류의 약재를 확보하고 있다는 곳인데, 그중에는 희귀
한 독재(毒材)까지 포함되어 있었다.

　밤이 이슥해지는 무렵.

　강산과 은 씨 조손은 천약원이 바로 아래로 내려다보이는
언덕의 한 그루 커다란 소나무 아래에 있었다.

　은중문은 다소 답답해하는 기색이었다.

　그도 그럴 것이, 독각화섬을 구하러 천약원으로 온 길인데,
강산이 자신에게 다른 좋은 방도가 있다며 천약원으로 들어

가는 대신 느닷없이 이 언덕으로 잡아끌고 온 것이었다. 그리고는 무작정으로 기다린 것이 어느새 사방이 어둑어둑해지고 있었다.

강산이 범상한 인물이 아니라는 것은 익히 알고 있는 바이지만, 아무리 그렇다고 해도 이곳에서 밤이슬을 맞고 마냥 기다린다고 해서 독각화섬을 구할 수 있는 것은 결코 아닐 것이다.

그런데 바로 그때였다.

꾸룩! 꾸룩!

하는 소리가 들리기에 발아래를 보니 어린아이 주먹만 한 무엇인가가 기어오고 있는 것이 아닌가?

"앗?"

놀람에 찬 나직한 외침은 은초가 내뱉은 것이었다.

타는 듯 붉은 몸통, 까만 눈동자, 그리고 푸른 뿔 하나. 은중문은 은초에 뒤이어,

"아아!"

하고 탄성을 뱉지 않을 수 없었다. 그 특이하게 생긴 한 마리 두꺼비는 바로 독각화섬이었다.

곧바로 은초와 은중문의 시선이 의혹을 가득 담은 채로 강산에게로 향하였다.

그러나 강산 자신도 독각화섬이란 놈이 어떻게 제 발로 여기까지 기어 왔는지에 대해 설명하기는 참으로 애매한 일이

었다. 굳이 말하자면, 독기감응(毒氣感應) 같은 것이랄까?

"어엇? 저, 저기 좀 보세요!"

은초가 다시금 두 눈을 부릅뜨며 한쪽을 가리키기에 은중문이 반사적으로 눈길을 돌려 보고는,

"허!"

하고 차라리 탄식을 뱉고 말았다.

또 다른 독각화섬이 기어오고 있었다. 그런데 다시 그놈의 뒤를 따라오고 있는 두 마리가 더 있었다.

먼저 와 있는 놈과 합치면 총 네 마리나 되니 가히 두꺼비 사태가 아닌가?

다시 와서 꽂히는 의혹의 시선들. 그런데 이번에는 강산 자신 또한 미처 예상하지 못한 사태였다. 강산이 짐짓 당황스러운 듯이 웃으며,

"아마도 먼저 온 놈이 심심하다고 다른 놈들을 부른 것이겠지요? 어쨌든 제 발로 온 놈들이니 성의를 생각해서라도 감사히 챙기면 될 일 아니겠습니까? 뭐, 그리고 노야께서 그동안 천약원에 지불한 돈이면 이놈들을 다 살 수 있을 만큼은 되지 않겠습니까?"

은중문이 뭐라고 대답을 하지 못하고 멀거니 바라보고만 있는데, 강산은 곁에 섰던 은초의 어깨를 가볍게 치며 손을 내밀었다.

"뭐 하고 있어, 이놈들 잡아넣게 옥함(玉函) 줘야지?"

그에 은초가 퍼뜩 정신을 차린 듯이 재빨리 큼직한 옥함 하나를 강산에게 건네주었다.

그에 은중문이 또한 소매 속에 갈무리해 놓은 녹피(鹿皮) 장갑을 꺼내 손에 끼었다. 놈들은 온몸이 극독의 덩어리이니 맨손으로 잡을 수는 없는 일이기 때문이었다.

그런데 그때 강산이 옥함의 덮개를 열어 땅바닥에 놓으니 독각화섬들이 제 발로 순순히 옥함 안으로 기어들어 가는 게 아닌가? 그 광경을 무엇에 홀린 듯이 지켜보고 있던 은초가 마침내는,

"와아!"

하고 환호성을 울렸다.

은중문은 절레절레 고개를 흔들었지만, 그의 안색 또한 사뭇 들뜬 듯이 보였다. 네 마리까지야 소용될 일도 없겠지만, 어쨌든 지금 당장은 엄청나게 부자가 된 듯이 뿌듯한 기분이 든 때문일까?

3

은 씨 조손에게 독각화섬이 필요한 이유는 바로 영물(靈物) 사냥을 위해서였다. 만년음양영사(萬年陰陽蛇靈)라는 천고의 영물, 바로 은초를 치료할 수 있다는 영물이었다.

"벌써 사 년째라면서, 그렇다면 그때 그 노인의 말이 잘못

된 것일 경우도 생각해 봐야 하지 않습니까?"

강산의 물음에 은중문은 대답 대신 천천히 고개를 저었다. 고집스럽고도 완고한 표정이었다. 그에 강산이 다시,

"그러다 올해도, 그리고 내년에도 계속 그 영물이 나타나지 않으면 그 때는 어떻게 하시려고……?"

하고 다시 묻자 은중문은 문득 단호하게 대답했다.

"그분이 올해까지는 반드시 그 영물이 승천을 하리라 하였으니, 올해는 틀림이 없을 것이네. 나는 그분을 믿네."

강산은 더 이상 토를 달지 못하였다. 은중문의 단호한 어조에서, 또 기색에서 그때 그 노인의 말을 믿어야만 한다는 절박감까지 느낄 수 있었기 때문이다.

비령산(秘靈山)은 섬서 남단의 대파산맥(大巴山脈) 깊숙이 자리한 큰 산으로, 그 웅장한 산세 중에 육봉칠곡(六峰七谷)의 높고 험준한 봉우리와 깊고 수려한 계곡을 포용하고 있어 예로부터 신령한 산으로 불리어왔다.

그런데 일 년 내내 사람이래야 기껏 사냥꾼이나 약초꾼 한둘을 보는 게 기껏일 뿐이던 그곳 심심산중에는 지금 사람들이 제법 흔하게 눈에 띄고 있었다. 대부분은 도검과 각양(各樣)의 무기들을 지닌 무림인들이었다.

무림인들이 제각기, 혹은 몇몇씩 무리를 이룬 채 비령산의 봉우리와 계곡을 뒤지고 있는 모습들에 은중문은 몹시 불안

한 기색이었다.

그가 급히 알아본 바에 따르면, 이번 달에 들면서 달 밝은 밤이면 가끔씩 정체 모를 울음소리 같은 것이 산중을 울리는데, 크지 않으면서도 온 산을 울리는 그 소리가 필경 신령한 영물의 것이라 조만간 천고의 영물이 나타날 조짐이라는 소문이 돌고 있다고 했다.

그리하여 인근의 무림인들이 모여들고 있는 중인데, 소문은 계속 퍼져 나가고 있는 중이어서 조만간에는 온 무림인이 이곳으로 몰려들게 생겼다는 것이다.

"만년음양영사가 분명하네! 그 영물이 올해 드디어 승천할 조짐을 보이고 있는 것일세."

가슴속에서 벅차오르는 흥분을 주체하기 어려운지 은중문의 목소리는 가늘게 떨리고 있었다. 이어 그는,

"아아!"

무겁게 탄식하고 나서 다시,

"그러나 이처럼 무림인들이 모여들었으니 참으로 낭패가 아닌가?"

하고 우려하였다. 그에 은초가 자못 차분한 목소리로,

"그러나 영물이 나타날 시기와 정확한 장소는 우리만이 알고 있으니 지금까지와 같이 잘 대처한다면 큰 문제는 없을 것입니다."

하고 말하는데, 조부의 걱정을 달래주려는 듯이 의연한 데

가 있었다.

은중문이 곧 환하게 웃으며 손자의 대견함에 기꺼워하였고, 강산 또한 절로 빙그레 미소를 머금었다.

오늘 밤 자시(子時;밤 11시부터 오전 1시까지), 만월의 기운이 가장 강성한 때에 영물이 그 영기를 섭취하기 위해 숨겨진 영천(靈泉)으로 나온다고 했다.

강산과 은 씨 조손은 다른 무림인들의 눈을 피해 있다가 자시가 가까워졌을 때부터 은밀히 움직이기로 했다.

해시(亥時;밤 9시부터 11시 까지) 말(末) 무렵.

"우어어어엉!"

하는 울음소리가 고요한 산중을 나지막이 울렸다.

아주 나지막하면서도 은은히 온 산속을 울리는 그 소리는 참으로 기이한 데가 있어서, 아주 멀리서 들리는 듯도 하다가 다시 들으면 바로 건너편 계곡에서 들리는 듯하여 도무지 종잡기 어려웠다.

달빛만 아련하던 한밤의 산중에 돌연한 소동이 일어났다.

"저쪽이다! 저 아래쪽 계곡에서 들렸다!"

"아니다! 건너편 봉우리 위다!"

외치는 소리들이 들렸고, 이어 여기저기에서 솟구친 신형들이 빠르게 허공을 가로질러 갔다.

사방이 다시 적막함을 되찾을 때 은중문 조손과 강산은 몸

을 숨기고 있던 봉우리의 바위틈에서 나와 조심스럽게 맞은
편 절벽으로 향했다.

  그리고 준비해 둔 줄을 내려뜨리고 그것에 의지하여 절벽
을 타고 내려갔다.

  대략 이십여 장이나 내려갔을까? 문득 아래쪽에 시커먼 바
닥이 보였다.

  그러나 절벽의 끝 바닥은 아니었고, 중간에 돌출되어 나온
커다란 암반인 것 같았다. 암반은 그 넓이가 제법 넓어서 마
치 절벽의 중간부에 작은 분지가 형성되어 있는 듯했다.

  돌출 분지의 안쪽으로는 시커먼 동혈이 하나 뚫려 있는데,
기이하게도 그 입구에는 마치 작은 연못이라도 되는 듯이 푸
른빛을 띠는 물이 찰랑거리고 있었다.

  아마도 절벽 안쪽으로 물이 흘러들거나 혹은 솟아나는 수
원(水源)이 있는 모양이었다.

  강산이 신기하여 동혈 쪽으로 다가가 보려 하자 은중문이
얼른 그의 소매를 낚아채며 주의를 주었다.

  "멈추게! 저곳이 바로 영천(靈泉)이니 더 이상 다가섰다가
는 영물의 주의를 끌게 되네!"

  은중문이 준비한 사냥 방법은 바로 낚시였는데, 독각화섬
으로 미끼를 삼는다는 것이었다.

  낚싯대는 따로 없었고 천잠사를 여러 겹으로 꼬아서 만들

었다는 손가락 굵기의 낚싯줄 끝에 특별히 현철로 제련하여 만들었다는 낚싯바늘을 달아 영천에 던져 놓는 아주 간단한 낚시 방법이었다.

은중문은 녹피 장갑을 낀 손으로 옥함의 덮개를 조금 열고 그 안에서 독각화섬 한 마리를 꺼냈다.

두터운 장갑 탓에 안 그래도 둔한 손놀림에다, 제 운명을 짐작했는지 독각화섬이 거칠게 요동을 치는 바람에 은중문은 어렵사리 미끼를 낚싯바늘에 꿸 수 있었다. 바늘에 꿰이고 나서도 독각화섬은 여전히 거칠게 꿈틀거렸다.

낚싯줄을 짧게 잡고는 휙휙 몇 바퀴를 돌리다가 오 장 거리의 영천 안으로 정확하게 던져 넣는 은중문의 수법은 제법 익숙해 보였다.

영천은 의외로 깊은지 낚싯줄은 한참이나 풀려 나갔고, 잠시간 일렁이던 수면은 이내 잔잔해졌다.

4

시간이 자시로 접어든 지도 어느 듯 반 시진여가 흐르고 있었다. 그러나 낚싯줄은 여전히 미동도 없었다.

조그만 파문조차도 일지 않는 영천의 푸른빛 수면은 그저 잔잔한 채로 은은히 월광을 반사시키고 있었다.

그때 박힌 듯이 시선을 수면에다 고정시켜 놓고 있던 은중

문이,

"쉿!"

하고 나직한 경고음을 냈다. 잔뜩 긴장한 채였다.

보그르르!

잔잔하던 영천의 수면 위로 몇 방울의 작은 거품이 솟아올랐다. 그러나 그뿐이었기에 별것도 아닌 것을 가지고 괜히 사람을 긴장시키나 하고 시큰둥한 표정이 되던 강산은 문득 두 눈에 반짝하고 이채를 떠올렸다.

미처 주의하지 못하였는데 수면 위에는 어느 사이엔가 뿌연 김 같은 것이 서려 있었다. 그런데 단순한 김이 아니라 희미하나마 기다란 형체를 이룬 김이었고, 더욱이 그것은 살아 있는 듯이 움직이기까지 했다.

상당히 돌발적인 움직임이었다. 가만히 멈추어 있다가,

핏!

하는 미미한 소리를 내는가 싶으면 어느새 사라졌다가,

핏!

소리를 내며 다시 나타나곤 하는데, 너무나도 찰나적인 움직임이라 도저히 눈으로는 따라잡을 수가 없을 정도였다.

[만년음양영사일세!]

은중문의 가늘게 떨리는 전음이 귓가에 와 닿았다.

강산도 이미 들은 바가 있었다. 희귀한 백사(白蛇)가 다시 누천년을 묵어 마침내 거의 영기화(靈氣化)된 상태로 화한 천고의 영물, 바로 그 놈이었다.

'물어라, 제발!'

은중문은 온 기력을 눈과 낚싯줄을 잡고 있는 손끝에 집중하였다. 그리고 한순간 낚싯줄에 꿈틀하는 움직임이 전해졌다. 입질이었다. 이어 낚싯줄이 확 끌려가는 통에 은중문이,

"물었다!"

하고 나직한 희열의 외침을 토하며 힘껏 줄을 잡아챘다.

팅!

천잠사의 낚싯줄이 금방이라도 터질 듯이 팽팽하게 당겨졌다.

촤아아!

영천이 격랑 쳤다. 은중문은 힘차게 낚싯줄을 잡아당겼지만, 영물의 힘 또한 굉장한 모양으로 잠시간 숨 막히는 대치가 이어졌다. 그런데 돌연,

핑!

하는 줄 튕기는 소리와 함께,

"아차!"

하고 은중문이 안타까운 탄식을 터뜨렸다. 그리고 끊어져 힘없이 늘어진 빈 줄을 내려다보며 은중문은 그만 망연자실하고 말았다.

은중문은 넋을 잃은 사람마냥 멍하니 영천의 수면만 바라

다보고 있고, 그런 조부가 안타까워 은초는 감히 입도 떼지 못하고 있었다.

그때 강산은 은중문의 발아래 놓여 있던 옥함을 집어 덮개를 열고는 덥석 독각화망 한 마리를 집어냈다. 아무 것도 끼지 않은 맨손이었다. 그걸 보고 은중문이 문득 화들짝 질겁하며,

"이보게!"

하고 소리쳤고, 은초가 덩달아서,

"대숙!"

하고 비명처럼 다급한 외침을 토해냈다.

그러나 강산은 대수롭지 않게 독각화섬의 대가리를 움켜잡고는 그 외뿔에다 줄을 단단히 홀쳐매는데 웬일로 독각화섬은 그다지 요동도 치지 않고 순순하기만 하였다.

그런데 강산은 다시 한 마리의 독각화섬을 집어서는 좀 전의 바로 위에다 홀쳐매고, 다시 나머지의 한 마리마저 같은 방식으로 홀쳐매었다. 그러고 보니 세 마리의 독각화섬이 줄줄이 묶여진 셈이었다.

"다시 던지십시오!"

강산이 낚싯줄을 건네주며 하는 말에 은중문이 어이없어하며,

"낚시도 없이 말인가?"

하고 반문하였다. 그에 강산이 빙그레 웃으며 고개를 끄덕

여 보였다.

"제게 달리 방법이 있을 것도 같으니 그냥 한번 던져 보십시오!"

은중문이 생각해 보니 이제에 와서는 달리 뾰족한 수가 있는 것도 아니었다. 무엇보다도 지금 이 시간이 지나고 나면 그가 오랫동안 염원해 오던 일은 영원히 이룰 기회가 없어질 것이 아닌가?

휙! 휙!

몇 바퀴를 돌린 끝에 낚싯줄이 다시 영천으로 던져졌다.

강산은 은중문으로부터 낚싯줄을 건네받았다.

어차피 낚싯바늘도 달려 있지 않은 터이니 그것을 잡고 있는 대서 무슨 수가 나는 것도 아니었으나, 줄을 넘겨주는 은중문의 두 눈에는 차마 놓지 못할 간절한 염원의 빛이 담겨 있었다.

영천의 푸른 수면은 잔잔하기만 했다.

한번 당한 바가 있어서인지 놈은 세 마리나 되는 미끼를 건드리지도 않고 있었다.

그러나 미끼의 강렬한 유혹을 결국은 참지 못한 것일까? 조심스럽게 첫 번째의 입질이 왔다. 그러나 강산은 느끼지 못한 듯이 그대로 기다렸다.

손끝의 감이 조용해졌다. 놈이 슬쩍 미끼를 빼먹고는 도망가 버린 것이리라.

두 번째의 입질이 온 것은 잠시 후였다. 그러나 강산은 이번에도 가만히 기다렸고, 놈은 미끼를 빼먹고 다시 가버렸다.

강산의 손끝에서 슬쩍 당겨졌다가 이내 느슨해지는 낚싯줄을 뚫어져라 응시하며 은중문이 이윽고는,

"휴우~!"

하고 어쩔 수 없는 절망의 한숨을 내쉬었다. 이제 미끼는 마지막 한 마리가 남았을 뿐이다.

그때 세 번째의 입질이 왔고, 강산은 천천히 낚싯줄을 챘다. 그러나 급하게 당겨내지는 않았다. 사뭇 느긋하게 끌어당긴 끝에 이윽고 낚싯줄의 끝부분이 수면 밖으로 나왔을 때 은씨 조손의 입에서는,

"아!"

"아아!"

하고 동시이다시피 놀란 탄성들이 새어 나왔다.

낚싯줄 끝에 무언가 물려 있었다. 수면 위로 끌려 나오는 순간 백색 서기에 감싸인 그것은 마구 용틀임을 쳤다.

참으로 기이한 광경이었다.

낚싯바늘도 없는 낚싯줄에 영물이 매달려 있을 까닭은 없었으나, 지금 영물은 마치 보이지 않는 바늘에 단단히 꿰이기라도 한 듯이 마구 용틀임을 치고 있는 것이었다. 그 바람에 휘황한 서기가 사방으로 번져 나갔는데, 그 휘황함은 먼 곳에서도 볼 수 있을 정도로 강렬했다.

“아뿔싸!”

미처 생각지 못한 사태에 강산이 나직이 경호성을 토해낼 때, 절벽 맞은편의 산봉우리와 계곡에서 몇 마디의 외침들이 터져 나왔다.

“영물이다! 영물이 출현했다!”

“저기다! 저쪽 절벽이다!”

“서둘러라! 영물이 승천하려 하고 있다!”

그리고 연이어 수 가닥의 신형이 이쪽을 향해 쏘아오는 것이 보였다.

은중문은 마치 몸에 불이라도 붙은 듯이 속이 타들어갔다. 그러나 지금 가장 중요한 일은 어쨌든 영물부터 잡고 보는 것이었다.

“어서, 어서 줄을 당기게!”

강산이 급하게 줄을 당겼다. 영물이 요동을 쳤지만, 강산의 힘에는 더 이상 버티지 못하고 빠르게 끌려 왔다.

은중문이 건네주는 홍옥(紅玉)으로 만든 붉은 대롱을 건네받은 강산이 입으로 마개를 열고 앞으로 내밀자, 영물은 마치 제집이라도 찾아 들어가는 듯이 대롱 안으로 빨려들어 갔다.

강산이 다시 마개를 덮고 은중문에게 건네주자, 은중문은 허겁지겁 품속으로 챙겨 넣었다. 그로서는 미처 감격할 틈도 없었다. 그때는 이미 그들이 있는 절벽 가까이로 몇몇의 신형이 날아오고 있는 중이었다.

강산이 가볍게 한숨을 내쉬며 사방을 돌아볼 때, 은중문은 빠르게 사세(事勢)를 살펴보았다.

그들이 있는 곳을 향하여 날아오는 신형들은 이미 수십 여에 이르고 있었고, 시간이 지날수록 그 수가 얼마나 늘어날지 예측조차 하기 어려운 상황이었다.

이대로라면 영물을 지키기 어렵다는 생각과 함께, 은중문의 뇌리로는 빠르게 그때 그 노인의 말이 스쳐 지나갔다.

"영물을 복용할 시에는 필히 이 갑자 이상의 내력을 지닌 이가 곁에 있다가 아이의 임맥과 독맥을 동시에 추궁과혈하여 임독양맥의 재건에 균형이 서도록 해주어야만 하오. 그래야만 영물의 막대한 영기를 견뎌 내고 온전히 약효를 볼 수 있을 것이오."

은중문이 당시에는 그것이 얼마나 황당한 소리인 줄도 몰랐다. 또 나중에는 알았으되 그래도 그것만이 유일한 희망이었기에 그러한 황당함은 일단 영물부터 구하고 나서 다시 방도를 구해보자고 했던 것이다.

그런데 막상 영물을 구한 마당에 이렇게 촉박한 지경을 당하게 될 줄이야 어찌 짐작이나 했었겠는가?

'할 수 없다!'

은중문은 마침내 무리한 수를 결정했다. 그러나 달리 방법이 없었다. 당장에 영물 쟁탈전이 벌어지려는 사태에서 그것만이 영물을 지켜낼 가장 확실한 방법일 것이다.

설마 하니 영물이 은초의 뱃속에 들어가고 난 다음에야 누구인들 어찌할 것인가? 다만 은초에게 아무런 준비도 없이 영물을 복용시킨 부작용이 일어나지 않기를, 아니, 부작용이 분명 있긴 있을 것이로되 그것이 견딜 만한 것이기를 간절히 기원할 뿐이었다.

"애야, 입을 벌려라!"

조부의 무겁기 이를 데 없는 명(命)에 은초는 얼떨결에 입을 벌렸다.

은중문이 재빨리 대롱의 마개를 엶과 동시에 은초의 입에 대어주자 뽀얗게 뭉쳐진 한 덩어리의 기체가 그대로 은초의 입속으로 빨려들어 갔다. 은중문이 대롱을 빼면서 다급히 외쳤다.

"지금이다! 입을 꽉 다물어라! 어떤 일이 있어도 입을 열면 안 된다!"

은초가 입을 꽉 다문 채 고개를 끄덕였다. 은중문은 곧장 은초를 등에 업었다.

은중문의 등 뒤에서 은초의 얼굴은 금세 일그러졌다. 지독히도 뜨겁고 차가운 두 갈래의 기운이 그의 뱃속을 마구 헤집기 시작했기 때문이다.

그러나 은초는 더욱 입을 악다물었다. 안 그래도 급박한 상황에 처한 조부에게 자신의 고통으로 인해 우려를 배가시키지 않으려는 충심에서였다. 그러나 그가 당면한 고통은 다만 의지로만 참아낼 수 있는 종류의 것이 결코 아니었다. 그의 작은 이마에는 어느새 몇 가닥의 굵은 핏줄이 섰고, 얼굴 전체에는 팥알만 한 땀방울이 송송 돋아나고 있었다.

"제가 업겠습니다."

강산의 말에 은중문은 조금의 주저도 없이 은초를 그에게 건넸다. 그 자신은 이 자리에 뼈를 묻어도 좋았다. 손자만 무사히 이곳에서 빠져나갈 수 있다면, 그리고 그에게 업히는 것보다는 강산에게 업히는 편이 은초가 이곳에서 빠져나갈 가능성에 있어서 백 번 천 번 유리하다는 것은 너무도 분명했다.

강산은 알 수 있었다. 은초의 내부에서 어떤 일이 일어나고 있는지. 물론 은초를 위해서 이 갑자 이상의 내력으로 임맥과 독맥을 동시에 추궁과혈해 주어야 한다는 자세한 사실까지를 그가 알 리는 없었다.

그러나 강산은 어떻게 해야 은초가 지금 겪고 있는 고통을 해소시켜 줄 수 있는지는 알았다. 어떻게 해야 지금 그의 내부에서 일어나고 있는 부조화를 조화롭게 만들어줄 수 있는지 알고 있는 것이다.

"멈춰라!"

어느 틈에 그들 앞으로 내려선 대여섯 명의 인물 중에서 누군가 날카롭게 호통을 쳤다.

[노부가 시간을 끌어볼 테니 자네는 은초를 데리고 빨리 가게!]

다급하게 귓전을 울리는 은중문의 전음을 들으며 강산은 천천히 구관통의 삼백스물네 개 관문을 운용했다.

파르릉!

파르르릉!

은초는 자신의 내부에서 무수한 폭발이 일어난다고 느꼈다. 그 폭발은 고통스럽기도 했고, 더할 수 없이 후련하고 통쾌하기도 했다.

그러나 조금도 두렵지는 않았다. 그 폭발을 주관하는 이가 바로 대숙임을 알고 있기 때문이었다.

은중문의 주의는 더 이상 몰려드는 무림인들에게 있지 않았다. 그의 온 신경은 지금 강산의 등에 업힌 은초에게로 향해 있었다.

은초의 막힌 혈맥들이 지금 타통되고 있음을, 뒤틀린 근골이 지금 바로잡히고 있음을 은중문은 확실히 알지 못했다. 그러나 그는 알 수 있었다. 은초가 숙명으로 달고 살아온 그 지독하던 병증이 지금 치료되고 있음을. 그럼으로써 그 불쌍한 아이가 지금 새 생명을 부여받고 있음을.

우두둑!

우두두둑!

아주 작은, 그리고 아주 맑은 소리가 잇달아서 울려 나오고
있었다. 바로 은초의 작고 여린 몸에서였다.

그리고 그 작고 여린 몸은 변화해 가고 있었다. 변화는 부
드럽게 일어났지만 또한 빠르게 일어났다.

그렇게 전설의 탈태환골은 아주 짧은 순간에 이루어졌고,
그것이 이루어지고 난 다음에 강산의 등에는 열 살의 작고 여
린 은초가 아니라, 적어도 열서넛은 되어 보이는 제법 훤칠하
고도 단단해 보이는 체구의 은초가 업혀 있었다.

"아아! 초(草)야!"

꽉 메어버린 목소리로 부르며 은중문은 은초에게로 다가
섰다. 은초의 총기 서린 눈동자에도 금세 눈물이 맺혔다.

그때 강산이 짐짓 다급한 목소리로 나직이 외쳤다.

"일단 이 자리를 벗어나고 봐야 하지 않겠습니까?"

그러나 은중문은 강산의 그 같은 다급함에는 조금도 공감
할 수가 없었다. 오로지 지금 당장 죽어도 여한이 없을 듯한
감격과 기꺼움으로만 뿌듯할 뿐이었다.

"가시죠!"

강산이 외치며 은초를 업은 채로 먼저 몸을 솟구쳤다. 그다
지 빠르지는 않았지만 아주 유연한 신법이었다. 그 뒤를 따라
은중문도 신형을 솟구쳤다.

"잡아라!"

"저 꼬마 아이가 영물을 복용했다! 꼬마를 잡아라!"

뒤에서 몇몇의 호통이 터져 나왔다. 개중에는 영물에 대한 욕심에 눈이 뒤집힌 끝에 그 욕심이 어린아이에게까지 향하는 섬뜩한 독기가 서린 호통도 있었다.

그러나 은중문은 뒤돌아보지 않았다. 그는 속도를 높여 강산과 은초의 뒤를 바짝 따라붙었으나, 그들의 앞으로 나아가지는 않았다. 그들의 뒤를 지켜 어떤 위협이라도 그 자신의 몸으로 다 막아내겠다는 듯이.

그들의 뒤에서는 점점 더 많은 소리가 들려오고 있었다. 멈추라고 호통 치는 소리, 악다구니를 쓰며 욕설을 뱉는 소리, 그리고 놀라 내뱉는 경호성 등등.

그러나 은중문은 뒤를 돌아보지 않았기에, 그 많은 소리의 임자들 중에서 막상 단 한 사람도 그들을 실제로 뒤쫓아 오지 못하고 있다는 사실을 알지 못했다.

그리고 그 일단의 무리가 마치 거대한 무형의 벽에 가로막힌 듯이 영천이 있는 그 돌출 분지를 벗어나지 못하고 있는 기이한 광경에 대해서는 더욱이 알 도리가 없었다.

5

만년음양영사의 영기가 내부에서 용해되면서 은초는 뒤틀린 혈맥이 바로잡히고 타통되며 마침내 탈태환골을 이루어냈다. 그러나 은초의 내부에는 아직도 용해되지 않은 영기의 상당 부분이 남아 있었다.

강산이 하고자 했다면 영기를 완전히 용해시켜 줄 수도 있는 문제였다. 그러나 과유불급이라 하지 않던가? 아무리 탈태환골한 몸이라지만 은초에게는 그 막대한 잠력을 한꺼번에 감당할 능력이 없었다.

다만 앞으로 그가 무공을 배우게 된다면, 시간을 가지고 내공 수련을 통하여 서서히 내공화를 시켜 나가야 할 일이었다.

비령산을 무사히 벗어나고 난 다음에야 은중문은 손자의 새롭게 변모한 모습을 찬찬히 뜯어보고는 새삼 감격의 눈물을 주체하지 못하였다.

강산이 베풀어준 바에 대해 진심으로 심심한 감사를 표하던 끝에 은중문은 갑자기 무릎을 꿇고는 은초의 사부가 되어줄 것을 간청하였다. 돌연한 상황에 강산이 난감하여 어찌할 바를 모르는데, 보고 있던 은초가 또한 냉큼 무릎을 꿇는 것이 아닌가?

은초의 그러한 영악함이야 오히려 기껍다고 할 것이나, 강산으로서는 결코 받아들일 수 없는 청이었다.

"제게는 누구를 가르칠 만한 재주가 없거니와, 또한 아무것도 가르칠 만한 것을 가지고 있지도 못합니다."

강산의 능력을 이미 보았기에 그 말은 언뜻 매정하게 거절하고자 지어내는 말로 들릴 수도 있겠으나, 또한 강산이 어떤 성격인지 이제는 어느 정도 알고 있는 까닭에 은중문도 은초도 간청을 계속할 수는 없었다. 다만 강산에게 무슨 피치 못할 사정이 있겠거니 여겼다.

"무공을 배우고 싶으냐?"
강산이 빙그레 웃으며 묻는 말에 은초는 단박에 눈빛을 총기로 반짝이며,
"예!"
하고 또렷한 목소리로 대답했다.
"무공을 배워서 무엇을 하려느냐?"
다시 묻는 말에 은초는 잠시 생각하고 난 다음에 차분히 대답했다.
"아직은 잘 모르겠습니다. 그러나 제 힘으로 뭔가를 이루어보고 싶습니다."
강산은 가만히 은초의 눈을 들여다보았다. 소년의 눈빛은 여전히 맑았다. 처음 보았을 때처럼.
처음 만났을 때와 다른 점이 있다면, 그 눈빛이 반짝이며 빛나고 있다는 것이었다.
열정일까? 혹은 야망일까?
무엇이든 좋을 것이다. 열정이든 야망이든 그것은 순수한 것일 터이니. 소년은 이제 그러한 것들을 가질 나이가 된 것이다. 그것이 나중에 어떤 형태를 갖추어 나갈 것인가 하는 것은 결국 소년 자신이 스스로 결정해 나갈 일인 것이다.

"네가 정히 무공을 배우고 싶다면, 이 대숙이 네게 사부 될
사람을 소개해 줄 수는 있다."

강산의 말에 은초는 언뜻 실망스러운 기색이 되더니 작은
목소리로 물었다.

"그분이 대숙만큼 강하지는 못하겠지요?"

미처 생각지 못한 말에 강산이 소리 내어,

"하하하!"

하고 웃고 나서 곧 표정을 바로하며,

"비록 내게 얼마간의 능력이 있는 것은 사실이나, 무공에
대해서라면 나는 근본조차 갖추지 못한 사람이다. 그러나 네
게 소개해 주려고 생각하고 있는 그 사람이야말로 적어도 검
에 있어서는 능히 천하제일이라고 할 만한 사람이다."

그때 둘의 얘기를 신중한 기색으로 듣고 있던 은중문이 문
득 완연히 기대 섞인 얼굴이 되어 물었다.

"그가 과연 누구요?"

강산이 느긋한 표정으로 잠시 뜸을 들였다가 말했다.

"이강(李强)이라는 친군데, 비록 아직 젊은 나이지만 강호
에서는 벌써부터 무슨 무적(無敵) 어쩌고 하는 거창한 별호로
불릴 정도로 제법 유명세를 타고 있는 친구지요."

"이강? 무적?"

은중문이 강산의 말을 되새기다가는 문득 크게 놀라며,

"설마… 무적이신(無敵二神) 중의 무당검신(武當劍神) 이강

을 말하는 것이오?"

하고 외치듯이 묻고는, 강산이 가볍게 고개를 끄덕이는 것을 보고는 도저히 믿기 힘들다는 듯이 다시 재촉하여 물었다.

"그와 같이 대단한 인물이 무엇 때문에 초아를 제자로 거두어줄 것이란 말씀이오?"

강산이 빙그레 웃으며 대답했다.

"흠! 그야 그 이강이 바로 저와는… 음! 하하하! 어쨌든 그는 저의 부탁을 감히 쉽게는 거절하지 못할 것입니다."

"아!"

은중문이 다시금 짧은 탄성을 흘렸으나, 아무래도 반신반의하는 눈치였다.

그러나 그런 중에도 은중문의 눈빛으로는 숨기지 못할 간절한 열망이 떠올라 있었다.

강산이 말하는 대로만 될 수 있다면 은중문으로서는 더 이상 바랄 것이 없을 터였다.

그러나 그가 어찌 또 다른 것들까지야 짐작할 수가 있었으랴? 은초가 이강의 제자가 된다는 것에 더해질 의미가 얼마나 대단하리라는 것을. 장차 마교와 하오문, 그리고 나아가 잡조와 어떤 인연으로 이어지리라는 것을.

九十七
제자(弟子)

1

처음에 강산이 홀로 강호로 나온 동기, 혹은 핑계는 이강을 만나 보고자 하는 것이었다.

그러나 그가 진정으로 이강을 찾을 마음이었으면 벌써 찾고도 남음이 있었다. 그저 가까운 하오문의 조직을 찾아,

'내가 잡조 조장 강산이오!'

하고 한마디만 하였다면 사람 하나 찾는 일이, 더구나 이강 같이 유명 짜한 인물을 찾는 일이 무슨 대수이랴.

다만 그에게 이강을 찾는 일이 그다지 급하지 않았을 뿐이다. 또한 굳이 그런 식으로까지 찾고 싶지는 않았던 때문이다. 서로가 이리저리 바람처럼 물처럼 떠돌고 흘러 다니다가,

어느 날 어느 곳에서 우연인 것처럼 만나면 좋으리라 생각한 것이었다.
　그러나 강산이 이제는 하오문에 부탁을 하지 않을 수가 없었다.

　하오문을 통해 이강의 소식을 접한 것은 의뢰를 한 지 정확히 닷새 만이었다.

　열흘여 전쯤, 호북(湖北) 무산(巫山) 무협(巫峽) 인근에서 이강 대협을 보았다는 자가 있음. 이후의 종적이 전혀 확인되지 않는 것으로 보아 아마도 그곳 인근 산중에서 머물고 있을 것으로 추측됨.

　너무 막막하다 싶은 소식이었으나, 강산은 그 정도면 되겠다 싶었다. 대책없는 자신감이라고 할 수 있겠으나, 그 정도 단서면 어떻게든 찾아볼 수 있겠다 싶은 생각이 들었다.
　강산이 거리의 멀고 가까움에 대해서 그다지 개의치 않게 된 지는 이미 꽤 되었으나, 요즘에 들어서는 공간에 대해서도 조금씩 제약을 덜 받게 되어간다고 스스로 여기고 있는 중이었다.
　물론 그게 도대체 무슨 대중없는 소리냐고 누군가 따져 묻는다면 이렇소 하고 딱히 설명할 주변은 그에게 없었다. 그것이 단순히 그의 착각인지, 혹은 어느 정도까지가 실제인지에 대해서는 스스로도 혼란스러울 때가 있었으니까.

그러나 그냥 그런 것 같았다. 어떻게 그런 것인지는 잘 모르겠으되, 그냥 그렇게 되어가고 있는 것 같았다.

무산으로 접어든 뒤부터 강산은 홀연히 사라졌다가 다시 홀연히 나타나기를 자주하였다.

은중문이 처음에는 강산의 그러한 홀연한 출몰(出沒)에 적잖이 놀라지 않을 수 없었으나, 그것도 자주 보고 있자니 곧 그러려니 하게 되었다. 대신 강산의 가진 능력이 대체 어디까지인가 하는 점에 대해서는 더욱 더 경이로움을 가지게 되었다.

그러는 중에 그들은 점점 더 깊은 산속으로 들어가고 있었기에 은중문은 이윽고 조금씩 불안해지기 시작하였다.

그러나 기왕에 강산을 전적으로 믿고 따라나선 길이었으니, 그가 이끄는 대로 가보는 수밖에 없는 일이었다.

다만 그런 중에도 은중문을 내내 들뜨게 만드는 것은, 은초의 씩씩한 발걸음이었다. 예전과는 체격 자체부터가 달라졌지만, 은초의 체력은 나날이 좋아지고 있는 것 같았다. 그의 발걸음은 힘이 넘쳤고, 한두 시진쯤은 계속 걸어도 조금도 지치는 기색이 아니었다.

마치 지난 세월 동안 누리지 못했던 것들에 대해 보상이라도 받으려는 듯 내내 활기로 충만한 모습이었고, 보고 듣는 많은 것들에 대한 호기심으로 가득 찬 모습이었다.

2

촤아아아!

세찬 물소리를 따라서 한참을 걸은 끝에 그들은 마침내 높이가 자그마치 십여 장이나 되는 웅장한 위용의 폭포를 발견했다.

그러나 그들은 폭포를 이십여 장 앞에 두고 멈춰 서야 했다.

폭포가 일으켜 내는 자욱한 운무가 주변 일대를 휘감고 있는 속에 한 사내가 있었기 때문이다.

백삼을 입은 그 사내는 폭포를 마주 보고 우뚝 서 있었는데, 묶어서 어깨 뒤로 늘어뜨린 검은 머리 하며, 조각같이 미려한 신체의 윤곽에서 아직 젊은 청년으로 짐작이 되었다. 그러나 지금 주변의 자연과 하나 된 듯이 어우러져 있는 그의 초탈한 모습에서는 마치 선계에서 내려온 선인인 듯한 기이한 선기(仙氣)마저 풍겨지는 듯했다.

청년의 빼어난 기품에 감탄하며 지켜보고 있던 은중문은 문득 흠칫 놀라고 말았다.

청년의 손에 삼 척(三尺) 길이의 막대기 하나가 들린 것을 그제야 본 때문이었다. 그리고 보니 정중정(靜中靜), 어김없는 검사(劍士)의 자세였다. 아마도 검을 수련하고 있는 중임에 분명했다.

은중문이 재빨리 은초에게로 다가섰다. 지금이 청년에게는 수련 중의 중요한 순간일 수도 있으니 방해가 되어서는 안 될 것이고, 더욱이 비전의 초식이라도 연마하고 있는 중이어서 의도치 않게도 그 장면을 보게 되기라도 한다면 강호의 도의에 크게 어긋나는 일일 것이니, 청년이 알아차리기 전에 얼른 자리를 피하려는 생각이었다. 그러나 그가 막 은초의 손을 당겨 잡으려는 순간,

'아뿔싸!'

청년이 마침 그들의 기척을 눈치채고 말았는지 천천히 이쪽을 돌아보는 게 아닌가?

은중문은 당황보다는 미안함에 자신의 나이 많음을 따지지 않고 가볍게 고개를 숙였다.

그때 청년이 은중문의 심중을 이해한다는 듯이 가볍게 고개 숙여 답례를 하는데, 은중문의 안력으로야 청년의 표정까지는 볼 수 없었지만 느낌만으로도 청년의 얼굴에 담담히 미소가 떠오르는 것 같았다.

은중문이 적잖이 안심하며 이제라도 자리를 피해줄 요량으로 다시 은초를 챙기려는데, 그때 강산이 슬쩍 은초의 손목을 당겨 가는 것이 아닌가?

강산이 이어서 은초를 자신의 앞에 세워 마치 청년과 마주

세우듯이 하는 것을 보고 은중문이 일시 당황하였으나, 문득
강산과 청년 사이에 무슨 관계가 있는 것이 아닐까 하는 생각
이 퍼뜩 들기에 잠시 지켜보기로 하였다.

범탈(凡脫)한 듯한 이강의 모습은 예전과는 많이 달라 보였
다.
그러나 강산에게는 여전히 이강일 뿐이었다. 잡조의 조원
으로서의 이강 말이다.
강산의 천면공은 이미 나름의 경지를 구가하고 있는 중이
어서, 다만 모습만으로는 이강은 그가 강산이라는 것을 알아
보지 못했다.
그러나 이강은 강산이 그 자리에 나타나는 순간에 이미 그
를 알아보았다.
기와 기의 만남이랄까? 얼굴과 모습의 재회 이전에 두 사
람의 기(氣)가 먼저 재회를 한 격이었다.
강산은 느긋하게 고개를 끄덕였다. 이강더러 계속하라는
의미였다.
이강의 경지에서 '연무 장면을 남에게 보일 수 없다' 는 금
기 따위가 조금이라도 의미를 가질 것은 아니었다. 그리고 강
산의 가벼운 고개 끄덕임 한 번으로도 그가 데리고 온 낯선
노소를 믿기에 충분하였다.

그 삼 척 길이의 막대기가 돌연 허공으로 둥실 떠올라 청년의 머리 위 허공에 머무는 것을 보고 은초가 놀란 끝에 저도 모르게,

"아!"

하고 나직한 탄성을 흘렸다. 그리고는 곧바로 제풀에 다시금 놀라서는 입을 틀어막는 시늉을 했다.

은중문 또한 놀라지 않을 수 없었으나, 와중에도 은초의 탄성으로 인해 청년의 경인할 절기의 시전이 혹시 방해라도 받지 않을까 싶어 급한 눈짓으로 손자를 질책했다. 그런데 그때,

쉿!

하고 뒤늦게 은초의 경솔함을 나무라듯이 강산이 손가락을 입에다 대며 바람 소리를 냈다. 그런데 그 소리가 좀 전 은초의 탄성보다도 오히려 컸기에, 은중문이 이윽고는 조바심과 당혹감을 참지 못하고서 와락 얼굴을 일그러뜨리고 말았다.

바로 그때였다.

우우웅!

은은히 허공을 떨어 울리는 소리와 함께 이강의 머리 위에 떠 있던 막대기가 울었다.

그리고 다음 순간 막대기는 홀연히 사라지고 허공에는 투명하면서도 지극히 밝은 한 무리의 빛이 찬연하게 일렁이며

폭포를 향해 넓게 퍼져 나가는 것이었다.

'아아!'

그것이 태극혜(太極慧)의 경지에 이른 태극혜검의 투명지극광(透明至極光)이란 사실을 알 리 없을 것이건만, 은중문은 가슴속에서 벅차오르는 감탄을 힘겹게 억눌러야만 했다. 그때 다시,

고오오오!

하고 태산과도 같은 장중함을 담은 저음의 음파가 고즈넉이 울려 퍼지더니, 그 투명하면서도 밝은 빛무리 한가운데서 기이한 묵광이 크게 일어나 하나의 광구(光球)를 이루는 것이 아닌가? 그리고 광구는 순간적으로 폭발하듯이 무한히 확대되며 그 안에 폭포를 담았다.

"아아!"

은중문은 끝내 참지 못하고 경악성을 입 밖으로 내고 말았다. 폭포가 멈추었다. 폭포가 그 거대한 흐름을 멈추고 만 것이다.

그것이야말로 극성의 천마지존공이었고, 또한 태극혜검과 천마지존공의 합치였으나, 역시 은중문으로서는 그 같은 사실을 알 리 만무했다. 찰나간 정지되었던 시공(時空)이 다시 풀리며,

촤촤촤촤!

폭포수가 거세게 떨어져 내렸다.

그러나 은중문과 은초는 망연히 폭포만 바라보고 있었다.

"저 사람이 바로 네 사부될 이다."

마치 꿈결인 듯 들려오는 강산의 목소리가 있고 나서야 그들 은 씨 조손은 퍼뜩 정신을 추슬렀다.

그리고 그들은 새삼 감격하고 말았다. 고요히 폭포를 포용하고 서 있는 이강은 그야말로 검신(劍神)의 모습이었다.

3

이강은 극구 사양했다. 자신은 이제 겨우 스물셋일 뿐이며, 아직 스스로의 수련도 턱없이 미진한데 제자를 들인다는 것은 어불성설이라고 했다.

은중문은 두 사람의 언쟁(?)이 어떻게 결론이 날지 차마 지켜보고 있을 수 없었기에 그들에게서 한참 떨어진 곳으로 자리를 피했다. 그러나 멀리 떨어져서도 그는 내내 왔다 갔다 안절부절못하고 있었다.

간절한 빛으로 지켜보고 섰던 은초가 마침내 울음을 터뜨리고 말 듯한 표정이 되었기에, 강산은 이윽고 마지막의 수단을 동원할 수밖에 없었다.

"야! 하라면 하라는 대로 좀 해라, 응?"

그 크지도 않고 위엄스럽지도 않은 말 한마디에 내내 완강하게 버티던 이강이 돌연 슬그머니 숙여들었다.

그렇다고 당장에 강산의 강권을 받아들인 것은 아니고,

"사제지연이란 것이 어디 그리 가볍게 맺을 인연이겠습니까? 그러나 조장님께서 그렇게까지 말씀을 하시니 우선 며칠 동안이라도 함께 지내면서 천천히 생각을 해보기로 하지요."

하는 정도로 말하더니, 다시 슬쩍 약간의 삐딱함을 덧붙였다.

"뭐, 한 며칠 같이 지내다 보면… 사실 저 아이하고 저하고 나이 차래야 기껏 열 살 정도에 불과한데… 서로 형이니 아우니 하는 사이가 될 수도 있는 일 아니겠습니까?"

강산이 이강에게는 말 대신에 힐끗 눈을 째려주고는 젖은 눈인 채로 자신을 바라보고 있는 은초의 어깨를 가볍게 툭툭 쳐주며 안심하라는 듯이 짐짓 큰소리를 쳤다.

"걱정할 것 없다! 너는 그저 이 대숙만 믿고 있으면 된다!"

물론 대책없는 큰소리였다. 그러나 그 큰소리에 근거가 아주 없지만은 않았다.

강산이 무슨 관상쟁이쯤 되는 것은 아니지만 그래도 그가 믿는 게 있었으니, 바로 기감(氣感)이었다. 우연인지 필연인지 이강과 은초의 기감은 그 기질에서 너무나 비슷하였던 것이다.

그럼으로 해서 두 사람은 결코 서로를 싫어할 수 없는 운명이라고 강산은 굳게 믿고 있는 것이었다.

4

　이강은 오로지 자신의 일에만 충실했다. 일이래야 거의 온 종일 폭포를 마주 보며 명상에 잠겨 있는 것이 거의 다였지만.

　강산 또한 그런 이강에 대해 조금도 간섭하지 않고 자신의 할 일만 했다. 비록 그가 하는 일이래야 불 피워 고기 구워 먹고, 술 마시고, 한번 해본 짓이라고 폭포수에다 낚싯대 드리우고 망연히 시간이나 때우는 따위의 짓거리가 다였지만.

　은중문은 새삼 신기하다는 생각을 지울 수가 없었다. 잠깐 안 보인다 싶으면 술에 고기에, 갖은 먹을거리를 구해오곤 하는 강산의 재주에 대해. 이 깊은 산중에서 강산은 도대체 어떻게 그런 제법 명주 축에 들어가는 술과, 또한 제법 질이 좋은데다 잘 손질까지 된 고기를 계속 구해올 수 있는 건지에 대해.

　어쨌든 은중문으로서야 크게 불만스러울 일은 없었다. 강산 덕분에 참으로 오랜만에 호사를 누리고 있지 않은가?

　비록 은초가 과연 이강의 눈에 들지 초조한 것은 있었지만, 그래도 이런 초조함이라면 차라리 행복이었다. 강산에게 전염이라도 된 듯이 이제쯤에는 그에게도 모든 것이 다 잘될 것이라는 근거없는 기대가 충만해 있었으니까.

이강이 눈길도 주지 않고 무심했지만, 은초는 벌써 그의 제자라도 된 듯이 이강의 식사 수발을 들고 잠자리를 보아주는 등 나름대로 정성을 다하는 모습이었다.

늘 조부의 보살핌만 받던 아이인지라 처음으로 해보는 모든 일들이 당연히 서툴기만 하였지만, 조그만 것에도 정성을 다하려는 그의 노력에서는 순수한 진정이 엿보였다.

그런 은초의 성의에 대해 이강은 좋다 싫다 일절 내색을 하지 않았다.

은초가 아무리 마음이 깊다 하여도 아직 어린아이에 불과할진대 이강의 무심함에 대해 섭섭한 마음을 가질 법도 하건만, 그는 사부의 수발을 드는 데 조금도 소홀하지 않으려 애쓰는 한편, 강산과 조부의 생각없는 짓거리가 혹시 사부의 수련과 명상에 조금이라도 방해가 될까 노심초사하는 기색이 역력하였다. 물론 이강은 조금도 개의치 않았음에도 불구하고 말이다.

이런 것을 두고 통한다고 하는 것일까?

이강은 은초의 마음이 왠지 선명하도록 자신에게 전달된다고 느꼈다. 사실 그런 느낌은 벌써부터 그의 마음을 크게 움직이고 있는 중이었다.

그러나 그것이 다만 단순히 은초의 진심과 선의, 혹은 호의 때문인 것은 아니었다.

그때도 이런 느낌이었었다. 그가 노달을 처음 만났을 때도.

'아아! 인연이련가?'

이강은 마침내 마음을 정했다. 무심한 듯이 은초를 지켜본 지 사흘 만이었다.

"내가 네게 가르칠 수 있는 것은 단 두 가지뿐이다. 게다가 그 두 가지는 각각 한곳의 허락을 받아야 하며, 허락을 받아서 네가 익힌다고 하더라도 배운 그대로를 다시 네 후대에게 전할 수는 없다."

은초가 아무 말이 없기에 이강이 잔잔한 눈길로 바라보고 있다가 다시 물었다.

"너는 실망스러우냐?"

은초가 그제야 조심스럽게 대답을 내놓았다.

"실망스럽지는 않으나, 다만 궁금한 점이 있을 뿐입니다."

"그래? 사정에 따라서는 내게서 배울 것이 전혀 없다는 뜻일 수도 있는데 어찌하여 실망스럽지 않다는 것이냐?"

"제자가 감히 사부님의 마음을 헤아려 보건대, 만약 사부님께 그 두 곳의 허락을 구할 확신이 없으셨다면 결코 방금과 같은 말씀을 하지 않으셨을 것입니다."

은연중에 이미 사제지간임을 당연시하는 맹랑함에 더해,

다시 그 말이 의미하는 바의 맹랑함에 대해 이강이,

"허!"

하고 짐짓 짧은 탄식을 뱉으며 다시 물었다.

"하면 궁금하다는 것은 또 무엇이냐?"

"제자가 사부님께 무공을 전수받는다 하더라도 익힌 그대로는 후대에 물릴 수 없다 하신 말씀에 대해서입니다."

이강이 문득 저절로 솟아나는 미소를 슬며시 억누르며 말했다.

"무학이 경지에 이르고 나면 그 형태를 규정할 수 없게 된다. 곧 심오한 무학일수록 곧 무도(武道)이자 무리(武理)에 닿는 것이니, 그것의 본질은 같은 것이로되 그것을 굳이 형식으로 드러내는 데 있어서는 익힌 사람마다 각기 달라진다 할 것이다. 하니 만약 네가 내게 배울 그 두 가지의 무공 또한 그것이 마침내 경지에 달하게 된다면, 그것은 이미 누구의 것도 아닌 바로 너만의 무공이 될 것이다."

이강의 말을 잠시간 헤아려 보는 눈치이더니, 은초의 만면에 이윽고 환한 미소가 걸렸다.

5

남을 가르치는 것이 결코 쉬운 일이 아니라 무엇부터 어떻게 시작해야 할지 막연하기만 하였으나, 이강은 그저 그가 느끼고 깨달았던, 그리고 지금도 느끼고 깨달아가고 있는 이치에 대해 은초와 공감해 나가보기로 했다. 천천히, 아주 천천히.

그것은 내공의 요결이나 무공 초식의 노수(路數)에 관한 것이 아니었기에, 딱히 무슨 법도나 순서가 있는 것도 아니었다.

그것은 다만 무(武)의 본질에 대한 것으로 그 속에는 태극혜검의 진수가 슬쩍슬쩍 녹아 있고, 천마지존공의 진수가 드문드문, 그러나 자연스럽게 녹아들었다.

은초는 보면 볼수록 총명한 아이였다. 그리고 열의가 있었다. 결코 오만하지 않으나 자기 자신의 재능에 대한 당찬 자부심도 있었다.

무엇보다도 그에게 진심을 주는 사람에 대해 그 역시 진심으로 맞아줄 줄 아는 아이였다. 그러니 이강이 어찌 제자를 사랑하지 않을 수 있겠는가?

그렇게 무산의 어느 협곡에서는 장차 강호에 새로운 무종(武宗)이 될 동량지재 하나가 이제 막 다듬어지기 시작하고 있었다.

이강은 무당에 양해를 구해볼 작정을 했다.

물론 그에게 반드시 그래야만 하는 의무 같은 것은 없다고 해야 했다. 설령 그의 무공이 순수한 태극혜검일지라도, 이미 깨달음의 경지로 나아간 이상에는 그 형태를 하나의 틀 안에 규정할 수는 없는 것이니, 이제 그가 태극혜검이라면 태극혜검일 것이고 아니라면 아닌 것이다.

더욱이 그것이 천마지존공과 합치가 되고 난 다음임에야. 그가 어느새 무당도 아니고 마교도 아닌 그 자신만의 새로운 무도를 개척해 나가고 있음에야.

"강호는 넓고 기인이사는 바닷가의 모래알처럼 많다. 세상에 알려지지 않은 고수들과, 혹은 알려지기를 오히려 꺼려 하는 은거기인들 또한 부지기수이니, 어쩌면 그들 중에서는 신주십삼존을 오히려 능가하는 고수도 분명히 있을 것이다. 그러나 무공(武功)을 익혀 오로지 강해지는 것만을 추구한다면 그것은 다만 기(技)이고 술(術)에 불과할 것이다. 무공을 익혀 이루고자 하는 참된 궁극은 이(理)와 도(道)가 되어야 하는 것이다."

이강의 목소리는 나직한 중에도 낭랑하여 폭포 소리에도 불구하고 또렷하기만 했다. 은초는 스승의 귀한 말씀을 단 한 마디라도 놓칠까 온 정신을 집중하고 있는 모습이었다.

그들 사제에게서 조금 떨어진 바위 위에 걸터앉아 강산은 다리를 건들거리고 있었다. 아닌 척하는 것이지만, 사실 그는 염치불구하고 지난 며칠간 틈틈이 이강의 강론을 얻어듣고 있는 중이었다. 물론 이강이나 은초가 그에게 눈치를 줄 입장(?)

은 아닐 것이었다.

강산이 처음에는 심심하고 무료하여 장난삼아 그들 사제의 강론에 끼어들었으나, 점차로는 문득문득 느끼는 바가 생기는 것이었다.

'아아! 저들이 논하고 있는 깊이에 비하면 나의 깊이는 얼마나 일천한가?'

그러한 것은 곧 강산에게 잊고 있던 궁극에 대한 염원을 새삼 일깨워 주는 데가 있었다.

폭포에서 머문 지 이레째 되는 날.

그들은 마침내 폭포를 떠났다.

그들의 행로는 무당산이었으니, 다른 세 사람에게는 다들 나름대로의 의미와 이유가 있는 행로였으되, 강산에게는 달리 정해진 행로가 없는데다 당장에 그들과 헤어지기 섭섭하여 일단은 따라나서는 길이었다.

6

무당산(武當山)의 금정(金頂)은 오늘도 흰 구름에 싸인 채 드문드문 드러나는 형체로만 그 기이하고도 웅장한 산세를 웅변하고 있었다.

연무장에서는 무공을 연마하는 기합 소리가 드높았고 도

관에서는 경 읽는 소리가 낭랑하니, 무당파의 온 전체가 활기와 정기로 가득하였다.

"삼재검(三才劍) 제일초! 하나!"

"하나!"

"더 힘차게! 둘!"

"둘!"

무당파의 연무장에는 낭랑하고 우렁찬 외침이 울려 퍼지고 있었다. 지금은 삼대(三代) 이하 무당제자들의 오전 무공 수련 시간이었다.

젊고 혹은 아직 어린 나이들이나 장차 무당을 이끌어 나갈 영재들, 그 영기발랄한 모습들을 이강은 먼발치에서 지켜보고 있는 중이었다. 사실 그의 눈은 그중에서도 가장 돋보이는 한 소년의 모습에만 머물고 있었다.

이윽고 이강은 저도 모르게 빙그레 미소를 떠올리고 말았다. 어떤 사부의 눈에도 제자의 모습이 가장 뛰어나 보이는 것은 당연한 일인가?

이강이 태극혜검의 이치를 제자로 맞아들인 은초에게 전하겠다는 형식상의 허락이자 사실상의 양해를 구하자, 무광 진인은 장문인 혼자서 결정하기는 어려운 일이니 일단 장로 회의를 열어 논의를 해보겠다고 했다.

그리고 이튿날 무광 진인이 가지고 온 대답은, 이강이 무당의 명예장로 직을 받아들이는 조건으로 무당에서도 이강의 원(願)을 기꺼이 들어주겠다는 것이었다.

그런데 비록 명예직이라고는 하나 어쨌든 장로라면 일대 제자의 신분을 말하는 것이니, 이강이 파문된 처지가 아니더라도 배분의 파괴를 일으키는 셈이었다.

또한 다만 명예직이니 무당의 율법을 따르지 않아도 좋고 의무도 없다고 하였으나, 일단 명예장로가 된 이상에는 무당파의 사람이 되지 않을 수는 없는 일이었다. 무당파와 이강이 모두 아니라고 하더라도 무림은 그렇게 인정하고 말 것이니까.

그럼에도 이강은 결국 거절하지 못하였다. 그것이 그에게는 참으로 난감하고도 곤혹스러운 제안이었으나, 제자 은초에게는 그야말로 소중한 기회가 되는 제안이기 때문이었다.

그가 무당의 명예장로가 된다는 것은 곧, 은초가 공식적이고도 당당하게 무당의 무공을 배울 수 있다는 것을 의미하였다.

이강이 중요하게 생각하는 것은 무당의 무공 중에서도 기본 내공과 기초 검법이었다. 그런 것이야말로 은초에게 절실히 필요한 것이나, 그로서는 비록 태극혜검의 높은 경지에 가 있다고 하더라도 그러한 기초에 대해서는 충분하고도 다양하게 배우지 못하였기에 제자에게 자신있게 가르칠 수 없는 부분이었던 것이다.

이강은 무광 진인의 제안을 감사히 받아들였으나 다만 한 가지 조건을 단서로 달았다. 은초에게는 다만 무당 무공의 기초만을 배우도록 할 것인데, 그것이 무당의 제자가 된다는 의미는 아니며, 또한 그것으로 인해 향후 어떤 제약도 받지 않도록 한다는 것을 다시 한 번 분명히 한다는 단서였다. 그리고 강산으로 하여금 그 같은 단서의 공중을 서도록 하였다.

이강은 문득 한 사람을 떠올렸다.
'사부님!'
그의 두 분 사부 중 한 분. 누구보다도 기뻐할 분은 바로 그분일 것이었다. 그분께서 기뻐하실 것을 생각하면 당장에라도 은초를 데리고 가 보여드리고 싶었다.
그러나 잠시 미뤄 은초의 재능이 밤하늘의 북두성처럼 찬연히 빛나게 되었을 때 보여드린다면 그분께는 더욱 큰 기쁨을 드리는 것이 되리라.

九十八
악몽(惡夢)

1

지난 몇 년간 뜻하지 않게 몇 차례의 좌절을 겪었지만, 남궁세옥은 여전히 영웅을 꿈꾸고 있었다.

영웅은 난세에 난다고 했던가?

그러나 현재의 안정되고 평화로워 보이는 무림은 오히려 기회일 수 있었다.

'그리고 반드시 난세이어야 한다면……?

남궁세옥은 엷은 미소를 입가에 드리웠다.

무림대회 이후 강호는 조용한 평화를 누리고 있었다. 적어도 겉으로 보기에는 그랬다.

무벌은 힘을 잃었다. 염운백은 강산에 패한 후 내상이 격화되어 죽음을 맞이한 것으로 알려졌고, 그 충격 때문인지 염소천은 무벌로 돌아오지 않고 실종된 상태였다.

구심점을 잃은 무벌의 주요 조직들은 대부분 자진 해체했을 뿐만 아니라, 소속 고수들 개개인조차도 마치 잠적한 듯이 일절 활동의 흔적이 없었다.

세상 만물 어느 것도 영고성쇠의 이치에서 벗어날 수는 없다고 하나, 얼마 전까지의 천하제일세가 그처럼 한여름 소나기 지나간 뒤 땡볕에 젖은 땅 마르듯이 스르르 해체되는 과정은 참으로 허망한 일이 아닐 수 없었다.

마교는 은인자중하고 있는 모습이었다. 그에 따라 정통의 마도 문파들 또한 강호 활동을 삼가고 있었다.

그리하여 바야흐로 무림은 몇백 년 만에 완전한 정도 무림의 시대를 맞고 있었다.

그러나 과거의 역사가 말해주는 바도 있거니와, 정도 무림이라고 해서 모든 일이 정도를 따라 이루어질 것이며 분쟁이 없을 것인가?

만약 그렇다면 그것은 이미 무림이 아닐 것이다. 새로운 분쟁은 끊임없이 생겼다. 새로운 은원들이 생겨났고, 대소의 이권 다툼이 여전히 벌어졌다.

그리고 일 년 전, 무림맹은 돌연히 자진 해체의 수순을 밟았다. 무벌이 해체되고, 마교와 정통 마파들까지 무림 활동을 하지 않고 있는 이상, 무림맹 또한 더 이상 맹의 형태를 유지할 이유도, 명분도 없어진 때문이리라.

더욱이 구파일방의 각파는 독자적으로 내실을 강화하고 역량을 키울 필요성을 절실히 느낀 것이리라.

무림에 평화가 왔지만, 그 평화는 궁극적으로 그들이 이끌어낸 것이 아니었다. 더욱이 영원히 지속되는 평화는 없지 않겠는가?

강호는 힘의 세계다. 고수와 강자를 보유하지 못한다면 유구한 전통도 무색해질 뿐이다. 그럼으로써 지금은 고수를 키워내고, 문파의 역량을 키우는 데 전념해야 할 때였다.

한때 불같이 일어나 무서운 기세로 몸집을 불려가던 잡조동맹은 회야평원의 무림대회 이후 돌연 활동을 멈추었다. 그리고 잠적했다. 마치 언제 그랬느냐는 듯 그 실체가 감쪽같이 사라져 버렸다.

그러나 남궁세옥이 그동안 가장 주목해 온 것은 바로 잡조동맹이었다. 강호인들 대부분은 잡조동맹이 무벌이나 무림맹의 전철을 밟아 유야무야 해체되었다고 말하였지만, 그의 생각은 달랐다. 잡조동맹은 어떤 형태로든 여전히 존재하고 있으며, 어떤 이유로 그들이 수면 아래에 그 거대한 몸통을 숨기고 있는지는 모르겠으되, 일단 그들이 작정만 한다면 천하의 정세는 즉시 그들의 주도 하로 넘어가고 말 것이란 생각이었다.

잡조동맹은 지금까지 강호에 있어 오지 않았던 독특하고도 기발한 방식으로 가히 고금에 유래가 없을 정도로 급속하게 세력을 확장해 가던 그들이 아니었던가?

당금 천하에 명실공이 새로운 천하제일인으로 등극한 강산. 그의 종적이 또한 묘연했다.

무적의 무공을 지닌 데다 아직 젊은 나이이며, 더욱이 잡조를 모태로 하여 결국은 잡조동맹으로 이어지는 그 거대 세력의 중심이 되는 인물이었으니, 강산의 돌연한 잠적을 그저 한가한 은둔으로 이해할 수는 결코 없는 일이었다.

그러나 남궁세옥은 한 가지의 짐작이, 아니, 확신할 수 있는 것이 있었다.

짧게나마 직접 그 인물됨을 겪어본 바, 강산이라는 인물이 결코 천하를 지배하거나 군림할 그릇이 되지 못한다는 것이다. 결정적으로 그에게는 야망이 없었다. 야망이 없는 자는 결코 영웅도, 효웅도, 간웅도 될 수 없는 법이다.

불확실성이 있다고 해서 언제까지 때를 기다리고 있을 수만은 없는 일이다.

이제는 남궁세가가 천천히 몸을 일으킬 때였다. 그동안 다져 놓은 오대세가의 연합된 힘을 발판으로.

이제야말로 그가 천하를 향해 가슴속에 품고 있던 뜨거운 웅지(雄志)를 펼쳐 볼 때였다.

'용이 승천하기 위해서는 큰 비가 필요한 법이라고 했던가? 비는 조만간 오게 마련이고, 정히 오지 않는다면 구름을 불러 모으면 될 일이다. 조금만, 조금만 더 기다려 보는 거다.'

2

벌써 며칠째 지속되고 있는 그 공포는 어느 날 갑자기 시작되었다. 아주 조용한 공포였다. 아무런 소란도, 심지어는 기척조차 없이 다가온.

"너는 누구냐? 내게 무슨 원한이 있는 것이냐?"

사자후로 외쳤지만, 그 외침은 멀리 퍼져 나가지도 못했다. 다만 그의 방 안에서만 맴돌다 사라져 버렸다.

음파의 차단은 그 놀라운 일의 시작에 불과했다. 곧이어 그는 자신의 공간이 누군가에 의해 철저히 장악되고 있다는 사실을 절감하지 않을 수 없었다. 혈도를 제압당하지 않았는데도 그는 스스로의 손끝조차도 마음대로 까딱할 수가 없게 된 것이다.

그것은 오로지 남궁세옥 그 혼자만의 공포였다. 남궁세가의 누구도, 심지어는 가문의 최고 고수들인 그의 부친과 당주들, 나아가서는 원로 급들조차도 그의 그러한 공포에 대해 전혀 눈치조차 채지 못하고 있었다.

그것은 감당할 수 없는 공포였고, 차라리 악몽이었다. 그 악몽을 부여하는 주체가 마음만 먹는다면, 남궁세옥 자신은 물론 그의 가문까지도 단숨에 파멸시키고 말 불가항력의 거대한 힘이었다.

그럼으로써 남궁세옥은 마침내 그 공포에 대해 저항할 의지를 완전히 포기하지 않을 수 없었다.

3

얼굴과 목, 그리고 두 손까지, 겉으로 드러난 모든 피부가 온통 짙은 자색(紫色)이었다.

가장 기괴한 것은 그의 눈이었다. 흰자위와 검은자위의 구분도 없이 전체가 불그스름한 광택으로 빛나는 그 두 눈은 마치 두 알의 홍옥을 박아 넣은 듯이 참으로 기괴하였고, 더욱이 이따금씩 번쩍이며 내쏘는 혈광(血光)은 섬뜩하도록 공포스러웠다.

"내게 원한이 있는 것이라면 깨끗이 죽여라!"

남궁세옥의 무력한 일갈에 그 기괴한 형상의 괴인은 음산한 웃음소리를 흘렸다.

"흐흐흐! 단순히 너를 죽이려 했다면 본좌가 굳이 이런 번거로움까지 감수했겠느냐? 진작에 남궁세가 전체를 쓸어버리고 말았겠지. 개미새끼 하나 남김없이 말이다."

　며칠 전이었다면 미친 소리 내지는 개소리쯤으로 치부하고 말았겠지만, 지금 남궁세옥은 괴인의 말에 부르르 치를 떨지 않을 수 없었다.

　괴인의 능력은 지금껏 그가 보아왔던 그 어떤 능력자와도 비교할 수 없는 것이었다. 그가 상상해 왔던 인간의 능력 한계 이상이었다. 아마도 신이 정말로 존재하는 것이라면 괴인의 능력이야말로 바로 신의 능력이거나 그에 근접하는 것이리라. 아니, 신이 아니라 악마이겠지만.

　괴인, 악마의 눈이 싱긋이 웃었다.

　"그럼에도 본좌가 이렇게까지 수고를 하고 있는 이유는… 네가 본좌에게 선택되었기 때문이다."

　남궁세옥이 공포의 와중에도 퍼뜩 의아한 빛이 되어,

　"선택이라면… 내가 필요하다는 말인가? 그러나 이미 절대의 능력을 가진 당신에게 나같이 보잘것없는 존재가 왜 필요한지 모르겠군."

　하고 묻고는 이내 다분히 억지스럽게 웃고 말았다.

　"훗! 그러나 어쨌든 당신의 선택은 잘못된 것 같군. 본 공자 또한 선택하는 사람이지 결코 선택당하는 사람은 아니니 말이오. 이런 굴욕을 당하느니 나는 차라리 깨끗이 죽기를 택하겠소."

　사뭇 비장한 결의를 떠올린 남궁세옥의 눈을 잠시간 지그시 응시하다가 괴인은 문득 소리 내어 웃었다.

"하하하하!"

의외로 맑은 웃음소리였다. 그리고 또한 맑게 변한 목소리로 괴인이 말했다.

"과연 실망시키지 않는군. 좋아! 그 정도는 되어야 본좌가 선택한 보람이 있다고 하겠지."

이어 괴인의 목소리는 차분하게 가라앉았다.

"본좌가 너를 택한 데는 세 가지의 이유가 있다."

"당신 같은 절대 능력자에게 선택당할 이유가 세 가지씩이나 되다니 참으로 과분하오."

남궁세옥의 빈정거림에 개의치 않고 괴인의 말이 이어졌다.

"네가 직접 겪어보았듯이 본좌의 무공은 이미 전무후무의 절대 경지에 다다랐다. 인간의 한계를 초월하였다고 할 수 있지. 그러나 역설적이게도 그러한 초월로 인해 어쩔 수 없는 불완전함을 동시에 가지게 되었다. 바로 이처럼 기괴한 형상을 지니게 되었으며, 또한 언제 터질지 모르는 활화산 하나를 몸속에 담고 다니는 지극히 불안정하고도 위태로운 처지가 되고 만 것이지. 후후! 그것이 바로 첫 번째의 이유이다."

남궁세옥이 저도 모르게,

"음!"

하고 침음성을 뱉고 나서 짐짓 퉁명스럽게 물었다.

“무슨 얘기인지 도대체 이해할 수 없거니와, 어쨌든 그렇다고 하더라도 왜 내가 당신에게 선택되어야 하는 것이며, 또 그 선택이 왜 하필이면 내가 되어야 한다는 말이오?”

“후후후! 네가 천하삼대기재에 속하며, 그중에서도 상대적으로 뛰어나다고 보았기 때문이다. 물론 천하는 넓으니 찾다 보면 너보다 뛰어난 자가 없지는 않을 것이다. 그러나 너만한 야망을 지닌 자를 찾기는 어려울 것이다.”

“도대체……?”

남궁세옥이 답답하여 다시금 말을 자르려 하는데,

“들어라!”

하고 괴인이 나직하니 호통을 치는데, 거기에 담긴 기세가 참으로 냉랭하여 남궁세옥은 마치 전신이 그대로 얼어붙는 듯하였다. 그러나 괴인은 언제 그랬느냐는 듯이 이내 기세를 풀고는 다시 담담한 어조로 말을 이어갔다.

“야망이 있는 자만이 보다 크고 가치있는 것을 위해, 상대적으로 작고 사소한 것들을 과감히 버릴 수 있는 용기를 낼 수 있지. 사실 그것이야말로 무엇보다 중요한 것이다. 아무리 무공이 절고의 경지에 오르고 그 지혜가 하늘에 닿을 정도라고 하더라도 야망이 크지 않은 자라면 스스로를 인간일 수밖에 없다고 규정하고 마는 나약함을 결코 벗어버리지 못하지. 그리고 결국은 그것이 치명적인 결점이 되어 스스로를 파멸시키고 말지. 네가 품고 있는 야망, 그것이 바로 본좌가 너를 선택하는 두 번째의 이유이다.”

좀 전의 위축에서 채 벗어나지 못하고 있었음에도 남궁세옥은 다시 묻지 않을 수 없었다.

“도대체… 내게 바라는 것이 무엇이오?”

괴인이 느긋하게 대답했다.

“나의 불완전한 부분을 보완하는 것이지.”

“그것이 대체 무엇이기에… 내가 어떻게, 대체 어떻게 보완을 한다는 말이오?”

괴인의 눈빛이 문득 희미한 웃음기를 그려냈다. 그러나 그 웃음기 속에서는 이내 기이한 불길이 생겨나서는 곧바로 더할 수 없는 강렬함으로 타올랐기에 남궁세옥은 감히 마주 보지 못하고 눈길을 피하고 말았다. 그것은 공포와는 또 다른 느낌이었다. 기이한 불길함이랄까?

“본좌를 대신해 주는 것이다. 본좌의 모든 것이 너를 통해서 이루어지도록 하는 것이다.”

남궁세옥이 참을 수 없는 불안과 불길함에 반발하듯이 외쳤다.

“나더러 당신의 괴뢰가 되라는 것이오?”

“후훗! 괴뢰라? 그렇지는 않다. 우리는 다만 각자의 필요한 부분을 보완받기 위해 서로가 서로를 선택하는, 일종의 거래를 하는 것이라고도 할 수 있을 것이다. 그 거래에서는 어쩌

면 본좌보다도 네가 얻는 이득이 훨씬 더 클지도 모르는 것이
고."

"거래라고? 내가 당신에게서 얻을 수 있는 이득이 대체 무
엇이란 말이오?"

"절대의 힘이지. 네 앞에 걸림돌이 되는 방해물이 있다면,
그것이 무엇이라도 단숨에 제거해 버릴 수 있는 천하에서 가
장 강력한 힘 말이다. 그리하여 너는 머지않은 장래에 명실공
이 강호를 주재(主宰)하는 지배자가 되는 것이지."

그때 남궁세옥은 어느새 공포를 많이 떨쳐 버렸을 뿐만 아
니라, 묘한 호기심마저 떠올려 놓고 있는 중이었다.

"내가 강호의 지배자가 된다고? 그렇다면 당신은?"

"후후후! 본좌는 다만 너의 그림자로만 존재할 것이다. 오
로지 너를 통해서만 세상과 소통할 것이다."

'이자, 불가사의한 능력을 지녔으나, 어쩌면 바로 그런 능
력을 지니게 된 대가로 희대의 광인이 되었는지도 모르겠
다.'

남궁세옥은 언뜻 그런 생각을 떠올렸다. 그리고 그런 생각
은 그로 하여금 남아 있던 공포로부터 온전히 벗어날 수 있도
록 만들었다. 그때 괴인이 묻고 있었다.

"어떤가? 이미 말한 그 두 가지의 이유만으로도 너 또한 본
좌를 선택할 이유로는 충분할 듯한데?"

그러나 남궁세옥은 천천히 고개를 가로젓고 나서 나직이 말했다.

"일단 세 번째의 이유를 마저 듣고 싶소!"

괴인이 짐짓 의외라는 듯이 가볍게 놀란 기색을 지어 보이며,

"오호? 그 두 가지만으로는 부족하다는 것인가?"

하고는 싱긋 웃으며 다시 말을 이었다.

"셋째는 본좌와 너의 적이 같을 것이기 때문이다."

"나의 적이라니? 누구를 말하는 것이오?"

"당금 천하에서 가장 강한 자들. 그리하여 누구도 감히 적으로 돌리지 못하는 자들. 그러나 야망이 큰 자라면 적으로 삼지 않을 수 없는 자들."

순간 남궁세옥은 자신도 모르게 나직이 뱉었다.

"잡조!"

그리고는 곧바로 제풀에 놀라 외쳐 물었다.

"당신은 대체 누구요?"

4

남궁세옥은 거절하여야 한다고 생각했다. 그것이야말로 그다운 모습이라고, 이 시대 젊은이들의 우상이자 표상인 천하삼대기재로서의 자부심과 자랑스러운 남궁세가의 후예로

서의 마지막 자존심을 지키는 것이라고.

내심 소리소리 외쳐도 보았다.

'정의지심(正義之心)! 협의지도(俠義之道)!'

악의와는 결코 타협할 수 없다고, 죽을지언정 정의와 협의(俠義)를 지키자고.

그러나 돌아오는 메아리는 없었고, 그의 심장은 뜨거워지지 않았다.

대신 염소천의 타는 듯이 붉은 눈빛만이 그의 심장으로 뜨겁게 녹아들었다. 악마의 유혹처럼.

"우선 무벌을 너에게 주겠다. 외형적으로는 해체의 과정을 밟은 것으로 되어 있지만, 무벌은 여전히 건재하다. 핵심의 정예들은 고스란히 보존되어 있는 것이다. 이제부터 그들은 네게 충성을 바칠 것이다. 그들과 오대세가의 힘이라면, 그리고 너의 능력이라면 능히 강호를 제패하고도 남음이 있지 않겠는가?"

잡조와 강산, 더욱이 불가항력의 공포력으로 불쑥 나타난 염소천. 그들이 있는 한 그는 결코 최고가 될 수 없을 것이다.

그러나 이제 그의 앞에 저절로 와서 놓인 선택을 취하는 것만으로도 그는 뜻밖의 기회를 잡을 수 있는 것이다. 그가 살고, 그의 가문이 살고, 나아가 그가 최고가 될 수 있는, 그럼으로써 결코 포기할 수 없는 기회였다.

　'염소천이 잡조를 죽이고… 또 강산을 죽이고… 그리고 어차피 괴물이 되어버린 염소천 자신은 영원히 어둠으로만 존재할 수밖에 없는 것이라면……?

　남궁세옥은 마침내 받아들이고 말았다. 그것은 누구의 강요도 아니었다. 어디까지나 그 스스로의 선택이었다.

　그것은 악의(惡意)와의 담합이었다.

　인간의 내면 한구석에는 악마가 도사리고 있는 것이 아닐까? 누구에게나, 세상에 드문 기재에게도 예외 없이.

　남궁세옥은 자신에게 닥친 공포와 좌절에서 벗어나기 위해 악의와 담합하는 길을 택하였고, 거기에 야망이라는 핑계를 덧씌워 그러한 자신의 선택을 정당화시켰다. 비록 잠시간 악의와 담합하여 그 힘을 이용할 것이지만, 언제고 큰 야망을 이루는 날에는 곧바로 원래의 자신으로, 자존과 자부와 선의를 가진 자신으로 돌아갈 수 있으리라 믿었다.

　그러나 선과 악의 경계가 그렇게 단순한 것일까?

　어쩌면 그는 이미 너무 깊숙이 들어가 버린지도 몰랐다. 악(惡)을 향해. 영원히 돌아가지 못할 만큼.

九十九
독아(毒牙)

1

무림에 돌발적이고도 급격한 정세의 변화가 일어나고 있었다.

우선의 가장 큰 변화는 사천당가(唐家)의 갑작스러운 부상이었다.

사실 무벌이 위세를 떨치는 동안에 당가는 수백 년간 그들의 기반이 되었던 사천에서의 기득권을 감히 내세우지 못하였다. 지극히 위축되어 그야말로 은인자중의 세월을 견뎌내야만 했던 것이다.

그런 당가가 마침내 오랜 침묵을 깨고 기지개를 켰다. 그들의 전통적 기반인 사천은 물론이고, 그동안의 보상을 받아내

기라도 하려는 것인지 발 빠르게 귀주(貴州), 감숙(甘肅), 그리고 광서(廣西)로까지 빠르게 자신들의 영향력을 확대해 나갔다.

그런데 당가가 그동안 아무리 절치부심으로 힘을 키워왔다고 해도, 그리고 그들이 크게 발을 뻗친 지역들이 무벌의 부재로 인해 무주공산이 되어 있는 곳이라고 해도, 가솔이래야 모두 합해 기껏 일천도 안 되는 당가의 덩치에 비해서는 배보다 배꼽이 더 큰 격으로 욕심이 너무 지나치다는 느낌이 들지 않을 수 없는 노릇이었다.

거기에는 인근의 다른 방파들에서 감히 간섭하거나 시비를 걸기가 껄끄러운 이유 하나가 있었다. 바로 오대세가 연합이라는 이름이 당가의 배경이 되어준 것이다.

당가와 발을 맞추기라도 하듯이 오대세가 또한 눈에 띄는 움직임을 시작하고 있었다. 각 세가들이 급속한 세력 확장을 시작한 것이다.

당가는 이미 거대한 덩치를 이루었음에도 더욱 욕심을 부려 섬서(陝西)와 호남(湖南)으로까지 영향력의 확대를 시도하고 있었고, 호북(湖北)의 제갈세가(諸葛世家)는 강서(江西)와 하남(河南)으로, 하북(河北)의 팽가(彭家)는 산서(山西)로, 산동(山東)의 황보세가(皇甫世家)는 강소(江蘇)로의 진출을 꾀하고 있는 중이었다.

그럼으로써 오대세가는 단숨에 천하를 장악하려는 의지를 가지고 있기라도 한 듯했다.

다만 그런 중에 안휘(安徽)의 남궁세가만은 별다른 움직임이 없었다.

아니, 남궁세가의 움직임은 오히려 그들의 내부적으로 있었다. 가주였던 남궁장천이 돌연히 일선 퇴진을 선언하며, 소가주인 남궁세옥이 가주 직에 오른 것이다.

강호의 이목들이 빠르게 남궁세가로 집중이 되었지만 남궁세가의 자세한 내부 사정이 밝혀지지는 않았다.

다만 오대세가 간의 역학 관계에 대해서는 어느 정도의 윤곽이 드러났다. 오대세가의 핵심은 여전히 남궁세가였고, 세가 간의 결속은 과거보다도 더욱 굳건해 보여서, 당가를 위시한 각 세가들은 제각각 거대한 규모의 세력을 이루어가면서도 여전히 오대세가 연합의 일원으로서의 위치를 결코 이탈하지 않고 있는 것 같았다.

어쨌든 그럼으로써 오대세가 연합은 적어도 규모 면에서만큼은 단숨에 과거의 무벌에 비견되는 규모를 갖추게 되었는데, 그러한 일이, 더구나 그처럼 갑작스럽게 벌어지리라고는 천하 유수의 정보 조직들인 개방과 하오문, 그리고 심지어는 동창까지도 미처 예상하지 못한 일이었다.

무림 천하는 단숨에 새로운 양분시대를 맞았다. 바로 오대세가 연합과 과거 잡조동맹에 속했던 잠재적 거대 세력에 의한 새로운 천하 양분이었다.

그러나 과거 무림맹과 무벌에 의한 천하 양분과는 사뭇 다른 형태였다.

우선은 두 개의 세력이 양상은 다르지만 어쨌든 그 실체들이 분명하지가 않았다. 즉, 바깥으로 드러난 세력의 주체가 다분히 의심스럽거나, 혹은 아예 그 실체가 암중에 묻혀 있는 것이다.

한편 과거 무벌이 관할하고 있던 지역들에 대해 당가를 중심으로 한 오대세가 연합이 너무도 쉽게 장악하였고, 또한 별다른 저항도 받지 않고 실질적인 영향력을 행사하고 있는 사실에 대해 강호의 정보 조직들은 오대세가 연합과 무벌의 잔존 세력이 비밀리에 연합했을 가능성에 대해서도 조심스럽게 촉각을 곤두세우고 있었다.

그러나 그 같은 단서는 어디에서도 포착하지 못하였다. 무엇보다도 무벌이 여전히 건재하고 있다는 객관적 징후를 전혀 찾을 수가 없는 것이었다.

염운백의 죽음은 분명한 사실로 확인되었고, 경계의 여지를 두어왔던 염천월의 생존 가능성도 무벌의 해체를 틈타 흘러나온 여러 경로의 정보들을 통해서 사망이 확실한 것으로 결론이 났다. 그리고 염소천의 실종에 대해서는 너무도 감쪽같은 실종이라는 데서 오히려 꺼림칙한 점이 없지 않았으나,

분명한 것은 그가 다시 강호에 등장한다고 해도 그를 중심으로 무벌이 재건될 기반은 이미 존재하지 않는다는 사실이었다.

2.

　오대세가 연합의 거침없는 세력 확장은 비록 구파일방을 비롯한 강호의 유수 세력들이 일시 관망세를 취하고 있다고는 해도, 그러나 좀 더 시간이 지나면서부터는 우선 직접적으로 생존권의 위협을 받게 될 해당 지역의 기존 기득권 방파들과의 분쟁을 피할 수 없게 될 것이었다.

　그럼으로써 천하는 갑작스러운 난세로 돌입하고 마는 것 같았다. 그러나 결과는 다시 한 번 모두의 예상과 다르게 나타났다.

　처음에는 각 지역에서 저항하는 문파들이 없지는 않았다. 그러나 그런 상황은 잠시뿐이었다.

　저항 문파의 수뇌들이 예외 없이 의문의 죽음을 당했기 때문이다. 그것도 그의 식솔들이 지켜보는 가운데 지독한 고통에 시달리면서 말이다. 그들의 고통은 이틀 동안이나 계속되었다. 입이 비틀리고, 혀가 말려들고, 온몸이 마구 뒤틀리는 지옥의 고통이었다.

　그 이틀 동안 그들 중의 대부분은 고통을 견디지 못하고 차라리 죽기를 소원하였다. 그러나 그들 스스로는 마음대로 죽지조차 못하였고, 그것을 지켜보는 식솔들은 그 끔찍한 광경에 진저리 치면서도 차마 그 소원을 들어주지는 못하였다.

그들의 식솔들이 사방으로 다급하게 구원을 요청하였기에 그 같은 실상은 삽시간에 천하로 퍼져 나갔다.

명의 소리를 듣는 의인(醫人)들과 무림의 유수한 고인들이 속속 달려와 그들의 병증을 살폈다. 그러나 아무도 그들이 죽음에 이를 때까지 그들의 고통을 멈추게 하지는 못하였다. 뿐만 아니라, 그 같은 병증이 어떤 원인으로부터 기인하는지조차도 밝혀내지 못하였다.

죽은 자들의 형상은 실로 참혹하기 그지없었다. 전신 혈맥은 산산이 파열되었고, 전신의 일곱 구멍으로는 시커먼 피를 내쏟았다.

사인(死因)이 밝혀지지 않았으니, 당연히 흉수도 밝혀지지 않았다. 그러나 죽은 자들이 한결같이 오대세가 연합에 저항하였다는 공통점이 있으니, 그들의 죽음에 어떤 식으로든 오대세가 연합이 관련이 있을 것이란 점은 의심해보지 않을 수 없었다.

그러나 천하는 오대세가에 대해 혐의를 추궁하기보다는 그들이 보유하고 있음에 분명한 암중의 무력에 대해 경악과 공포를 먼저 가지게 되었다. 그럼으로써 오대세가 연합의 세력 확장에 저항하려는 문파는 확연히 줄어들었고, 천하는 빠르게 오대세가의 장악 하에 드는 듯했고 강호 무림은 잠깐의 출렁임 끝에 일견 안정을 되찾는 듯했다.

그러나 본격적인 난세는 아직 오지도 않았다고 해야 할 것이다. 구파일방이 아직까지도 관망세를 취하고 있고, 또한 잡조동맹이라는 거대한 세력이 여전히 수면 아래에서 거대한 몸을 웅크리고 있다고 믿는 사람들이 있는 한에는.

3

점소이로부터 돌돌 말린 비단으로 된 작은 두루마리 하나를 받아 들고서 도순학은 우선 취벽다루(翠碧茶樓)의 내부 전체를 빠르게 돌아보았다.

그가 지금 이 자리에 있는 것은 어디까지나 비공식적인 일이었다. 그러므로 그의 예상에 있지 않은 상황이 일어났다는 사실만으로도 일단은 경계하여야 할 일이었다. 더욱이 그는 지금 총수대행을 모시고 있는 것이다.

유정이 일대의 시전과 점포들을 돌아보는 일은 그녀가 총수대행으로서 본격적인 업무를 시작하고 난 직후부터의 월례 행사였다. 물류의 흐름에 대한 안목을 키우고, 수시로 변하는 시세에 대한 포괄적인 감을 유지하기 위해서 조부 유직이 그녀에게 추천한 일이기도 했다.

그 월례의 행사에서 번거로움을 피하고 좀 더 자유롭게 현장의 흐름을 파악하기 위해 유정은 매번 도순학과 모걸 두 사람만 자신을 수행하도록 했다.

그 때문에 고이강은 열 명의 경호조로 하여금 십 장 거리 이상에서 그녀를 원거리 경호하도록 할 수밖에 없었다.

[긴한 일로 잠시 뵙기를 청(請)합니다!]

도순학은 비단 천에 적힌 글귀를 읽고 난 다음에 그대로 손아귀 안에 구겨 쥐었다.

총수대행을 청하는 내용이었다. 그러나 사해상단의 총수대행에게 이런 형식으로 청을 한다는 자체가 이미 커다란 결례인데다, 더욱이 보낸 사람이 누구인지 밝히지도 않았으니 굳이 유정에게 전할 필요도 없는 일이었다.

그러나 그때 이층 난간에 비스듬히 기대섰다가 눈길이 마주치자 얼굴을 가리고 있던 섭선을 살짝 접었다가 마치 다른 사람들의 이목을 경계하는 듯이 빠르게 다시 펼치는 청년 하나를 발견하고는 도순학은 흠칫 놀라지 않을 수 없었다.

도순학은 슬며시 움켜쥐었던 손아귀를 다시 폈다.

유정이 이층의 난간 쪽을 올려다보자, 남궁세옥은 섭선으로 얼굴을 가린 채 그녀를 향해 정중히 읍을 취했다.

유정이 답례하는 중에 곁에 섰던 도순학이 작은 소리로 속삭였다.

"내키지 않으신다면 오늘은 예정된 급한 일이 있다 하시고 따로 시간을 잡으셔도 괜찮을 것입니다.”

도순학의 나지막한 목소리에서는 남궁세옥의 일방적인 행동에 대한 불쾌감을 굳이 감추지 않은 채로 배어 있었다. 근래 오대세가의 기세가 아무리 욱일승천의 기세라 하더라도, 그리고 남궁세옥이 아무리 오대세가를 대표하는 남궁세가의 신임 가주라고 해도 사해상단의 총수 직을 수행하고 있는 유정을 감히 가벼이 무시할 수는 없다는 뜻에서이리라.

그러나 유정은 가볍게 미소 지으며 말했다.

“아니에요. 남궁세가의 가주께서 이처럼 어려운 걸음을 하셨는데 제가 잠깐의 시간을 내지 못한다면 예의가 아니겠지요.”

다루 이층의 특실.

남궁세옥은 유정에게 의자에 앉기를 권한 다음에 자신은 다탁의 맞은편 자리에 앉았다. 그런 남궁세옥의 행동은 아주 자연스러웠지만, 도순학은 그런 데서 오히려 남궁세옥이 자신의 격상된 지위를 과시하려는 듯한 거부감을 느꼈다.

“가주께서는 당금 무림에서 가장 주목받는 분이신데, 어찌 수행(隨行)도 없이 이처럼 갑작스러운 행차를 하셨는지……?”

하고 묻는 도순학에 대해 남궁세옥이 빙그레 웃으며,

"유 소저와 긴급히 논의해야 할 중대한 현안이 한 가지 생겼는데, 주변의 이목을 경계하지 않을 수 없는지라 부득이하게 결례를 범하게 되었습니다."

하고는,

"하하하!"

소리 내어 웃고 난 다음에 다시,

"그러니 도 조장께서는 너무 나무라지 마십시오."

하고 짐짓 고개를 숙이는 시늉을 해 보였다.

도순학은 가볍게 미간을 좁혔다. 그러나 그가 유정에 앞서 나설 수 있는 것은 아무래도 거기까지가 한계였다.

유정이 엷게 미소 지으며 말했다.

"무슨 일이신지 말씀해 보세요."

"일단은 소저께만 먼저 말씀을 드렸으면 하는데… 워낙 민감한 사안이라……."

도순학과 모걸에게로 짧게 시선을 주며 하는 남궁세옥의 말에 유정이 부드럽게 웃으며 답했다.

"그럴 것 없습니다. 본래 상단이란 곳의 특성상 천하의 크고 작은 비밀들과 두루 연관되게 마련인데, 여기 이 두 분의 직책상 제가 알고 있는 비밀 중 여기 이 두 분이 모르는 비밀은 없다고 할 수 있지요. 그러니 지금 가주께서 제게 하시려는 말씀 또한 이 두 분이 함께 들어도 무방할 것입니다."

그 말에 남궁세옥은 잠시간 가만히 유정을 응시하였다. 그러더니 문득 가볍게 미간을 찌푸리며 말했다.

"그것 참 안 됐군!"

그 말에 도순학의 뇌리로 설핏 불안한 느낌이 스쳐 지나갔다.

"무엇이 안 됐다는 건가요?"

차분해진 어조로 묻는 유정의 미간이 가볍게 찌푸려져 있었다.

"이제부터 소저는 이 남궁세옥이 하는 말에 대해서는 결코 거부할 수 없소. 그것이 무엇이건 무조건 따라야만 한다는 뜻이오."

전혀 생각지 못한 말에 유정이 분노하기보다는 차라리 당혹스러워할 때, 도순학이 크게 한 발 앞으로 나서며 무거운 목소리로 질책하였다.

"남궁 가주! 지금의 그 말이 대체 무슨 소리요?"

남궁세옥의 안색이 언뜻 차가워졌다.

"그것은 소저뿐만이 아니라 천하의 그 누구도 마찬가지요. 만약 나의 말에 따르지 않는다면 그 결과는……."

하는 순간에 한줄기 검광이 번쩍하였고,

"크윽!"

도순학은 가슴을 움켜잡았다. 남궁세옥의 손에는 한 자루 보검이 들려 있었고, 푸르스름한 빛이 도는 그 검극에는 한 방울 진홍의 피가 맺혀 있었다.

유정이 능히 고수 소리를 들을 만큼의 심후한 무공을 지녔
건만, 이 순간에는 너무도 놀라 허리에 두른 연검을 빼 드는
것조차도 망각하고서,

"아아!"

하며 자신도 모르게 한 걸음 뒤로 물러서는데 그녀의 뒤에
서,

"이놈!"

하는 대갈일성과 함께,

와르릉!

하는 뇌성과 함께 한줄기 강맹한 장력이 남궁세옥을 휩쓸
어갔다. 모걸이었다. 그리고 모걸에 이어 조금 뒤늦게 상황을
인식한 유정 또한 연검을 빼 드는 탄성 그대로 앞으로 검신을
쏘아냈다.

티잉!

찰나간 휘어졌다 번개처럼 튀어나간 연검의 검극이 그대
로 남궁세옥의 천돌혈(天突穴)을 찔러갔다. 가차없는 살수였
다.

'아차!'

한순간 모걸은 뭔가 잘못되었다는 것을 알았다. 무엇이 잘
못되었는지는 알 수 없었지만, 그의 오랜 경험이 그것을 말해
주고 있었다. 절체절명의 위기에 처했건만 남궁세옥의 표정
과 눈빛에서는 위기감은커녕 긴장감조차도 떠올라 있지 않았

던 것이다.

그리고 한순간,

"헛!"

"아!"

모걸과 유정은 각기 경악의 짧은 외침을 토해냈고, 동시에 막 남궁세옥에게 다다랐던 그들의 공세는 일시에 멈추고 말았다. 당연히 그들의 의지로 멈춘 것은 아니었다. 모걸과 유정은 공세를 취해가던 자세 그대로 멈춤을 당한 것이다. 그러나 점혈을 당한 것은 아니었다. 모걸이 도저히 믿을 수 없다는 듯이 신음처럼 중얼거렸다.

"이게… 도대체… 무슨……?"

모걸은 지금 모든 내력을 다 끌어올린 상태였다. 그러나 그 자세 그대로 굳은 채 손가락 하나 까닥해 볼 수가 없었다. 그를 둘러싸고 있는 공간이 마치 강철의 틀처럼 그를 꼼짝도 못하게 옭아매고 있었기 때문이다.

그때 좀 전에 유정이 앉았던 자리에는 언제 나타났는지 한 사람이 태연한 모습으로 앉아 있었다.

챙이 넓은 삿갓을 깊숙이 눌러쓴 그는 온통 검은색 일색이었다. 앉은 채로도 바닥에 치렁거리는 긴 흑포에 검은 장갑, 검은 삿갓, 그리고 삿갓 안에는 다시 여인들이 쓰는 것 같은 검은색의 면사를 늘어뜨려 얼굴의 아래쪽 반면(半面)과 목까지를 가리고 있었다.

　다만 가만히 앉아 있는 것만으로도 삿갓사내의 기세는 실내를 온통 장악하고 있었다. 아니, 지금 모걸과 유정을 손끝 하나 움직이지 못하도록 가두어두고 있는 이 불가사의의 기이한 공간이 바로 그로부터 기인된 것일 터이니, 그는 기세만이 아니라 실질적으로도 이미 실내를 완전히 장악하고 있는 것이었다.

　모걸과 유정이 언뜻 교환하는 시선에서 절망이 흘렀다. 그때 남궁세옥 또한 가볍게 미간을 찌푸리고 있었다.

　"너는 누구냐?"

　모걸의 노갈에 삿갓사내는 음산한 웃음소리와 거친 목소리로 대답했다.

　"흐흐흐! 당신은 내게 물을 자격이 없다."

　모걸이 분기탱천하여,

　"이런 미친놈이……!"

　하고 욕설을 내뱉다가는 갑자기,

　"끄으윽!"

　하고 다급한 비명을 토했다. 여전히 꼼짝도 하지 못한 채였으나 고통스럽게 일그러져 가는 그의 얼굴은 마치 아무것도 없는 허공중의 누군가에게 목을 졸리고 있는 듯이 보였다.

　그리고 잠시 후, 흉측하게 일그러졌던 모걸의 표정이 스르르 풀렸다. 그것은 신주십삼존의 한 사람인 독행괴마 모걸의 참으로 어이없는 최후였다.

바르르 떨리는 유정의 눈빛은 경악과 절망으로 물들어 있었다. 그러나 그녀는 여전히 꼼짝도 하지 못하는 처지였다.

"오랜만이군!"

문득 삿갓사내가 뱉는 말에 유정은 절망하고 있던 중에 다시 흠칫 놀라고 말았다.

사내의 목소리는 좀 전과 사뭇 달라져 있었는데, 그 음성은 의외로 맑아 젊은 사내의 것이 분명했고, 더욱이 그녀가 언제 어디선가 한 번쯤은 들어본 듯한 목소리였다.

"당신은 누구인가요? 나를 찾아왔다는 것은 내게 용무가 있다는 것일 텐데, 어찌하여 사람의 목숨부터 해치는 건가요?"

유정의 목소리가 가늘게 떨리고 있었다.

"당신의 죄에 대한 우선의 가벼운 징벌이지."

"무슨 뜻이죠? 내가 당신에게 어떤 죄를 지었나요?"

유정은 삿갓 안쪽을 살피려 안력을 돋우었다. 일반적으로 삿갓은 쓴 사람의 얼굴을 가리면서도 바깥쪽을 볼 수 있도록 성기게 짜여 있으니, 역으로 가까운 곳에서 안쪽을 들여다보면 어느 정도는 내부를 살필 수 있는 것이 보통이었다.

그러나 지금 사내의 삿갓은 너무 촘촘히 짜여졌거나, 혹은 아예 안쪽으로 두꺼운 천을 덧댄 것인지, 내력을 돋운 유정의 안력으로도 그 안쪽을 조금도 살필 수가 없었다.

그때 사내가 느릿하게 대답했다.

"기억할지 모르겠군. 당신은 이미 삼 년 전에 내게 선택된 여자야. 그런데 감히 나의 허락도 없이 다른 남자의 여자가 되었으니 그게 바로 당신이 범한 죄야. 결코 용서받을 수없는 죄지."

순간 유정은 섬뜩한 공포를 느꼈다. 삿갓의 안쪽으로부터 한순간 번뜩이며 비쳐 나오는 핏빛의 안광 때문이었다. 그리고 뒤이어 사내가 말한 의미를 되새겨 보고는 이윽고 비명처럼 부르짖고 말았다.

"아아! 당신은… 당신은……!"

사내가 돌연 크게 소리 내어 웃었다.

"하하하하!"

참으로 맑고도 낭랑한 웃음소리가 실내에, 아니, 그 웃음소리의 주인이 창조해 낸 절대 공간 내에 가득히 울려 퍼졌다. 그런 속에서 유정은 진저리 쳐지는 소름과 공포를 느꼈고, 급기야 어느 순간 아득히 의식을 잃고 말았다.

혼혈을 짚어 쓰러지는 유정을 받아 안고서 염소천은 한참 동안이나 그녀의 얼굴을 살폈다.

참으로 고운 얼굴이었다. 당장에 크게 돋보이지는 않으나, 가만히 보고 있자면 이내 은은하고도 고귀한 기품이 우러나오며, 어느새인가 천하에서 가장 아름다운 모습이 된다.

그러나 그녀가 아름답다는 생각이 들면 들수록 염소천은 분노가 치밀었다. 그리고 그 분노는 이내 그로 하여금 치를 떨게 만들도록 지독해졌다.

남궁세옥은 잔뜩 미간을 찌푸렸다. 염소천은 지금 자신의 결코 정상적이지 않은 행태를 그가 보고 있다는 사실에 대해서 조금도 개의치 않고 있었다. 아니, 그의 존재 자체가 염소천의 안중에는 없는 것이리라.

그때 염소천에게서 악다문 잇새로 씹어 뱉듯이 하는 목소리가 흘러나왔다.

"감히… 감히 네가 나 아닌 다른 놈을 가슴에 품어?"

염소천의 그 목소리에는 발작적인 분노가 촉발 직전의 위태로움으로 잠재되어 있었다. 그것은 뭐랄까, 광적인 집착? 잔뜩 비틀린 불만과 분노? 혹은 지독하게 끈적거리는 원색의 욕구? 그리고 그런 것들이 뒤섞인 극렬함 같은 것이었다.

그리고 그런 극렬함은 남궁세옥으로 하여금 섣불리 염소천의 비정상적 행태에 간섭할 수 없도록 만들었다.

염소천은 천천히 삿갓을 벗었다. 그러자 불그스름한 광택으로 빛나는 중에 이따금씩 번쩍이며 섬뜩한 혈광(血光)을 쏘아내는 두 개의 혈안(血眼)이 드러났다.

염소천은 다시 검은 면사마저 벗었다. 그러자 가려져 있던 짙은 자색 피부의 얼굴과 목이 드러났다. 이어 그가 검은 장갑을 벗자, 또한 손톱까지 짙은 자색으로 물든 양손이 드러났다.

자색의 손이 아주 조심스럽게 유정의 얼굴로 다가갔다. 그리고 쓰다듬듯이 가만히 손으로 눈과 코와 입을 만졌다.

"음!"

염소천에게서 가느다란 신음성이 흘러나왔다.

남궁세옥은 입 안이 바짝 마르다 못해 뜨겁게 타들어가는 듯했다. 그러나 그는 여전히 염소천의 행태에 간섭할 엄두를 감히 내지 못했다.

염소천은 유정의 얼굴에 닿을 듯이 자신의 얼굴을 가져다 대고 찬찬히 감상하듯이 유정의 얼굴을 보았다. 그리고 잠시 눈부신 듯 가볍게 미간을 좁혔다가는 이윽고 그녀의 입술을 향해 자신의 입술을 가져갔다.

"으음!"

염소천에게서 마치 열락의 신음과도 같은 나직한 소리가 흘러나왔다. 그리고 그 소리를 듣는 순간 남궁세옥은 더 이상 참지 못하고,

"흠!"

하고 무겁게 헛기침을 뱉고 말았다.

염소천이 천천히 얼굴을 들어 남궁세옥을 바라보았다. 그리고는 문득 흉내 내어 말했다.

"이제부터 소저는 이 남궁세옥이 하는 말이라면 그것이 무엇이건 무조건 따라야만 하오. 소저뿐만이 아니라 천하의 그

누구라도."

　바로 남궁세옥이 좀 전에 유정에게 한 말이었다.

　남궁세옥의 얼굴에 일시 엷은 홍조가 비치는 것을 보고 염소천이 빙글거리는 투로 덧붙였다.

　"실감나더군! 마치 원래부터 너를 위해 준비된 말 같았어."

　순간 남궁세옥은 움찔 어깨를 떨고 말았다. 그와 마주치고 있던 염소천의 눈빛이, 그 붉은 혈안이 찰나간 마치 거짓말처럼 맑아졌기 때문이다. 지독히도 맑아 투명하다는 생각이 들 정도로. 그것은 그야말로 찰나간이었다. 염소천의 눈은 어느새 원래의 불그스름한 혈안으로 돌아갔기에, 남궁세옥은 자신이 일시 허상을 보지 않았나 스스로의 눈을 의심해야 할 지경이었다.

　그러나 순간의 섬뜩한 공포는 남궁세옥을 여지없이 움츠리게 만들었다. 그가 애써 담담하게 표정을 다듬으며 말했다.

　"나는 다만 나의 역할에 충실했을 뿐이오. 오히려 당신이야말로 기껏 모걸 정도를 처리하는데 이처럼 직접 모습을 나타낼 것까지는 없지 않았소?"

　"호호호! 기껏 모걸 정도라……. 그 말 또한 너에게 그다지 어울리는 말은 아닌 것 같은데? 그리고 너는 지금 본좌가 너의 그림자로만 존재하여야 한다는 사실을 일깨워 주고 싶은 것인가?"

　염소천의 혈안이 빤히 남궁세옥을 직시하였다. 남궁세옥

은 차라리 대답하지 않기로 한 듯이 침묵을 지켰다. 그러자 염소천은 문득 나직이 소리 내어 웃으며 다시 물었다.

"후후! 혹시 너도 이 여인에게 마음을 두고 있었던 것인가?"

남궁세옥의 눈빛이 미미하게 흔들렸다. 그러나 그는 이번에도 대답하지 않았다. 염소천이 두어 번 고개를 주억거린 뒤 말을 이었다.

"하긴 천하제일의 기재가 천하제일의 미인에게 마음이 끌리는 것은 어쩌면 당연한 이치라고 해야겠지. 아! 그렇군. 그러고 보니 너는 혹시 본좌가 이 여인을 지금 당장 어떻게 할까 보아 그게 신경이 쓰이는 모양이군? 호호호! 그렇다면 걱정 말게! 본좌는 마음이 있어도 여인을 취할 수 없는 처지이니 말이야. 그래도 걱정이 된다면 아예 네가 맡아! 그자가 소식을 듣고 찾아올 때까지 말이야! 그자에게는 여유있게 한 달 정도의 시간을 줄 작정이니 그동안에 자네는 오붓한 시간을 즐겨도 좋겠지. 그러나 눈으로만 즐겨야 해. 만약 손끝 하나라도 대었다가는 본좌가 용서하지 않을 테니까."

순간 남궁세옥은 자신도 모르게 이를 악물었다. 그러나 이내 턱에 들어간 힘을 슬며시 풀어냈다.

4

사해상단은 초비상 사태에 돌입했다.

유직은 초조한 안색으로 방금 상단으로 전해진 한 통의 서신을 받아 들었다. 밀봉된 서통(書筒)에는,

유직대인친전(柳織大人親展).

이라고만 적혀 있었다. 서둘러 밀봉을 뜯고 내용을 살펴본 유직의 내용이 창백하게 굳어졌다. 와락 서신을 구겨 쥐며 그가 소리쳤다.

"한 달, 한 달이라고? 이 빌어먹을 자식은 지금 도대체 어디를 돌아다니고 있는 거야? 그 자식을 찾아! 모든 수단을 다 동원해서, 천하를 이 잡듯이 뒤져서라도 그 자식을 찾아내! 촌각을 다투는 일이야! 지금 즉시 움직여!"

다급함에 가득 찬 외침이었다.

사해상단의 전 조직이 은밀히, 그러나 총력을 다하여 다급히 움직였다. 상단에 종사하는 모든 인력이 동원되었고, 더하여 가용한 모든 인맥들까지 총동원되었으므로 가히 초거대의 수색망이 가동된 것이었다.

오로지 한 사람을 찾기 위한 움직임이었다. 그러나 그들이 찾고자 하는 인물의 종적은 좀처럼 발견되지 않았다.

사해상단이 그 인물에 대한 단서를 잡은 것은 수색망이 가

동된 지 열흘 만에 지단을 통해 본단으로 날아든 한 통의 전
서구 덕분이었다.

　강진분점(綱津分店)에서 용패(用佩)를 지닌 자가 은자 삼천 냥을
조달해 갔음. 굳이 신원을 밝히지 않았기에 용모파기를 동봉함.

　상단은 즉시 강진분점을 중심으로 조직망을 총가동시키는
한편, 강호의 추적 전문가들을 대거 고용하여 즉각적인 추적
에 나섰고, 그것으로도 부족하여 관부의 협조까지 요청하였
다.
　그러나 용모파기의 인물은 땅으로 꺼졌는지 하늘로 솟았
는지 도무지 찾을 수가 없었다. 속절없이 다시 열흘이 흘렀을
무렵, 뜻밖에도 하오문으로부터 결정적인 소식이 전해졌다.
그들이 찾는 인물이 하오문으로 접촉을 해왔다는 것이다.
　유직이 직접 하오문으로 협조를 구해 다시 추적에 박차를
가한 끝에, 닷새 뒤 마침내 무당산에서 내려오던 그 인물을
찾을 수가 있었다.

百
추락(墜落)

1

익월(翌月) 열닷새 진시 말(辰時 末;오전 9시). 설태산(雪太散) 절천봉(絶天峰). 강산(江山) 홀로 올 것. 일각(一刻)을 기다려 오지 않는다면 유정(柳靜)은 죽는다!

"이런!"

서신을 보고 강산은 답답한 탄식부터 토했다. 서신이 작성된 날짜가 지난달이니 날짜로부터 따지면 앞으로 닷새 뒤였다. 서신이 그에게 도달하는 데만 근 스무닷새나 걸린 것이다.

강산은 다급해졌다. 그러나 마음만 급하다고 해서 될 일은 아무것도 없었다. 마음이야 당장에라도 달려가고 싶지만, 또한 그의 능력으로 그러지 못할 것도 아니지만, 당장에 그곳이 어느 방향인지조차 모르는 채 무조건 빠르다고 해서 될 일은 아니었다.

'그녀가 이런 위급 지경에 빠지는 동안 나는 무엇을 하고 있었던가? 그녀는 지금 목숨의 위협을 받으며 공포에 떨고 있을 텐데, 당장에 내가 할 수 있는 일이 아무것도 없다니……'

몰려드는 후회와 자책, 그리고 다급함으로 인해 강산이 아득한 심정에 빠져 있는데,

"조장님!"

하는 부름이 문득 그를 일깨웠다. 그리고 덕분에 다소간이나마 마음을 진정시킬 수 있었다. 그를 부른 이는 서신을 가져온 하오문도였다.

"설태산이 어디에 있소?"

강산의 급한 물음에 하오문도는 오히려 차분하게 대답했다.

"문주님께서 직접 움직이고 계시니 지금쯤 필요한 정보들이 취합되고 있을 것입니다. 잠시만 기다려 주십시오!"

그리고 하오문도는 즉시 달려갔다.

강산은 그 자리에 선 채 묵묵히 기다렸다. 좀 전 하오문도의 '조장님!'이라는 한마디 호칭과 또한 '문주님'이라는 말에서 강산은 크게 위안을 받을 수 있었다.

그것에서 선변이 이미 사태의 해결을 위해 나섰으며, 비록

먼 곳에 있다 하더라도 그녀가 할 수 있는 모든 수단과 역량을 다 동원하여 이 사태를 풀어 나갈 조치들을 취하고 있으리라는 것을 믿을 수 있기 때문이었다.

그 하오문도는 한 시진이 지나기 전에 다시 돌아왔다.

설태산은 운남에 위치한 산인데, 하나의 산을 말하는 것이 아니라 수십 개에 달하는 절봉과 준령으로 이루어진 거대한 산세를 통칭하는 이름이었다. 절천봉은 그중에서도 깊고 험한 절지에 위치하고 있다고 하였다.

하오문은 강산이 그곳까지 가는 데 있어서 최적의 방법을 제안했다.

"설태산 자락까지는 몰라도 절천봉에 오르는 것은 안내자 없이는 힘들겠다는 판단입니다. 하여 지금 총력을 기울여 그곳 일대의 지리에 능한 사람을 수배하고 있는 중이니 조장님께서는 우선 운남으로 출발하시되, 운남에서부터는 안내인과 함께 움직이시는 것이 가장 최선의 방법일 것입니다."

2

선변이 유정의 실종 소식에 대한 첩보를 접한 것은 나중에 기산(起算)해 본 결과 그녀가 실종된 지 채 사흘이 지나지 않은 시점이었다.

당시만 해도 사해상단에서는 은밀히 강산의 종적을 추적

하는 중이었고, 더욱이 유정의 실종 소식에 대해서는 상단 내에서도 유직과 핵심 측근 두세 사람만 알고 있는 극비 중의 극비였기에, 아무리 하오문의 정보망이 방대하다고 해도 그러한 첩보가 그처럼 신속하게 입수되었다는 것은 극히 이례적이라고 해야만 했다.

그러나 선변으로서는 이런저런 경위를 따져 볼 여가를 가질 수 있는 처지가 아니었다. 곧바로 믿을 만한 복수의 경로들을 동원하여 첩보가 사실인지를 확인하고 난 다음에 그녀는 즉시 하오문과 하오밀문의 전력을 총가동하였다.

선변이 비록 그동안에 강호 세사(世事)와는 의식적으로 거리를 두고 물러서 있는 처지였으나, 이번 상황의 험악함과 다급함은 이런저런 사정들을 따질 형편이 결코 못 되었다.

그녀를 향한 세상의 경계와, 특히나 늘 그녀에게서 일정 거리를 유지하고 있는 동창의 이목들에도 불구하고, 그녀는 직접 전면에 나서서 진두지휘를 하였다. 유정을 납치한 암중의 인물이 노리는 것이 결국 강산이라는 점만으로도 이번의 사태는 충분히 심각했다.

강산은 이 시대 최강의 무력을 지닌 인물이다. 또한 외견상 해체되었다고는 하나, 강산의 한마디면 언제라도 집결할 수 있는 이 시대 최강의 절대고수들의 소집단인 잡조가 건재하며, 게다가 그 소집단이 직간접적으로 아우르고 있는 조직들을 합친다면 한순간에 강호사에 유래가 없을 거대 세력이 형성되리라는 사실을 모르는 무림인은 없을 터였다.

그러한 객관적 사실들을 뒤집어본다면 이번 사태에는 뭔가 엄청난 흑막이 숨겨져 있다는 의미가 되는 것이니, 그러한 우려 때문에 선변은 급하게 이런저런 궁리를 취하는 와중에도 강산에게만큼은 의도적으로 한참 동안이나 소식이 전해지는 것을 지체시킨 것이었다.

3

멀리 구름을 뚫고 나와 다시 하늘을 찌를 듯이 솟아 있는, 그래서 그 봉우리의 높이가 얼마나 되는지 짐작조차 하기 어려운 수십 개의 절봉군(絶峰群)이 아스라하게 눈에 들어왔다.

막막해하는 강산에게,

"이곳 설태산 일대는 산세가 험악하고 곳곳에 깊은 계곡과 급한 격류들이 휘돌아 사사사철 구름과 안개에 덮여 있습지요."

하고 말하는 자는 솔천(率千)이라는 안내인이었다.

강산이 이곳 운남까지는 한달음에 달려왔으나, 그다음에는 다시 어떻게 해야 할지 암담해 있을 때 어느 틈에 조치가 되었는지 하오문이 그에게 붙여준 사십대 후반의 건장한 사내였다.

이곳 현지 태생으로 설태산의 산세에 대해서는 누구보다 자세히 꿰뚫고 있는데다 그런 대로 쓸 만한 무공까지 지녔으며, 무엇보다도 하오문과는 그동안 이런저런 일들을 처리한 전력이 있는 까닭에 충분히 믿을 수 있는 자라는 것이 하오문의 추천 사유였다.

설태산의 험준한 산세 속으로 깊숙이 들어온 지도 벌써 이틀째였다. 그럼으로써 암중자(暗中者)가 제시한 날짜는 이제 내일로 다가와 있었다.

강산과 솔천이 지금 서 있는 봉우리와 넘실거리는 운해(雲海) 너머 건너편으로 희끗희끗 형체를 보이는 봉우리 사이에는 끝이 보이지 않는 천 길의 절벽이 마치 지옥으로 들어가는 입구처럼 아찔하게 검은 아가리를 벌리고 있었다.

눈을 들어 멀리 앞쪽으로 시선을 두면 굼실굼실 이어지는 험한 산줄기가 백 리쯤이나 아득히 뻗쳐 있고, 온 산을 뒤덮은 거대한 숲은 태고의 수령(樹齡)을 간직한 거목들로 끝도 없이 울창하였다.

한낮이었음에도 숲 속으로 들어서면 하늘이 보이지 않을 만큼 빽빽한 원시 삼림이었다. 어디가 어디인지 방향조차 가늠할 수가 없으니 천하없이 빠른 경공을 지녔다고 하더라도 소용이 없는 일이었다. 그저 일정 간격마다 멈추어 서서 방향을 보정해 가며 한발, 한발 착실히 나아가는 수밖에 없었다.

그런 데서는 솔천의 능력이 빛을 발했다. 숲을 지나가는 바람의 방향, 언뜻언뜻 통과해 드는 햇살의 모양, 숲 아래 바닥에 자라는 키 작은 식물들의 형태, 그리고 심지어는 그만이 맡을 수 있는 숲의 냄새까지를 기준하여 방향을 잡고 있었다.

"저곳입니다! 바로 저곳이 절천봉입니다!"

솔천이 소리쳤다. 강산이 손 그늘을 만들며 그가 가리키는 곳으로 시선을 모으자 솔천은,

"정상까지 오롯이 다 보이는군요. 이런 날은 아마도 일 년에 하루 이틀이나 있을까 말까 할 겁니다."

하고 사뭇 감탄조로 덧붙였다. 강산의 절박한 심정으로야 솔천의 감탄에 공감할 여지가 있을 리 없었으나 과연 절경이긴 하였다.

절천봉이 설태산 중에서도 가장 높은 봉우리라고 하더니 멀리 보이는 그 정상은 마치 한 자루 옥으로 깎은 창인 양 그 창끝이 하늘을 찌르며 곧게 뻗쳐 있었다. 그 첨극의 뾰족한 정상은 지금 은은한 옥빛으로 빛나고 있었다. 아마도 정상을 뒤덮은 만년설이 햇빛에 반사되고 있는 것이리라.

절천봉을 눈앞에 두고 있으면서도 강산과 솔천이 막상 그 아래 자락에 당도한 것은 이미 해가 서편 먼 곳의 이름 모를 봉우리 너머로 막 사라지려는 즈음이었다.

사위를 붉게 물들인 낙조 속에 강산은 눈앞에 치솟은 천 장 절벽을 올려다보았다. 깎아지른 듯이 직벽(直壁)으로 곤추선 천 장 절벽이 금방이라도 눈앞으로 넘어올 듯 위태로웠다. 그 중간중간을 휘감은 붉은 구름들이 강산의 심정과도 같이 참으로 암담하고도 애잔하였다.

"절천봉은 산신(山神)의 허락을 받아야만 오를 수 있다는 말이 있을 만큼 신성시되는 곳으로, 아직까지 인간의 발길을 허용하지 않은 처녀봉으로 알려져 있습지요. 그나마 접근 가능한 쪽은 지금 바라다 보이는 정면의 절벽뿐입니다. 그 반대쪽은 깊이를 알 수 없는 무저(無低)의 빙하 계곡으로 이루어져서 감히 접근조차 할 수가 없습지요. 그리고 이제부터는 제가 해드릴 수 있는 일이 없으니 여기서부터는 혼자 가셔야만 합니다."

미안한 듯이 하는 솔천의 말이었다.

"고맙소. 솔 형이 아니었더라면 나는 제때에 이곳에 오지 못하였을 것이오."

강산이 진정으로 감사의 말을 하자, 솔천이 오히려 크게 감격하는 기색이었다. 그리고 보면 여기까지 오는 동안 솔천이 그런 티를 조금도 내지 않았지만, 사실은 강산이 어떤 사람인지, 강호에서 그가 어떤 존재인지에 대해 알고 있었던 모양이다.

밤길로 돌아가겠다는 솔천을 보낸 다음, 강산은 편편한 바위 위에 앉아 가만히 명상에 들어갔다. 눈앞에 둔 이상, 그 높이가 천 장이건 만 장이건 오르는 것은 문제가 될 수 없었다. 문제는 이제부터 어떻게 유정을 무사히 구해내느냐 하는 것일 뿐이었다.

강산은 넓게 기를 확장시켜 근 반 시진여 동안이나 주변 일대를 세세히 살폈다. 그러나 적어도 그의 능력이 미치는 범위까지는 사람의 기척이라고 할 만한 것이 없었다. 문득 눈을 들어 보니 어느새 펼쳐진 암흑의 천공에는 은가루를 뿌린 듯이 별의 무리가 찬란하였다. 강산은 천천히 앉은 자리에서 몸을 일으켰다. 밑에서 기다리느니 그는 차라리 정상에서 차분히 내일을 기다리기로 했다.

기껏 십 장여 반경이나 될까?

하늘 아래에서는 더 이상 높은 곳이 없다는 절천봉의 정상, 그 지상 최고의 공간에 강산은 서 있었다. 좁디좁은 첨봉(尖峰)의 공간 위에 우뚝 버티고 선 그의 발 아래로 천하가 고요히 펼쳐져 있었다. 그처럼 거대하던 것이, 그처럼 다채롭던 것이, 그처럼 복잡무비하던 것이 지금은 끝없는 어둠 속에서, 성스러운 적막 속에서 희미한 윤곽으로만 짐짓 신비스러운 체 그렇게 웅크리고 있었다.

이런 곳이라면 천하를 통틀어도 봉우리 위로 올라올 수 있는 자들은 제한적일 것이다. 그러니 이제 몇 시진 뒤면 올라

올 자가 누구이든, 그에게 무슨 이유가 있던 그와 단둘이 두 사람만의 인과를 따져 결판을 지으면 될 일이었다.

어차피 좁은 공간이었지만, 그것도 사방이 끝없는 낭떠러지로 둘러싸인 곳이었지만, 강산은 그중에서도 한쪽의 가장자리에 자리를 잡고 앉았다.

바닥은 차고 딱딱했다. 이름 그대로 만년의 세월 동안이나 쌓이고 굳어진 만년설의 바닥이었다.

휘이이이이!

돌연히 불어온 거센 바람이 돌풍과도 같이 휘몰아치며 사방을 휩쓸었다. 그 세찬 바람은 금방이라도 그를 천길 만길 깊이의 낭떠러지로 날려 버릴 듯 드세어서 그의 옷자락들이 찢어질 듯이 펄럭거리며,

파라랏!

파라라라라라랏!

하고 위태롭게 비명을 질러댔다. 그러나 강산은 이내 평온해졌다. 그의 옷자락들도 차분해졌다. 그것이 무형방호막 덕분인지 아니면 요즘 들어서는 그 스스로도 정의하기가 애매해져 버린 삼백육십관의 또 다른 공능 덕분인지는 역시 애매했다. 다만 그는 지금 무형방호막도, 혹은 또 다른 공능도 굳이 의식적으로 펼쳐 내고 있지는 않았다.

그는 그저 있는 그대로를 받아들이고 있을 뿐이었다. 얼음보다 더 차가운 공기도, 세찬 바람도, 만년설도, 심지어는 사

방의 어둠과 적막조차도. 강산은 가만히 두 눈을 감았다.

위이이이!

위이이이이잉!

등 뒤의 낭떠러지로부터 마치 무저(無低)의 갱도로부터 울려 나오는 듯한 기이한 울림이 바람을 타고 올라왔다.

그 소리에서 강산은 보이는 듯했다. 바람을 따라 물결치듯 굼실거리며 흩어지고 모여드는 운해(雲海)의 흐름이. 안개의 무리들이. 하나의 층이 흩어지면 그 아래로 다시 겹겹이 층을 이루고 있는 또 다른 운해의 층들이. 그리고 어느 순간 강산은 온전히 자유롭게 되었다. 시간과 공간으로부터도.

그런데 몰아의 순간 속에서 어디선가 은은한 소리가 들렸다.

우르릉!

'낙뢰 소리인가?

그렇게 되뇌이면서도 그가 몰아에서 벗어나지 않아도 좋았던 것은 그 소리가 어딘지 모르게 익숙하였기 때문이다. 그래서 그의 자연스러움을 방해하지 않았기 때문이다.

우르릉!

우르릉!

낙뢰 소리가 잇달아 이어지더니 이윽고는,

우르르르르릉!

하고 한순간 온 천지가 낙뢰 소리로 가득 찼다. 그를 관통

하고, 세상을 관통하고, 나아가 우주를 관통하고 말 듯한 위
대한 소리였다.

"아아!"

나직이 탄성을 흘리며 강산은 이윽고 명상에서 깨어났다.
어느새 어둠은 물러가고 동녘이 온통 불그스름하게 물들어
있었다.

강산은 다시금 눈을 감았다. 막상 깨어난 현실 속에서는 자
취조차 없었건만, 그러나 그 엄청난 낙뢰 소리는 아직도 그의
머릿속에서, 아니, 어느 순간 깊숙이 침잠해 버린 내면에서
여전히 그 웅장한 여운을 남기고 있었다.

'환청이었던가?'

강산이 다시 눈을 떴을 때 동쪽 멀리 아스라한 산봉우리 사
이로 해맑게 붉은 광구가 막 떠오르고 있었다. 지상 최고의
공간에서 맞는 일출이었다.

"아아!"

그 차라리 성스러운 장관 앞에 강산은 자신도 모르게 탄성
을 흘리지 않을 수 없었다.

4

절천봉의 깎아지른 듯한 빙설벽(氷雪壁)을 하나의 신형이
위태롭게 거슬러 올라가고 있었다. 아니, 위태롭지 않았다.

그 신형은 차라리 유유자적하게 비행해 올라가고 있었다. 그리고 그다지 빨라 보이지 않았는데도 어느새 절천봉의 정상에 다다랐다.

정상의 한쪽 절벽 면 위로 불쑥 솟아나듯이 나타난 사내는 발아래 바닥까지 치렁거리는 흑포와 검은색의 삿갓, 그리고 삿갓 안으로 늘어진 흑색의 면사, 양손에 낀 한 쌍의 검은 장갑까지 온통 흑색 일색인 기괴한 차림이었다.

그러나 강산은 사내가 엄청난 속도로 절천봉 아래에 나타나 유유하게 절벽을 비행해 오를 때부터 그가 누군지 이미 알고 있었다. 사내가 지닌 독특한 기감은 그가 결코 잊을 수 없는 것이었기에.

“너였더냐?”

대답은 없었다. 대신 삿갓 사이로 불그스름한 혈광이 비쳐 나왔다.

그 섬뜩한 안광을 담담히 마주 보며 강산이 다시 물었다.

“내게 복수하고 싶은 건가?”

그제야 사내는 입을 열어 음산한 목소리를 흘려냈다.

“복수? 흐흐흐! 아니지. 복수는 본좌의 관심사가 아니야. 본좌의 관심사는 오로지 네놈의 살을 한 점, 한 점 찢어내고, 뼈를 한 조각, 한 조각 부수고 으깨어가면서 네놈이 본좌의 발 앞에 엎드려 차라리 죽여 달라고 울부짖는 모습을 보고 싶을 뿐이야. 삼 년 전 그때처럼 말이지. 흐흐흐흐!”

그러나 강산은 담담하게 반문했다.

"그때 경고했을 텐데?"

그러자 삿갓사내 염소천이 느긋한 목소리로 재차 반문했다.

"지금 네놈이 감히 그런 말을 할 처지는 아닐 텐데?"

"굳이 이런 비열한 방법까지 쓸 필요가 있었나?"

"네놈이 두려워서 인질을 잡은 것은 아니다. 다만 네놈이 제 발로 본좌 앞으로 오게 만들기에 가장 효과적인 방법이었을 뿐이지."

"그녀는 어디에 있나? 이제 내가 왔으니 그녀는 그만 풀어 주어도 되지 않겠나?"

"후훗! 글쎄! 그까짓 계집 따위에는 신경을 안 쓴 지 오래되어서… 흠! 아마도 지금쯤 저 아래쪽 어디쯤에 잔뜩 웅크리고 있을 오대세가의 무리 중에 있지 않을까?"

"오대세가? 그들도 이 일에 관련이 되었나?"

"정확히는 남궁세옥이지. 그 녀석 덕분에 일이 한결 수월했었어. 덕분에 그 녀석은 지금 남궁세가의 가주가 되었고, 또한 오대세가 연합의 수장 자리에 올라 있지. 그리고 이제 곧 천하를 호령할 꿈에 부풀어 있는 중이지. 그것이 다만 꿈에 불과한 줄은 꿈에도 모른 채 말이야. 하하하하!"

강산은 잠시간 머릿속으로 상황을 정리하고 난 다음에 무겁게 고개를 끄덕이며

“그렇게 된 것이로군.”

하고 혼잣말처럼 중얼거리고 난 다음에 다시 염소천을 향해 물었다.

“너는 이제 어떻게 하려는 것이냐?”

“어떻게 하려는 것이냐고? 흐흐! 그렇게 물으니까 갑자기 재미있어 지는군. 흠! 일단 본좌 앞에 무릎 꿇어! 그리고 살려 달라고 빌어! 그러면… 그러면 조금은 덜 고통스럽게 죽여주마! 흐흐흐… 흐흐흐흐!”

염소천은 계속 솟아나는 웃음을 멈추기가 어려웠다. 굳이 멈추려는 생각도 없었다. 형언하기 어려운 통쾌함이 가슴을 가득 채우고도 넘쳐 자꾸만 웃음으로 흘러나왔고, 이윽고는 앙천대소(仰天大笑)로 터져 나왔다.

“으하하하하하!”

절천봉이 무너질 듯 우르르 울렸다. 이어 염소천은 오연히 외쳤다. 강산에게, 그리고 천하를 향해.

“본좌의 무공은 이미 초유의 경지에 달했으니, 천하에 누가 있어 감히 본좌를 거역하겠는가?”

강산은 실감할 수 있었다. 염소천의 능력이 이전과는 비교조차 할 수 없이 엄청난 진전을 이루었다는 것을. 그럼으로써 지금 그의 선언이 결코 오만이 아닌, 초월적인 힘을 지닌 자로서의 자부이며 여유라는 것을.

그러나 염소천의 변모가 놀랍다고 해서 두려울 것까지는

없었다. 대신 강산은 짐짓 실소하며 한마디 대꾸해 주었다.

"허허! 아무리 그렇다고 해도 아직 서른도 안 된 애송이에게 무릎을 꿇을 수야 있나?"

염소천의 눈에서 혈광이 치솟았으나, 그는 이내 빙그레한 웃음을 떠올렸다.

염소천은 진정으로 만족스러웠다. 조부 염천월이 이루었던 경지를 단숨에 넘어서 십일성의 완숙 경지에 도달한 칠절천마기가 지금 활화산과 같은 강렬함으로, 그리고 태산과도 같고 대해와도 같은 장중함과 무한함으로 그의 내부에 존재하고 있었다. 그것은 뿌듯한 자부심이자 천상천하 유아독존의 자존감이었다.

강산이 쉽게 굽히지 않고 당당한 체하는 것조차 만족스러웠다. 강산이야말로 일생일대의 숙적이며, 지금의 이런 자리, 이런 상황을 만들기 위해 그가 보낸 절치(切齒)와 부심(腐心)의 시간이 또 얼마였던가? 그런 터에 강산이 쉽게 굴복해서야 되겠는가? 저항이 강하면 강할수록 그것을 깨부셨을 때의 통쾌감은 더욱 크지 않겠는가?

5

강산은 천천히 한 걸음을 앞으로 내디뎠다. 그를 둘러싼 사방의 공간이 그와 함께 움직였다.

　구관통을 완성하고 난 뒤로 강산은 단 한 발짝도 앞으로 나아가지 못하고 있었다. 남은 서른여섯 개의 관문 중 단 하나의 관문도 추가로 관통하지 못하였다는 의미이다.

　그 한 발짝은 남은 서른여섯 개의 관문 중 한 개일 수도 있었고, 아니면 서른여섯 개 모두일 수도 있었다. 숫자의 개념은 이미 아무런 의미가 없었다.

　그것은 궁극십관통(窮極十貫通), 곧 완전한 완성을 의미하는 것이었다. 또한 그럼으로써 불가능을 의미하는 것이기도 했다. 물론 강산이 그것을 위하여 굳이 애를 쓴 바가 없기도 했지만.

　그럼에도 그의 진경(進境)은 계속되고 있었다. 그의 의지와는 전혀 무관하게도 전신 삼백스물네 곳의 관문들에서는 독립적으로 끊임없이 운기가 계속 일어나고 있었고, 자연 대기 속에 분포된 기들이 조금씩이나마 끊임없이 흡수되고 있었다. 그리하여 지금 강산의 내력은 그 스스로도 측량할 수 없는 지경에 달해 있었다.

　지금 그와 일체가 되어 움직이는 공간은 무형방호막이 진화된 형태였으니, 발능과 탄능, 그리고 흡능과 교류능이 따로 구분 없이 적절하게 조화되어 있었다.

　과아앙!

　쿠우우우!

마치 천 리 먼 곳에서 들려오는 벽력뇌성과도 같은 장중한 울림을 담은 소리가 허공중에서 울렸다.

무형의 힘들이 부딪치는 소리였다. 제각기의 힘을 지닌 무형의 공간들이 격돌하는 소리였다.

격돌의 결과는 거창한 기의 파동을 일으켜 냈다. 사방의 대기가 보이지 않는 중에 엄청난 격류를 일으키며 더욱 거대한 허공 속으로 소용돌이치며 나아갔다.

하늘 아래 가장 높은 곳. 발 디딜 곳이라곤 겨우 방원 십 장에 불과한 그 좁은 땅에서 두 사람은 기 공간의 격돌이라는, 천하의 누구도 상상하지 못할 기이한 형태의 대결을 벌이고 있는 중이었다.

팽팽한 대치를 이루던 승부에서 먼저 파탄의 기미를 보인 것은 염소천이었다.

관건은 안정성이었다. 역시 칠절천마기의 불완전함이 문제였다. 그 불완전함은 거의 드러날 가능성이 없는 아주 극미한 것이었으나, 이제 대등한 위력을 지닌 데다 보다 완성된 강산의 능력과 부딪치자 이윽고 조그마한 파탄을 보이기 시작하고 있는 것이다.

그때 염소천은 그의 내부에서 울려오는 사념(思念)의 소리를 들었다.

'아아! 진정 삼백육십관(三百六十關)이란 말인가? 아아! 그때 보았던 그 이론의 완벽함이 세상을 조롱하려 한 어느 현학자(衒學者)의 논리의 유희가 아닌, 실제로 구현 가능한 이치였더란 말인가?'

그의 의식 내부 한구석에 공존하고 있는 조부 염천월의 사념이었다. 그런데 그것의 본질이 감정을 초월하여 다만 한 조각의 이지(理智)만 남은 것일 뿐임에도 그것은 지금 탄성과 나아가 경악까지를 담고 있었다.

그러나 사념은 이내 냉철한 이지로 돌아왔다.

'네 스스로 쳐놓은 마지막 봉쇄를 거두어라!'

그것이 단호한 명령으로 들렸기에 염소천은 반사적이다시피 반발부터 했다.

'싫습니다. 제가 통제할 수 없는 힘은 제 것이 아닙니다. 저는 제 자신이 강해지고자 하는 것이지 강함의 노예가 되고자 하는 것은 아닙니다.'

'그러나 쳐자의 무공은 지금 너의 무공보다 완벽하다.'

'저놈이 완벽할지 모르나, 저의 힘 또한 이미 극단에 도달해 있습니다. 어떤 완벽이라도 깨뜨려 버리기에 충분할 만큼!'

'어리석은 고집이다!'

그러나 그것은 다만 사념일 뿐이니, 그것이 담긴 육신에 대한 지배력은 없었다.

쿠르르르르릉!

　계속되는 격돌 속에서 염소천은 이내 위기를 실감하지 않을 수 없었다. 그의 내부가 요동치기 시작하고 있었다. 칠절천마기의 극미한 불완전함으로부터 기인한 조그마한 파탄은 어느덧 폭주 상태로까지 진입해 들고 있었다.

　그때 염천월의 사념이 다시 의지를 전해왔다.

　'더 이상 여유가 없다. 즉시 봉쇄를 거두어라!'

　염소천도 마침내 동의하지 않을 수 없었다. 부드득 이를 갈며 그가 외쳤다.

　"좋다! 이 마지막 봉쇄를 거둠으로써 나의 영혼이 악마에게 넘어간다고 해도, 설령 나 스스로가 악마가 된다고 하더라도, 그럼으로써 네놈을 죽일 수만 있다면… 나는 기꺼이 그렇게 하리라!"

　순간 사위의 대기가 거대한 격류를 일으켰다.

　고오오오오!

　그것은 보이지 않는 거대한 회오리였다. 천지간의 기운이 일시간에 염소천에게로 몰려들며 거세게 빨려들었다. 아아! 그것은 기의 태풍이었다. 그리고 무한대의 힘이었다.

　엄청난 충격이었다. 마치 천지를 자신의 몸속에 담는 듯한 그 거대무비의 충격은 그가 끝내 감내할 수 있는 종류의 것이 아니었기에 어느 순간 염소천은 일생일대의 대적을 눈앞에 둔 채로 잠깐 정신을 잃은 것 같았다. 그러한 동안은 찰나인 것 같기도 했고 영원인 것도 같았다. 또한 지옥의 고통인 듯도 했고 천상의 열락인 듯도 했다.

염소천은 문득 정신을 추슬렀다. 그런데 굳이 사방을 살피지도 않았건만 천지가 다 요연(瞭然)하였다. 염소천의 입가로 엷은 미소가 번졌다. 스스로 통제할 수 없을 것이라는 우려 때문에 봉쇄해 두었던 그 마지막의 벽을 마침내 무너뜨렸으나, 그가 우려했던 바는 일어나지 않은 것이다.

과우우우웅!

일대의 대기는 여전히 거센 회오리를 일으키고 있었고, 천지간의 힘은 계속하여 그에게로 빨려들고 있었다. 그에 따라 그의 힘 또한 무한대로 커지고 있었다.

희열이 폭풍처럼 몰려왔다. 인간의 이성으로는 결코 거부할 수 없는 쾌감이요, 모든 것을 파괴할 수 있는 절대력의 주인만이 맛볼 수 있는 절대의 쾌감이었다.

주변의 상황에 대해서는 굳이 돌아볼 필요조차 없다는 느긋함으로 염소천은 느릿하게 자신의 손을 내려다보았다.

피부색이 변해 있었다. 검붉은 색이었던 손은 투명한 우윳빛으로 변해 있었다. 그 어떤 절세미인의 섬섬옥수도 비견할 수 없을 만큼의 아름다운 손으로 화해 있었다. 손뿐이랴? 그의 얼굴이, 그의 전신이 다 그렇게 변해 있으리라. 그의 육체는 이제 불완전을 넘어 완전으로 화한 것이다. 인간의 육체를 초월한 신체(神體)로 화한 것이다.

그것이야말로 그의 완성을 증거하는 것이었다. 그는 마침내 칠절천마기의 십이성 궁극의 완성에 도달한 것이다. 궁극의 강함에 이른 것이다.

그럼으로써 그는 이제야말로 진정으로 그가 속해 있는 공간을 그가 원하는 대로 지배할 수 있게 되었다. 아니, 그는 이미 지배하고 있는 중이었다. 그의 시야가 미치는 데까지의 모든 공간에 그의 절대력이 미치고 있는 중이었다.

"우우우우우!"

긴 장소성을 토해내며 염소천은 허공 까마득한 곳으로 떠올랐다. 천하가 그의 발아래로 들어왔다. 그리고 그 아래에 펼쳐진 모든 공간은 그가 지배하는 절대공간이었다.

천지간의 기운이 한곳으로 빨려드는 중에 강산 또한 엄청난 흡입력을 느꼈는데, 즉시 무형방호막을 대폭 축소시키고 전력을 다해 버틴 덕분에 간신히 자신의 공간을 유지할 수가 있었다.

그러나 그는 꼼짝도 못하게 되었다. 바짝 좁혀진 무형방호막이 주위의 공간에 의해 완전히 갇히고 만 것이다. 구관통의 완숙 경지에 달한 흡능과 탄능, 발능과 교류능 등이 모두 다 무용지물이었다.

그때 긴 장소성과 함께 염소천이 허공 높이 부상하면서 상황은 더욱 심각한 국면으로 전개되었다. 머리 위의 공간 전체가 하나의 거대한 힘으로 화해 그를 짓눌러 온 것이다.

그것은 어떻게 대항하거나 회피해 볼 수 있는 종류의 힘이
아니었다. 잔뜩 위축되기는 했어도 무형방호막이 그나마 버
텨주고 있는 것만으로도 기적적이었다.

강산은 염소천의 능력이 이미 인간의 한계를 넘어섰음을
절감하지 않을 수 없었으며, 이윽고 그 절대지력에 대해 대항
하는 것이 불가능하다는 사실을 인정하지 않을 수 없었다.

그때 허공 높이에 뜬 채로 염소천이 낭랑하게 외쳤다.

"보았느냐? 이것이 바로 칠절천마기의 궁극 경지이다. 이
전에도 없었으며 이후에도 없을 경지이니, 곧 신의 경지이다.
이래도 너는 본좌 앞에 무릎 꿇지 않겠느냐? 살려달라고 빌지
않겠느냐?"

대답 대신 강산은 차라리 웃었다. 허탈한 웃음이었다.

염소천이 조롱하는 투로 다시 말했다.

"구차한 모습을 보이지는 않겠다? 그래야지! 그래야 네 몸
을 요리하는 재미를 충분히 즐길 수 있지. 사실은 네가 무릎
꿇고 살려달라고 빈다고 해도 나는 여전히 네놈의 살을 찢고
뼈를 으깨어가면서 차라리 죽여 달라고 울부짖는 모습을 즐
길 작정이었다. 하하하하!"

염소천의 웃음소리가 끝나기를 기다려 강산이 담담하게
말했다.

"네가 원하는 대로 되기가 그리 쉽지는 않을 것이다. 내가
너를 어떻게 할 수는 없겠으나, 너 또한 나를 어떻게 할 수는

없을 것이니까."

"그래?"

하고 염소천이 입꼬리에다 피식 조롱하는 웃음기를 달고 나서 문득 차가운 어조로,

"정말 그런지 어디 한 번 볼까?"

하고 외쳤는데, 그 소리가 마치 거대한 종이 울리는 듯이 우르릉 사위의 공간을 떨어 울렸다. 동시에 그의 발아래 공간 전체가 무진장의 거력을 담고서 그대로 강산을 짓눌러 갔다.

쿠쿠쿠쿠쿠!

마치 하늘이 무너져 내리는 듯이 절대의 거력이 짓누르는 속에서 강산의 몸은 잔뜩 웅크려 들었다. 그런 모습은 마치 대가리와 사지를 단단한 껍질 속으로 집어넣은 채 무작정 버티고만 있는 거북이처럼 볼썽사납고 우스꽝스럽기까지 하였다.

그러나 염소천은 이내 미간을 찌푸렸다. 이전에도 그는 강산의 그런 모습을 목격한 적이 있었다. 바로 그의 부친을 결국 죽음으로 몰고 간 그 승부에서였다.

물론 지금의 그의 능력과 그때 부친의 능력은 비교 자체가 안 되는 것이었다. 강산이 금방이라도 무너질 듯 위태위태한 중에도 제법 용하게 버텨내고 있는 것은 다소간 의외라고 할 것이나, 결국에는 버티지 못하고 무너지리라는 사실에는 조금도 의심의 여지가 없었다.

그러나 염소천은 도저히 용납이 되지 않았다.

그의 능력은 스스로 신의 경지라고 자부하는 만큼 이미 궁극에 도달해 있었다. 궁극이란 더 이상 나아갈 데가 없다는 것이니, 마지막 한계이기도 했다. 그런데 그런 한계에 도달하고서도 그는 그가 가장 증오하는 적을 당장에 어떻게 하지 못하고 있는 것이다. 갑자기 답답해졌고, 연이어 격한 분노가 치밀었다.

그때 그의 의식 속에서 여린 울림 하나가 전해졌다.

'대안이 있지 않느냐?'

염천월의 사념이었다. 순간 염소천은 더 이상 걷잡을 수 없는 분노를 느꼈고, 그것은 반사적으로 당장에 적을 죽이고야 말겠다는 폭급(爆急)으로 치달았다.

"으아아아아!"

염소천이 마침내 분노를 폭발시키는 순간, 사위의 공간에 엄청난 힘의 광란이 휘몰아쳤고, 이윽고는,

쿠르르르릉!

하는 굉음과 함께 절천봉의 첨봉(尖峰)이 통째로 무너져 내렸다. 거대한 만년설 덩어리와 강산의 몸이 하나가 되어 만장절벽 아래로 추락했다.

그런데 그런 중에도 염소천의 절대 공간은 집요하게 뒤쫓아 가며 강산을 내리눌렀다. 그리하여 엄청난 가속을 받은 강산의 신형은 순식간에 까마득한 점으로 화해 멀어져 갔다.

강산의 모습이 완전히 보이지 않게 되고 나서도 그의 절대
력이 더 이상 미칠 수 없게 될 때까지 염소천은 모든 내력을
횅한 아래쪽의 공간으로 쏟아 붓는 일을 멈추지 않았다.

위이이이잉!

끝이 보이지 않는 아래쪽으로부터 한순간 깊은 동굴 속을
헤집고 나오는 바람 소리 같기도 하고 원귀(寃鬼)의 호곡성(號
哭聲) 같기도 한 긴 울림이 전해져 왔다.

6

"크으으! 얼마나 고대했던 순간인데 기껏 이렇게 끝을 맺
고 말다니……!"

염소천은 크게 후회하였다. 씁쓸하고 허탈하고 다시 억울
하고 원통하기까지 하였다.

순간의 분노와 조급증을 참지 못하여 취하지 않아도 좋았
을 하책 중의 하책을 쓰고 만 것이다. 그 대안은 그야말로 만
약의 경우에 대비해 준비는 해두었으되 결코 쓰고 싶지는 않
았던, 결코 쓰는 일은 없으리라 작정해 두었던 것이다.

후회와 억울함과 원통함이 뒤섞이자 금세 걷잡을 수 없는
분노로 폭주했다.

강산의 죽음을 직접 확인하고, 그 시체를 다시금 찢고 부수
지 않고는 지금 그 스스로를 불태울 듯이 치솟는 내화(內火)

를 제어할 수 없을 것만 같았다.

그때 염천월의 사념이 담담하게 뜻을 전해왔다.

'마음을 가라앉히거라! 모든 것은 네가 원하던 대로 된 것이다. 궁극의 칠절천마기에 당한 상태에서, 더욱이 만뢰곡(萬雷谷)으로 추락하였으니 그자의 육신은 형체도 제대로 남기지 못할 것이다.'

그에 강산이 추락해 간 곳을 응시하고 있던 염소천이 갑자기 광소를 터뜨리며 저주의 말을 쏟아냈다.

"크하하하하! 가장 처참한 죽음을 맞으라! 내 직접 네놈을 난도질하지 못한 것은 한(恨)이나, 나 대신 만 개의 벼락이 네놈의 육신을 천참만륙(千斬萬戮)시켰을 것이며, 다시 그 혼백(魂魄)마저 산산이 비산(飛散)시켜 자취도 남기지 못하게 하였으리라!"

비록 한 가닥의 사념으로만 존재할 뿐이지만 염소천의 증오와 분노, 그리고 집착 등이 계속 정제되지 못하고 점점 더 광기로까지 치달으려는 기미를 보고 염천월은 그의 폭주를 경계하지 않을 수 없었다.

손자에 대한 염려는 아니었다. 그런 게 있었다면 처음부터 그와 두 손자로 하여금 하나의 육신을 공유하도록 하는 역천의 길을 선택하지도 않았을 것이다.

다만 그렇게까지 해서 칠절천마기가 이제야 막 궁극의 완성을 이루었는데, 그 기꺼움의 여운이 채 가시기도 전에 벌써부터 어떤 파탄의 징조를 목격하고 싶지는 않기 때문이었다.

염천월의 사념이 다시 진중하게 말했다.

'너의 무공은 이제 완성되었고, 그 능력은 이미 인간의 한계를 초월했다. 그러나 자연과 우주가 무한하듯이 완전한 완성이란 없는 법이다. 하니 이제부터 더욱 자중하고 매진하여 네가 도달한 경지를 보다 완전하게 다듬는 데 심혈을 기울여야만 할 것이다.'

염소천은 능히 이해할 수 있었다. 그 말이 옳다는 것을. 그러나 그것은 이해일 뿐 공감하지는 못했다. 문득 까닭도 없이 분노가 폭발하였고, 그는 참지 못하여 버럭 소리를 질렀다.

"닥쳐! 나는 절대이고 지존이야! 당신도, 천하의 그 누구도 내게 이래라저래라 하지 못해! 당신은 이제 내게서 나가줘야겠어! 나는 더 이상 당신과 나를 나누고 싶지 않다고!"

염천월의 사념은 반박하지 않았다. 그가 존재하는 의식 공간의 지배자는 엄연히 염소천이었다. 그는 결코 염소천을 거역할 수 없었으며, 그가 거부하는 이상에는 존재할 수조차 없는 것이었다.

'허허허!'

염천월의 사념은 차라리 허탈하게 웃었다. 그리고 그 순간 그는 깨달았다. 그가 본 것이 완성이 아니란 것을. 다만 힘의 완성일 뿐이란 것을. 불완전함은 오히려 더 커졌다는 것을. 힘은 더 이상 커질 수 없을 만큼 커졌는데 그것을 통제할 수

없다면, 그 무한의 힘은 언제라도 스스로를 파괴시킬 위험이
될 뿐이란 것을.

　어느 순간 염소천은 들었다.
　파스스!
　그의 의식 한구석에서 하나의 희미한 존재가 영원히 소멸
되는 소리를.

7

　오지 중에서 다시 절지라고 해야 할 절천봉의 아래에는 지
금 백여 명의 무리가 은신해 있었다.
　절천봉 위에서 희대의 대결이 시작되었을 때부터 그들의
모든 관심은 봉우리 위로 집중되어 있었다. 비록 보이지는 않
았으나,
　과아앙!
　쿠우우우우!
　은은히 들려오는 기이한 소리들과, 또한 간간이 느껴지는
대기의 파동 하나하나는 그들을 흠칫흠칫 긴장하도록 만들었
다. 그러한 소리와 대기의 파동만으로도 지금 저 까마득한 절
봉의 꼭대기에서 그들로서는 감히 상상하기조차 어려운 엄청
난 격돌이 벌어지고 있음을 절감하기 때문일 것이다.

추락(墜落)　259

쿠르르르룽!

이윽고 절봉의 정상이 통째로 무너져 내리자 무리의 대부분은 분분히 신형을 날렸다. 그러나 다행히도 무너진 파편들은 그들이 있는 곳으로는 떨어져 내리지 않았다.

까마득한 만 장 절벽의 허공으로부터 한 사람이 유유히 부유하며 날아내리는 것을 보고 무리 모두는 숨을 죽였다. 그리고 이윽고 신형의 모습을 분간할 수 있게 되었을 때 무리의 사이에서는 어쩔 수 없이 무거운 탄식들이 새어 나왔다.

"아!"

"아아!"

두려움과 잔뜩 응축된 긴장이 밴 억눌린 소리들이었다.

무리 중의 하나는 다른 사람들과는 조금 달라 보였다.

왜소해 보이는 체격에 모자를 푹 눌러쓴 그 사람은 좀 전 절봉의 정상이 무너져 내릴 때도 곁에 있던 다른 두 사람에게 부축을 받아 자리를 피했다가 다시 부축을 받아 원래의 자리로 돌아온 것을 보면 아마도 혼자서는 몸을 움직이지 못하는 듯했다.

그리고 자세히 보니 차려입은 흑의 무복도 몸에 맞지 않아 헐렁한 듯했고, 옷 밖으로 드러난 두 손의 피부색이 유난히 흰 데 반해, 얼굴의 피부는 거무스름한 것이 확연한 차이가 있었다.

어쨌든 그 체형과 모자 아래로 드러난 얼굴 윤곽 등으로 볼
때는 여인인 것 같았는데, 무리 중에서 무거운 탄식 소리들이
새어 나올 때 그 사람은 망연자실한 채 문득 두 눈 가득 눈물
이 맺히더니 금세 줄기를 이루며 하염없이 흘러내렸다. 아마
도 소리를 낼 수 있었다면 그것은 차라리 처절한 통곡이었으
리라.

百一
중중(重重)

1

염소천은 이미 인간의 한계를 벗어난 자였다. 그 무공의 경지가 그렇고, 또한 지독히도 비정상적이고 잔인하기 그지없는 그 성품에서도 그랬다. 그럼으로써 남궁세옥에게 그는 진저리 쳐지는 재앙이었다. 그 스스로의 힘으로는 결코 벗어날 수 없는 공포의 재앙.

그러나 세상은 조화로운 곳이다. 절대라고 불릴 만한 힘이 있으면 그것에 버금하여 능히 견제가 될 만한 또 다른 힘이나 수단이 어딘 가에서는 반드시 존재하기 마련인 것이다.

남궁세옥이 그 수단을 찾는 것은 그리 어렵지도 않았다. 그것이 바로 강산이었고, 그가 특별히 머리를 싸맬 필요도 없이 이미 그 절대의 힘들은 서로 부딪칠 수밖에 없는 숙명이었으니 말이다.

두 절대강자들의 격돌이야말로 그에게는 처음이자 마지막 기회였다. 단순히 그가 처한 재앙으로부터 벗어날 기회가 아니라, 더하여 그가 일인자가 될 수 있는 기회였다.

물론 위험하기 짝이 없는 기회였다. 그러나 그 기회를 놓친다면 그는 영원히 일인자가 될 수 없을 것이니, 그럼으로써 목숨을 걸어야 할 가치는 충분하였다.

'결코 상대를 용납하지 못하게 된 상황이니, 둘 중 하나는 반드시 죽을 것이다.'

절천봉 위의 격돌에서 그가 바라마지 않는 최선의 경우는 동귀어진하여 둘 다가 죽어주는 것이지만, 그것은 너무 지나친 욕심이라고 해야 할 것이었다. 그럼으로써 현실적으로 상정 가능한 경우의 수는 두 가지였다.

'오는 자가 염소천이면……'

사실 그가 오늘을 위해 준비한 대비책의 대부분은 살아서 절천봉을 내려오는 자가 염소천일 경우를 상정한 것들이었다. 오대세가 연합의 정예고수들, 그리고 필살의 비전무구(秘傳武具)들과 진식들이 지금 이 곳 절천봉 아래에 배치되어 있었다. 그야말로 오대세가의 전력이 총동원된 것이다. 그리고 그에게는 비장의 한 수가 더 있었다.

무벌을 그에게 맡긴다는 염소천의 말은 조금도 거짓이 아니었다. 무벌은 전격적으로 그에게 충성을 맹세했다. 그동안 오대세가가 전방위로 세를 확장할 수 있었던 데는 그들의 힘이 지대했다. 그리고 지금도 그들은 그가 준비해 놓은 비장의 한 수를 가장 효과적으로 만들기 위해 충실히 역할을 수행하고 있는 중이었다. 아울러 이제 염소천이 제거된 이후라도 무벌의 충성이 조금도 흔들리지 않게 할 몇 가지의 비밀스러운 방도가 그에게는 있었다.

오는 자가 염소천이라면 필살지계(必殺之計)가 그를 맞이할 것이다. 다만 바라건대 그가 조금이라도 더 상처받고 더 지친 상태로 와 주기를…….

안타깝다고 하지 않을 수 없는 한 가지는, 염소천의 죽음과 함께 세상에서 가장 아름다운 한 명의 여인이 또한 은밀히 살해당할 수밖에 없다는 사실이다. 그의 완전범죄를 위하여.

물론 그 살해는 어디까지나 염소천에 의해 저질러진 것으로 되겠지만.

'강산이면…….'

남궁세옥이 바라지 않는 경우였다. 살아서 절천봉을 내려오는 자가 강산이라면, 그는 안타깝게도 다음 기회를 노리는 수밖에 없기에.

다만 그럼에도 그의 일생일대의 걸림돌 두 개 중 염소천이라는 걸림돌 하나를 우선 제거하였다는 것에는 만족할 수 있을 것이다.

그리고 또 한 가지. 세상에서 가장 아름다운 여인은 여전히 실종 상태로 살아남을 것이다. 그의 위안거리로, 또한 언제라도 강산의 목줄을 움켜쥘 수 있는 확실한 수단으로.

2

절천봉에서 날아내리는 신형의 윤곽을 확인하면서 남궁세옥은 잔뜩 좁히고 있던 미간을 천천히 폈다. 그는 참고 있던 한숨을 가느다랗게 내쉬었다. 이제 준비해 놓은 필살지계를 발동할 때였다.

참으로 아쉽기 그지없는 것은 기대했던 것보다는 염소천의 상태가 너무 멀쩡해 보인다는 점이었다.

바람처럼 표연하게 허공을 가로질러서는 어느새 눈앞에 내려서는 염소천을 보고 남궁세옥은 힐끗 좌측으로 십여 장 떨어진 곳으로 눈길을 주었다. 그곳에 그의 신호를 기다리는 자가 있었다. 그리고 그의 신호가 떨어지는 순간 필살지계는 시작되는 것이다.

오른손을 가슴 앞으로 들어 올리려다가 남궁세옥은 문득 멈추었다. 그의 눈빛으로 짧게 의아한 기색이 스쳐 갔다. 염소천이 천천히 삿갓을 벗고 있었다. 이어 느긋하게 양손의 장갑을 벗고 마지막으로 얼굴의 면사마저 걷어냈다.

'아아!'

남궁세옥은 자신도 모르게 두 눈을 부릅뜨고 말았다. 짙은 자색의 피부와 혈광이, 염소천이 사뭇 위태로운 불안정 내지는 부조화의 상태임을 상징하던 증표들이 사라지고 없었다. 대신 싱긋 웃는 미소가 눈앞에 있었다. 너무나 완벽하여 사이할 정도로 준미한 얼굴에 그린 듯이 걸려 있는 눈부신 미소였다.

순간 남궁세옥은 그를 받치고 있던 무언가가 와르르 무너진다고 느꼈다. 그것은 그가 염소천이 주는 공포 속에서도 놓치지 않고 있던, 그럼으로써 그가 끝내 야망을 포기하지 않게 해주었던 유일한 자신감이었다.

빠르게 엄습해 드는 불안감에 남궁세옥은 지그시 입술을 깨물었다.

'그렇다고 해도 상황이 변한 것은 없다. 그대로 밀고 나간다!'

그러나 남궁세옥은 이번에도 신호를 보내지 못하고 말았다.

"너는 본좌를 배신하려고 하느냐?"

담담한 염소천의 목소리가 그를 흠칫 얼어붙게 만들었다. 이어 남궁세옥은 자신도 모르게 부르르 전신을 떨고 말았다. 염소천의 그 한마디에서 자신이 준비한 것들을 그가 이미 다

짐작하고 있음을 직감할 수 있었기 때문이다. 그때 염소천이
짐짓 소리를 낮추며,

"네가 유정을 납치하여 인질로 잡고 있다는 사실을 다른
오대세가에는 밝혔느냐?"

하고 다시 물었다. 그에 남궁세옥이 다시금 흠칫하고 마는
데, 염소천이 천천히 고개를 가로저으며,

"아니지, 아니지! 네가 그녀를 이 먼 곳까지 호송해 오는 수
고를 아끼지 않은 것은 아마도 그녀를 최후의 패로 사용할 목
적이었을 텐데, 누구에게도 그 사실을 밝히지는 않았을 테
지."

하고는 문득,

"하하하!"

소리 내어 웃었다. 나지막하였으나 참으로 맑고도 낭랑한
웃음소리였다. 그러나 남궁세옥에게만큼은 소름 끼치는 공
포를 불러일으키는 웃음소리였다. 남궁세옥은 마침내 절감
하지 않을 수 없었다. 보다 크고 치밀한 심계를 짠 것은 오히
려 염소천이었다는 사실을.

'그러나 이제 와 다른 선택을 할 여지는 없지 않은가?'

본능의 깊숙한 곳까지 파고드는 듯한 공포를 떨쳐 버리듯
이 남궁세옥은 오른손을 주먹 쥐어 왼 가슴에다 대었다. 순
간,

팟!

하고 그의 신형은 번개처럼 뒤로 쏘아져 나갔고, 동시에 몇 가지의 일이 동시이다시피 이루어졌다.

우선 좌측으로 십여 장 떨어진 숲 속에서,

피시싯!

하고 밝은 빛줄기 하나가 허공 높이로 치솟았고, 남궁세옥이 쏘아간 쪽에서는 이십여 명의 무사들이 달려 나와 순식간에 남궁세옥을 중심으로 하는 하나의 검진을 형성하였다. 바로 남궁세가의 호가검진(護家劍陣)인 제왕검진(帝王劍陣)이었다.

뿐만 아니었다. 뒤쪽의 좌우 숲 속으로부터는 연이어 백여 명의 무사들이 신속히 뛰쳐나와 둥그런 반원형의 포진을 하였는데, 그 중심에 남궁세가의 제왕검진을 두고 호위하는 형세였다. 그들은 바로 오대세가 연합의 정예고수들이었다.

그때 염소천은 오대세가 연합의 고수들에게는 눈길조차 주지 않았다. 그의 시선은 아직까지도 허공에 머물러 있는 신호탄의 밝은 빛을 보고 있었는데, 그의 입가에 떠올려진 느긋한 미소는 마치 지금의 이 상황을 즐기고 있는 듯 보였다.

3

선변은 이강의 옆얼굴을 보며 문득 야릇한 갈증을 느꼈다. 쭉 뻗은 검미, 우뚝 선 콧날, 부드럽게 곡선을 그리는 하관.

이강의 얼굴은 여전히 준미했다. 아니, 더욱 수려해졌다. 언제나 그립던 얼굴이다. 선변은 자신도 모르게 가느다란 한숨을 불어 내쉬었다.

'그는 내게서 한 걸음을 더 벗어나 있는 것 같구나!'

문득 이강이 그녀를 돌아보았다. 그녀의 시선을 느낀 것일까?

선변은 반사적이다시피 곱게 미소를 떠올렸다. 이강이 부드러운 미소를 건네고 있었기 때문이다. 그러나 선변은 이내 이강의 미소를 계속 마주 대하지 못하고서 살짝 시선을 피하고 말았다.

가슴이 빠르게 뛰었다. 아마도 그녀는 많이 여려진 것 같았다.

그리고 그도 예전과는 많이 바뀐 것 같았다. 예전의 이강은 그녀 앞에서 늘 수줍어했다. 그녀는 그것이 재미있어서 일부러 웃어주던 때도 많았다. 그럴 때면 그는 감히 그녀의 미소를 마주 보지 못했다. 이강의 그런 점에 대해서 그녀는 늘 불만이었다. 그래서 기회가 될 때마다 늘 핀잔을 주기도 하고 충고를 하기도 했다. 좀 더 대범해지라고, 좀 더 남자다워지라고.

그는 확실히 변했다. 그녀가 바라던 이상으로. 천하의 그 어떤 사내보다도 더욱 사내다워졌고, 너무도 당당해졌고, 커졌다. 그의 그런 변화에 대해 그녀는 당연히 만족스러워야 했

지만, 기뻐해야 했지만, 그게 꼭 그런 마음으로는 되지 않았
다.

　자신이 왜 그런 마음이 되는 건지 알 것 같기도 하고 모를
것 같기도 한 애매한 심정이었지만, 그냥 스스로의 마음에 솔
직하자면 그녀는 오히려 그때의 이강이, 그녀 앞에서 감히 마
주 미소를 짓지 못하고 수줍어 시선을 피하던 그때의 이강이
더 좋았던 것 같다.

　선변이 다시 시선을 들었을 때, 이강은 이미 그녀를 보고
있지 않았다. 앞을 바라보고 있는 그의 옆모습이 참으로 담담
해 보였다. 그리고 바로 옆이건만 그녀와 그의 거리는 왠지
멀어 보였다.

　잡조가 모두 모였다. 강산과 유정과 또 공무(公務)에 묶인
서활이 오지 못하였으나, 올 수 있는 사람은 다 모였다.

　그나마 가장 멀리 있던 윤파까지도 늦지 않게 당도할 수 있
었던 것은 한 달여 전 선변이 사태를 접한 다음에 날짜를 허
비하지 않고 즉각 소집을 한 덕분이었다.

　유정이 납치되고 사흘이 지난 시점에 하오문의 정보망을
통해 첩보가 접수되었고, 그것이 사실이란 것을 확인한 다음
에 그녀가 가장 먼저 취한 조치가 바로 잡조의 소집이었다.

　강산을 노렸다는 것만으로도 암중의 적에게는 이미 강산
을 상대할 치밀한 심계와 그것을 뒷받침하기에 충분한 힘이

있다는 얘기가 되는 것이니, 그렇다면 향후의 상황이 어떤 형태로 전개되더라도 잡조의 힘은 반드시 절실하게 필요로 하게 될 것이라는 판단이었다. 또한 잡조야말로 가장 신뢰할 수 있고, 가장 강력한 힘이었다.

이강이 갑자기 멈추며 선변의 곁으로 바짝 붙었다.

앞서 나가고 있던 윤파와 진여송―그는 어디까지나 잡조의 노달로서 이곳에 온 것이었다―이 되돌아오고 있었다. 오랜만에 오붓한 시간 가지라며 농 삼아 말해놓고는 십여 장 즈음을 앞서 나가던 두 사람이었는데, 앞쪽에 보이는 좁은 협곡으로 진입한 지 얼마 안 되어 곧바로 뒤돌아 나오고 있는 것이다.

"협곡 안쪽에 매복이 있는데… 제법 만만치가 않아!"

선변의 고개가 가볍게 갸웃했다.

뜻밖의 매복이었다. 적이 어떤 식으로든 암계를 펼치고 있을 것이라고 짐작하지 않은 바는 아니지만, 모든 상황을 상정해 볼 때 그 암계는 절천봉으로 가는 길목이 아닌, 절천봉에서의 상황이 끝나고 돌아 나오는 길목에 있을 것이라 판단했기 때문이다. 적어도 선변 자신이라면 반드시 그렇게 했을 것이다.

윤파의 상황 설명은 선변의 의아함을 더하게 만들었다. 윤파와 노달이 앞쪽의 협곡을 통과해 가던 중 깊고 좁은 계곡이 급하게 꺾이는 부분에서 십여 명의 무리가 앞을 가로막았다. 그런데 이상한 것은 지세(地勢) 상으로 그들은 충분히 매복한 상태에서 기습을 노리거나, 혹은 화살이나 암기로 먼저 공격을 시도해 볼 만했건만, 그러한 유리를 취하지 않을 뿐더러 적극적으로 공격도 하지 않은 채 다만 길을 막았을 뿐이었다.

노달이 상대의 의중을 떠보려 했으나 아무런 대꾸도 듣지 못하였기에 짐짓 가볍게 치고 나가보았는데, 그 저항이 사뭇 거세고도 강력했다. 그들 모두가 상당한 고수급일 뿐만 아니라, 윤파가 뒤를 받치면서 조금 더 밀고 들어갔을 때 협곡의 굽어진 뒤편으로부터 수십 명이 장병(長兵)으로 벽을 만들어 밀고 나오는 데야 두 사람이 일단은 뒤로 물러나고 볼 수밖에 없었다. 상대의 규모를 짐작하기 어려웠고, 막상 본격적으로 전투가 벌어졌을 때 상대가 화살이나 암기 등의 사용을 병행한다면 대응할 방도가 마땅치 않았다. 좁은 협곡에서 다수의 고수들이 쏘아내는 화살과 암기를 상대한다는 것은 아무리 노달과 윤파라 해도 간단한 문제가 아닌 것이다.

'어떻게 할까? 그냥 돌파해?'
윤파가 눈짓으로 선변에게 묻고 있었다.
선변은 가만히 고개를 저었다. 매복자들의 정체가 궁금하기는 하였으나, 지금은 그런 것이 중요할 수는 없었다. 이미 절천봉은 바로 눈앞에 있었고 아직은 시간적 여유가 조금 있었기에, 선변은 일단 협곡을 우회해서 가는 길을 먼저 탐색해보기로 했다.

그러나 탐색 결과, 그 협곡은 생각보다 높고 험한 지세로 둘러싸여 있어서 돌아가자면 상당한 시간을 소비해야만 할 것 같았다. 더욱이 길이라도 잃는다면 낭패가 될 것이니, 무리가 되더라도 적의 매복을 뚫고 가는 수밖에 없었다.

차륵!

차르륵!

윤파의 좌우 팔뚝에서 마치 쥘부채가 펴지고 접히는 것처럼 무언가가 날개를 폈다가 다시 접혔다.

윤파가 처음에는 시답지 않아하는 기색이 뚜렷하더니 다시 몇 번을 접었다 폈다 해보더니

'어라! 제법 쓸 만하네?'

하는 얼굴로 되는 것을 보고 선변은 희미하게 미소를 지었다. 이렇게 쓰일 것이라곤 미처 염두에 두지 못하고, 다만 만약의 경우에 대비해 몇 벌만 가져온 물건들이었다.

하오문, 정확하게는 하오밀문에서 개발된, 아직 이름도 제대로 붙지 않는 완갑(腕甲)이었다. 군문에서 쓰이는 완갑을 개량하고 또 개량하여 나온 물건으로 접고 펼치기에 아주 용이할 뿐만 아니라 가볍고 질겼다.

　　물론 노달이나 윤파 같은 절대고수들에게는 소용이 되지 않을뿐더러 오히려 짐이 될 물건일 것이다. 그러나 지금처럼 좁은 협곡에 매복한, 그 규모가 얼마나 되는지도 파악되지 않은 미상의 적들을 돌파해 나가는 데 있어서는 상당히 유용한 장비가 될 것이다.

　　지난번 회야평야에서 오만의 대병력과 대치하던 광경은 아직도 선변의 뇌리에 각인된 듯이 뚜렷했다. 오만의 군사가 한꺼번에 질러대는 함성은 천지를 진동하였고, 그 장대한 기세와 하늘 끝까지 충천하는 거대한 살기는 이천에 달하던 강호의 고수들을 하얗게 질린 채 그 자리에 얼어붙게 만들었다. 기마대와 전차, 온갖 장비가 거대한 평원을 가득 메우며 마치 해일처럼 밀려왔다. 그런 중에도 엄정한 질서 속에 짜여진 겹겹의 대오는 거대한 병진(兵陣)을 이루고 있었다. 그 속에 배치된 수천의 쇠뇌와 강궁(强弓), 그리고 수백 문의 화포. 과연 천하의 그 누가 있어 하늘을 가득 메우며 쏘아져 오는 화살과 일제포화(一齊砲火) 속에서 살아남을 수 있을 것인가? 그때 강산조차도 기껏 도망칠 수 있음을 장담했을 뿐이다. 물론 그것만으로도 동창제독 구말을 위협할 수는 있었지만.

　　그러나 강산과 같은 인물이 일세에 몇 사람씩 있을 것은 아니지 않는가? 또한 그런 절대의 고수들과는 적이 되지 않은 것이 최선의 길이겠으나, 만약 굳이 적이 되어야 한다면 아예 그를 제쳐 놓고 그 주변 인물들부터 모조리 제거하면 될 일이다. 세상에 독불장군이란 없는 법이니 어찌 그 혼자서야 천하에 뜻을 두고, 혹은 야망을 펼쳐 보려 할 수 있겠는가?

그때 선변은 절감했었다. 제아무리 난다 긴다 하는 절대의 고수라고 하여도, 결국 압도적 숫자의 열세는 감당할 수 없다는 진리를. 다만 그 압도적 숫자에도 조건은 있다. 개개인이 하수이더라도 결코 오합지졸이어서는 안 되는 것이다. 다수의 이점을 충분히 발휘할 수 있는 다수여야만 한다.

그녀가 결국 택한 것은 하오문이었다. 그녀가 나고 자란 곳. 비록 위계와 배신이 난무하는 곳이지만, 그런 것마저 그녀에겐 오래되고 낡은 옷처럼 너무도 익숙한 곳. 하오문은 그녀에게 근본이 되는 곳이었다.

하오문이 가장 능한 것은 정보 분야였다. 그에 비해 무력은 턱없이 부족했으니, 선변이 처음에는 잡조를 중심으로 한 잡조동맹으로 그 무력을 채우려 했었다. 그러나 거듭된 동창의 견제와, 또한 시간이 지날수록 잡조를 움직이는 일이 그녀가 처음 생각했던 것만큼 용이하지 않음을 인정하지 않을 수 없었다.

더욱이 그녀 또한 잡조와는 어떤 경우라도, 그리고 어떻게 해서든지 어긋나고 싶지가 않았다. 세상 모두를 이용할 수 있을 것이되, 마지막까지 그녀의 진정을 줄 대상 하나는 있어야 하지 않겠는가? 그렇지 않다면 마침내 그녀가 꿈꾸었던 것이 모두 이루어진다고 해도 그 뒤에 남는 것은 다만 이루어진 것들 그것밖에는 아무것도 없을 것이다. 그녀는 야망을 꿈꾸고, 그것을 이루고 싶기는 하되 결코 야망의 노예가 되고 싶지는 않았다.

그녀는 하오문에서 해답을 찾기로 했다. 바로 하오문의 무장(武裝)이었다. 좀 더 구체적으로는 무구(武具) 분야와 조직력 분야에서의 무장이었다.

그것을 위해 그녀는 극비리에 군문 출신의 인물들을 끌어들였다. 동창의 칼날 같은 이목을 피해야 했기에 오래전 군문을 벗어난 소수의 포섭에 집중했다. 군문에서 무기 설계와 제작에 핵심적으로 관여했던 인사와, 또한 병진(兵陣)의 구성과 운용에 능한 인사가 대상이었다.

그 결과 그녀는 특히 무구의 제작에 있어서 단기간에 획기적인 성과를 거둘 수 있었다. 기왕에 있던 하오문의 장인들과 군문 출신 장인들의 결합으로 무림과 군문의 장점을 고루 갖춘 무구들의 탄생이 가능했던 것이다. 그 성과의 일부가 지금 노달과 윤파, 그리고 이강에게 지급된 무구들이었다.

윤파와 노달이 먼저 협곡 안으로 진입해 들어갔고, 그 뒤 십여 장 이상의 간격을 두고 이강과 선변이 뒤따랐다.

이강은 커다란 방패를 하나 들었다. 그런 이강의 모습은 몹시도 어색해 보였지만 그것은 잠시였을 뿐이고 금방 이강의 방패 든 모습은 자연스러워졌다. 그것에 대해 선변은 문득 동화(同和)라는 단어를 떠올려 보았다. 물론 무슨 무학 상의 심오한 이치를 염두에 두고 떠올린 단어는 아니었고, 그저 그렇게 느낌이 떠올랐을 뿐이다.

이강의 방패는 한 사람은 능히 가리고도 남을 만큼 컸으나, 역시 접고 펼 수 있도록 되어 있어서 접었을 경우에는 사분의 일 정도의 크기로 줄어드는데다, 다시 두루마리처럼 말도록 되어 있어 휴대가 간편한 것이 커다란 장점이었다.

활짝 펼쳐진 이강의 방패를 보면서 문득 선변의 입가로 한 자락의 미소가 머물렀다. 은근한 중에도 환한 미소였다. 새로이 개발된 무구에 대해 만족해서 짓는 미소는 아니었다. 이강의 방패가 그 자신보다는 온전히 그녀의 앞을 가리고 있었기 때문이다.

피핏!
피피핏!
날아오는 화살들에 만만치 않은 내력이 담겨 있었다. 팔뚝에 차고 있는 완갑이 질기고 강하다고 해도 윤파와 노달이 내력을 주입하지 않았다면 완전 관통은 몰라도 능히 화살의 촉이 뚫고 들어올 정도의 위력이었다.

완갑에 기대어 비교적 손쉽게 하나의 바위 앞까지 접근한 노달의 우수에서 한 수 벽력장이 발출되었다.

쾅!

강맹한 장력이 바위를 후려쳤고, 바위 뒤에 매복해 있던 무사 하나가 튕겨 오르듯이 허공으로 솟았다. 연이어 무사는 허공에서 몸을 뒤집었다.

콰릉!

뇌성이 울리며 노달의 장력이 다시 불을 뿜듯 쏘아졌고, 상대의 무사는 미처 피할 여지도 없이 검을 휘둘러 장력을 맞받았다. 그리고는,

"큭!"

무거운 신음과 함께 바닥으로 주저앉고 말았다. 무사의 입과 코로 검붉은 피가 쏟아지는 것을 보며 노달은 언뜻 이마에 한 가닥의 주름을 만들었다. 처음부터 적극적이지는 않던 적들이다. 그러나 그와 윤파가 막상 돌파를 해나가자 그들의 대응은 확연히 바뀌었다. 이건 마치 옥쇄(玉碎)를 불사할 각오인 듯했다. 쓰러지면서도 결코 물러남이 없었다. 적이라고 해도 정체가 여전히 불명한데다, 다만 지키려고만 하는 적들을 일방적으로 살상한다는 것이 영 찜찜한 것이었다.

콰르르르르!

거대한 울림과 함께 눈앞 절천봉의 정상부가 돌연 붕괴를 일으키며 무너져 내린 것은 바로 그때쯤이었다.

노달과 윤파가 일시 멈추어 서서 그 엄청난 광경을 멍하니 보고 있는데, 뒤쪽에서 선변의 다급한 목소리가 들렸다.

"전력으로 길을 뚫어요!"

즉시로 노달의 쌍장이 번갈아가며 발출되었다. 발출되는 장력에서는 뚜렷이 묵광이 번뜩였다.

콰쾅!

콰콰쾅!

격렬한 폭음과 함께 전면의 바위들이 아예 박살이 나며 가루로 화하였고,

“으악!”

“크악!”

하는 비명이 터져 나오며 무사 둘이 그대로 튕겨 나가 협곡의 직각 사면에 모질게 부딪치고는 바닥으로 내팽개쳐졌다.

그때 윤파가 노달의 머리 위를 타고 넘어 앞으로 달려 나갔다. 연이어 이리저리 번뜩이며 나아가는데, 그의 양손에는 어느새 두 자루의 검이 번뜩이고 있었다. 쌍검은 아주 간결한 움직임이었다. 그러나 좌, 우수의 검이 한번 번뜩일 때마다 예외없이 미처 다 내지르지도 못한 답답한 비명이 터져 나왔다.

“악!”

“큭!”

무적혈신(無敵血神)의 명호가 괜히 전해진 것은 아니었다. 윤파가 일단 작정하고 손을 쓰기 시작하자, 그의 앞에는 가히 거칠 것이 없었다. 그러나 윤파와 노달이 앞서거니 뒤서거니 하면서 맹렬한 기세로 뚫고 나아가는 중에도 적들의 대항은

끈질겼다. 매복의 규모는 생각보다도 컸다. 이런 절지에 언제 이렇게나 많은 고수들을 매복시켰으며, 또 무슨 이유로 이처럼 옥쇄를 감행하고 있는 것일까 하는 의구심을 선변은 새삼 가져보지 않을 수 없었다.

그때였다. 문득 앞쪽의 허공에서 뭔가가 환한 빛을 냈다.

'신호탄이다!'

선변의 눈길이 언뜻 허공의 환한 빛에 머무는데, 돌연 앞쪽의 노달과 윤파의 달리는 속도가 배가되었다. 그처럼 악착같이 앞을 가로막던 자들이 돌연 일제히 물러난 덕분이었다.

파아아아!

달리는 속도가 빨라지면서 뺨을 스치고 지나가는 바람이 제법 세찼다. 이강에게 몸을 의지하고 있는 중에 선변은 가볍게 미간을 좁혔다. 지금의 상황에 뭔가 치밀하게 짜여진 안배가 개입되어 있음이 분명한데, 그것이 어떤 안배인지 당장에는 짐작하기가 어려웠다. 그러나 지금으로서는 일단 부딪쳐보는 수밖에는 다른 도리가 없었다.

4

염소천은 싱긋 미소를 떠올리며 앞쪽을 보았다. 전방의 허공에서 세 개의 신형이 쾌속하게 쏘아져 오고 있었다.

그들 세 사람이 각기 십 장의 거리를 두고서 삼원(三元)의 방위를 점할 때까지도 염소천은 여전히 입가에 미소를 띄워 놓은 채 가만히 바라보기만 했다.

근 삼십여 장이나 떨어진 먼 곳에서도 선변은 마치 은은히 빛이 뿜어내는 것 같은 염소천의 미소를 볼 수 있었다. 그것은 결코 오만으로 보이지는 않았다. 그것은 차라리 절대의 자신감이었다.

염소천은 천천히 고개를 돌려 이십여 장 저쪽에서 오대세가 연합 무사들의 포진 속에 서 있는 남궁세옥을 보며 나직이 웃으며 입을 열었다.

"후후! 이것이 너의 마지막 비책이었나? 하긴 그럴듯하군! 마교의 교주에다 근래에 떠오르는 태양처럼 강호에 그 명성이 드높으신 무림이신(武林二神)이라? 그야말로 당대 최고의 고수들이지. 그러나 이들로 과연 충분할까?"

나직이 중얼거리듯이 하는 염소천의 목소리였지만 그것은 남궁세옥에게, 그리고 모두의 귓가에 너무도 또렷하게 전달되었다. 염소천이 느긋한 어조로 덧붙였다.

"어쨌든 고맙다고 해야겠군. 그동안 네가 바친 여러 가지의 수고만으로도 크게 공을 세웠다고 할 것인데, 이처럼 본좌가 기필코 죽이고자 작정한 자들이 제발로들 본좌 앞으로 오도록 만들어 본좌가 하나하나 놈들을 찾아다녀야 하는 번거로움을 크게 줄여주었으니 말이다. 흠! 그런데 어떻게 할까? 공(功)은 공이고 과(過)는 과이니 본좌는 과연 누구를 먼저 죽여야 하지? 이들을 먼저 죽일까, 아니면 배신자인 너를 먼저 죽일까? 그도 아니면 네 주위의 귀찮은 하루살이들부터 먼저 쓸어버릴까?"

순간 남궁세옥의 얼굴은 하얗게 탈색이 되고 말았다.

주춤주춤!

남궁세옥은 자신도 모르게 몇 걸음을 잇달아서 뒤로 물러섰다. 그러자 그를 중심으로 포진하고 있던 남궁세가와 오대세가 연합의 반원형 진형이 함께 보조를 맞추어서 뒤로 물러났다. 그럼으로써 그들은 일단 지금의 국면에서 빠지고 보겠다는 의도로 보였다.

그때 염소천이 다시금 싱긋 미소를 떠올리며 말했다.

"좋아! 본좌는 순서를 결정했다."

담담한 어조였다. 그러나 염소천에게서 그 말이 떨어지는 순간 오대세가 연합의 진형 한가운데서 하나의 신형이 허공으로 쭉 도약해 올랐다. 남궁세옥이었다.

그런데 그의 도약 궤적이 참으로 이상하였다. 포물선을 그리는 것도 아니고, 곧장 직상방(直上方)으로 칠팔 장이나 넘게 치솟아 올랐으니, 그런 것은 남궁세옥의 능력으로는 결코 가능한 일이 아닐 것이었다. 그럼으로써 모두는 이내 직감할 수 있었다. 그것이 바로 염소천에 의해 행해진 기변(奇變)이란 것을.

손끝 하나 움직이지 않고서 근 이십여 장이나 남궁세옥을 허공 칠팔 장 높이로 끌어올렸다는 사실만으로도 염소천의 능력은 이미 불가사의한 것이었다. 더욱이 그를 중심으로 삼재의 방위를 유지하고 있던 노달 등 세 명의 절대고수들은 그것과 관련한 아무런 기류(氣流)도 느끼지 못하였다.

퍽!

남궁세옥이 둥실 떠 있던 허공에서 돌연히 일어난 그 폭발은 주변 공간을 대번에 붉은 기운으로 물들였다. 반경 일 장여의 커다란 투명 구슬 속에 갇힌 것 같은 붉은 기운. 그 붉음은 잘게 바수어진 골육과 피로 이루어진 것이었다.

바로 남궁세옥의 처참한 최후였다. 그는 염소천에게서 조금이라도 더 멀어지려 하였고 이미 충분한 거리를 두고 있었지만, 염소천의 시야에서 완전히 벗어나지 못함으로써 그처럼 참혹한 최후를 맞이하고 만 것이다.

"흐으읍!"

그 한 무더기의 붉은 기운은 살아 있는 듯이 꿈틀대며 허공을 가로질러서는 곧장 염소천에게로 빨려들었다. 그것이 다름 아닌 남궁세옥의 골육과 피였으니, 그 광경을 지켜보던 이들이 모두 모골이 송연하여 부르르 진저리를 치고 말았다.

"흐흐흐!"

염소천은 나직한 웃음소리를 토했다. 남궁세옥을 죽이는 순간의 살심은 하나의 도화선이었다. 그리고 십이성 궁극의 칠절천마기가 저절로 행한 흡정(吸精)은 마침내 그의 내부에 있는 화약고에 점화를 시키고 말았다.

화르륵!

염소천이 마지막까지 붙잡고 있으려던 한 가닥의 이성은
마침내 사라지고 말았다. 그럼으로써 힘 이외의 모든 기준과
가치는 다만 쓸모없는 것들에 지나지 않게 되었다. 그는 이미
절대의 존재였으니, 그따위 것들은 다만 번거로움에 지나지
않았다. 오대세가의 무리가 사방으로 도주하고 있었다. 진형
은 어지럽게 흩트려졌고, 극단의 공포에 질려 필사적으로 도
주하고 있는 무리들에게서는 평소 그처럼 으스대던 명문세가
의 명예와 자부심 따위는 조금도 찾아볼 수가 없었다. 그야말
로 하루살이 떼에 지나지 않는 하찮은 무리일 뿐이어서 염소
천은 차라리 흥미를 잃고 말았다. 어차피 멀리 가지도 못할
자들이었다. 무벌의 정예들이 그들을 기다리고 있을 테니 말
이다. 뿐이랴? 지금쯤 중원에선 그간 저들이 확장시켜 놓은
세력들이 속속 무벌의 이름하에 접수되고 있을 터였다.

염소천은 이곳의 상황이 정리되는 대로 오대세가의 본가
들을 남김없이 박살내 줄 작정이었다. 남궁세옥이 행한 배신
의 대가로. 그리고 그러한 것이야말로 절대력을 가진 그의 이
제부터의 방식이 될 것이었다.

사라라라랑!

영롱하게 공간을 울리는 그 소리는 마치 실제의 소리가 아

닌 상상 속의 소리인 듯 참으로 기이했다.

동시에 사방의 공간은 보이지 않는 강력한 힘의 가닥들로 촘촘하게 메워졌다. 그것은 마치 거미줄같이 가늘면서도 강인하기 이를 데 없는 힘의 그물망이었다.

뿐만이 아니었다. 그 힘의 그물망은 기묘한 작용을 시작하였다. 밀어내는가 하면 한순간 잡아당겼고, 분산하는 듯하다가는 돌연 단단히 뭉쳐 들었다. 그리고 불쑥 튕겨내는가 하면 어느새 미끄러져 달아나며 공간 내에 있는 존재들의 내력을 꼬고 뒤틀며 마구 희롱하더니, 어느 순간에는 맹렬히 빨아들이기 시작했다.

'이건 본 교의 흡성대법(吸星大法)?

기이한 힘의 그물망에 전력으로 대항하던 노달이 한순간 경악하며 떠 올린 생각이었다. 그러나 아니었다. 그것이야말로 십이성 궁극에 달한 염소천의 칠절천마기의 절대 공간이 만들어내는 조화였다.

노달은 더 이상 결단을 미룰 수 없었다. 그의 진기가 급속하게 빨려 나가고 있었다. 이강과 윤파의 사정도 크게 다르지는 않을 것이다. 손 쓸 방도조차 없는 지경으로 몰리기 전에 무언가를 해야만 했다.

[이자는 노부가 막겠다. 그러니 너는 후일을 기약하여라!]

노달의 전음에서 이강은 그가 이미 자신들로서는 염소천

을 감당할 수 없다는 판단을 내린 것을 알았다. 그러나 이강은 생각할 것도 없이 곧바로 거부했다.

[그럴 수는 없습니다.]

이강의 전음에 담긴 결연함에 무거워진 노달의 전음이 급하게 되돌아왔다.

[염소천의 무공은 이미 인간의 한계를 넘었다. 그런 터에 우리 셋이 함께 죽음을 기다린다는 것은 어리석기 짝이 없는 일이다. 너와 윤파는 아직 젊으니 나중을 기약하라는 것이다. 더욱이 노부는 너와 이미 약조된 것이 있으니 지금 죽어도 조금의 여한도 없다. 네가 노부를 생각하는 마음이 변하지 않았다면, 네 후인으로 하여금 마교의 종통을 잇게 하겠다는 그 약조를 반드시 지켜야만 할 것이다. 그러자면 노부가 네게 그랬듯이 너 또한 네 후인에게 천마지존공의 종혈을 물려주어야만 하는 것이니, 너는 의당 지금의 목숨을 중히 여겨야만 하는 것이다.]

그때 하나의 낭랑한 목소리가 그들의 전음 사이로 끼어들었다.

"그럴 것 없다. 본좌가 하나씩 차례로 모두 죽여줄 테니까."

놀라운 일이었으나, 염소천이 자신들의 전음을 어떻게 가로채 들을 수 있었는지에 대해 노달은 궁금해할 틈조차 가져보지 못했다.

팍!

한순간 그의 외팔이 폭발하듯이 터져 나갔다.

"큭!"

비명을 삼키며 노달이 외쳤다.

"가라!"

그 짧은 외침에 서린 절절한 염원은 이강으로 하여금 반사적이다시피 주춤 뒤로 물러서도록 만들었다.

와중에 노달의 양 어깻죽지와 안면의 칠공에서는 핏줄기가 터져 나오고 있었다.

염소천은 상황을 즐기는 듯했다. 노달의 몸에서 뿜어지는 핏줄기가 한 가닥의 붉은 기운으로 화해 그에게로 빨려들었다. 그 참혹한 광경에 진저리를 치며 이강은 물러서던 걸음을 멈추었다.

차앙!

저 홀로 솟아나 이강의 머리 위로 떠오른 청홍검이 광휘로운 광채에 휩싸였다.

노달이 참혹한 모습으로 화해가고 있는 중에도 안타까운 빛으로 이강을 보았다. 그리고 그가 절규하듯이 외쳤다.

"이강! 약속을 잊지 마라!"

동시에 노달의 신형은 묵광의 거대한 천마상(天魔像)으로 화했다. 바로 천마지존공(天魔至尊功)의 정수인 환마체(幻魔體)였다. 노달의 모습은 없었다. 아예 환마체와 일체가 되어 거대한 강기의 덩어리로 화한 것이다.

"사부님!"

이강이 놀라 부르짖었다. 그것이 무엇인지 아는 까닭이었다. 바로 천마지존공의 최후 절명지공이었다.

순간

콰콰쾅!

거대한 폭발이 일어났다. 환마체가 폭발하며 수많은 강기의 파편이 염소천을 향해 덮쳐갔다. 자폭하여 상대 또한 필살하고자 하는 처절한 동귀어진의 수법이었다.

"아아!"

차라리 넋을 잃고 만 듯이 선 이강에게서 힘없는 절규가 새어 나왔다. 그러나 이강의 두 눈에는 이내 굵은 핏발이 섰다. 믿지 못할 광경이 벌어지고 있었다.

노달이 스스로의 몸을 던져 터뜨려 낸 그 동귀어진의 폭발은 기껏 사방 일 장의 공간에서만 일어났을 뿐이다. 검은 강기의 파편은 엄청난 위력으로 비산하였지만, 마치 투명한 구슬 안에 갇힌 듯이 단 한 조각의 파편도 그 일 장여의 공간을 깨고 나가지는 못했다. 다만 한 가닥의 검은 기운만이 길게 꼬리를 단 채 염소천에게로 빨려들고 있을 뿐이었다.

그런 중에 염소천의 눈길이 느긋하게 이강을 향했다.

이강은 염소천의 눈길을 마주 보았다. 그의 두 눈은 벌겋게 충혈되어 있었으나 이내 차분히 가라앉았다.

우우웅!

이강의 머리 위에서 청홍검이 나직이 울었다. 순간 태극혜(太極慧)의 투명지극광(透明至極光)이 은은하게 일렁이며 사방의 공간으로 퍼져 나갔다.

"좋군!"

염소천이 가감없이 감탄성을 흘려 낼 때, 이강의 청홍검이 만들어낸 지극광의 공간은 다시 변화를 일으키고 있었다.

고오오오!

태극혜의 지극광 중에서 다시 기이한 묵광이 크게 일어나더니 이윽고 하나의 잿빛 광구(光球)를 이루었다. 그것이야말로 이강이 임의로 천마혜검(天魔慧劍)이라 명명한 신마합검(神魔合劍)의 극성 경지였다. 그 잿빛의 광구는 염소천의 절대 공간을 헤치며 서서히 앞으로 나아갔다.

쩌어어어엉!

공간의 경계가 서로 부딪치며 거대한 울림을 만들었다.

염소천의 두 눈에 이채가 서렸다. 그러나 이내 그의 입꼬리가 가볍게 비틀려 올라갔다.

쿠우우웅!

먼 하늘 끝으로부터 울려오는 것 같은 거대한 충돌 음이 터져 나오는 순간, 일시 사위의 공간이 통째로 일그러지는 듯했다.

이강의 광구가 더 이상 나아가지 못하고 멈추었다. 그리고

염소천의 입꼬리가 더욱 말려 올라가며 조소를 만들어낼 때,
이강의 광구는 오히려 되밀리기 시작했다.

그때 염소천의 배후로부터 돌연 두 자루의 검이 허공으로
떠오르더니,

파아아!

파아아아아!

시퍼런 검기를 토해냈다.

두 자루의 검이 토해내는 검기는 이내 물결을 이루었고, 다
시 거대한 파도를 이루었다. 그리고 이윽고는 성난 해일이 되
어 염소천을 덮쳐 갔다.

윤파였다. 그의 정반합삼십육검(正反合三十六劍)이 극성에
이르러 펼쳐 내는 정반쌍검(正反雙劍)의 이기어검이었다.

윤파와 이강의 절대 무공을 앞뒤에서 동시에 받는 처지가
된 염소천의 두 눈에 잠시간 놀랍다는 빛이 스쳤다. 그러나
다음 한순간,

"으하하하하!"

앙천광소를 터뜨리며 염소천의 몸이 유유히 허공으로 솟
구쳐 오르더니 십 장의 높이에서 우뚝 멈추었다.

그리고 모든 것은 일시에 멈추고 말았다. 천마혜검이 일으
킨 광구도, 이기어검으로 허공중에 머물고 있는 윤파의 쌍검
도, 바람과 공기와 일체의 공간까지도 모든 것이 정지되었다.
오로지 염소천에 의해 지배되는 절대 공간만이 존재했다.

맞은편 이강의 두 눈이 지그시 감기는 것을 보고 윤파 역시도 불가항력을 느꼈다. 염소천, 그는 이미 인간이 아니었다. 신, 아니, 악마였다. 어느 틈엔지 짙은 안개 속에 숨어버린 절천봉을 문득 흘겨보며 윤파는 툴툴거렸다.

"제기랄! 이렇게 끝나는 건가? 그런데 조장, 정말로 죽고만 거요?"

그러나 윤파의 입가에는 희미한 미소가 걸렸다. 오랜만에 지어보는 것이었으나, 잡조의 조원으로 있을 때는 꽤나 자주 입가에 걸렸던 미소이다. 거칠고 사나운 듯하나 겪다 보면 털털한 정이 느껴지기도 하는 그런 미소였다.

그렇게 윤파는 이제 포기하려는 것이었다.

百二
심동(心動)

1

번쩍!

우르릉!

버번쩍!

우르르릉!

쾅릉! 콰콰쾅!

하얗게 막힌 하늘에서는 끊임없이 뇌성(雷聲)이 울어대고, 눈을 아리게 만드는 섬광이 수없이 대지로 내리꽂히며 고막을 찢을 듯한 천둥소리를 만들어내고 있었다.

그곳의 대지는 괴이하게도 진한 자색(紫色)을 띠고 있었다.

무수히 벼락에 강타당하면서도 작은 웅덩이 하나 파이지

않은 그 기이한 바닥 위에, 번뜩이며 내리꽂히는 섬광 사이로 무언가 꿈틀거리고 있었다.

　강산은 지금 그야말로 반생반사(半生半死)의 상태였다. 살아 있기도 했고 죽어 있기도 한 것이다. 여전히 생각을 이어 가고 있으니 살아 있는 것이고, 사람의 육신으로 무수히 벼락을 맞고 있는 중이니 도저히 살아 있다고 할 수 없는 처지이기도 했다.

　벼락! 그 가공할 자연의 힘 앞에 인간은 얼마나 무력한가? 그것은 무형방호막이니 발능이니 하는 따위의 것들로 어떻게 저항해 볼 수 있는 종류의 것이 아니었다.

　어떻게 피해볼 수 있는 것도 아니었다. 그의 금강부동신법이 아무리 신묘하다 한들 천지간 어느 한 점의 빈틈도 없이 소나기처럼 내리꽂히는 뇌우(雷雨) 속에서야 어디로 피할 곳이 있으랴.

　벼락은 이미 무수히 그의 몸을 때리고 지나갔다. 아니, 지금 이 순간에도 무수히 그의 몸을 난타하고 있었다. 화끈한 열기의 가닥들이 전신을 관통하는 느낌에 온몸의 살과 근육들이 진저리를 치고 있었다.

　생각이 살아났음에도 자신이 '죽지 않았다' 는 사실과, 또한 '소나기를 맞는 것처럼 벼락을 맞고 있음에도 죽지 않고 있다' 는 사실을 강산이 깨달은 것은 다시 한참의 시간이 흐른 다음이었다.

그러다 문득 ‘벼락을 맞는다’는 것에서 ‘벼락을 받아들인다’는 것으로 생각의 변화가 일어났다.

생각이 변하자 느낌이 따라서 변했다. 무수히 내리꽂히는 벼락은 차라리 자연스러워졌다. 그냥 그의 몸을 지나쳐 갈 뿐이었다. 그의 몸은 존재하지도 않는 것 같았다. 그러나 한순간 그의 몸은 존재의 느낌을 전해왔다. 벼락으로 인한 것이 아닌 스스로의 작용으로.

투두둑!

관통이었다. 그의 내부에서 마지막 남은 관문들이 관통을 시작하고 있었다. 몇 개의 관문에 뒤이어,

투두두두두둑!

하고 삼십여 개의 관문이 일시에 터져 나갔다.

‘아아!’

강산은 무한한 희열에 휩싸였다.

더 이상 남은 관문은 없었다.

십관통이었다.

궁극십관통이었다.

그러나 희열은 금방 가시었다. 그는 이미 무한한 자유 속에 있었다.

강산은 지금 그의 몸을 무수히 관통하고 있는 벼락이었고, 섬광이었고, 뇌성이었고, 자색의 기이한 대지였고, 하얗게 막

힌 하늘이었다. 그는 모든 것이었고, 아무것도 아니었다. 어디에도 속해 있고, 또한 어디에도 속해 있지 않았다. 그것은 무극의 자유였다.

그곳의 사방은 대지와 같은 짙은 자색의 절벽으로 둘러싸여 있었다.

지상으로부터 겨우 오 장여 상공에는 구름인지 안개인지 모를 운무 층이 금방이라도 쏟아질 듯이 넘실거리고 있었다. 그 위쪽에서는 세찬 광풍이라도 몰아치는지 운무 층은 때때로 흩어지기도 했는데, 그 위로 보이느니 또다시 층층이 운무의 층이었다.

한쪽 절벽 면의 아래쪽에 바짝 접하여 마치 평상처럼 평평한 반석이 하나 돌출되어 있었고, 그 뒤로는 사람 하나가 겨우 출입할 만한 크기의 자그마한 동혈(洞穴) 하나가 칙칙한 아가리를 벌리고 있었다.

강산은 문득 그 평평한 반석 위에서 자신을 바라보고 있는 노인의 형상을 그려보았다. 노인의 형상이 빙그레 웃으며 말을 건네왔다.

"만약에, 정말로 만약에 말일세. 그 주문들이 정말로 하나씩 깨어나고, 이윽고는 삼백육십 개의 주문이 모두 다 활성화된다면… 아아! 그런 일이 정말로 현실로 된다면, 그때 자네는 아마도 인간의 한계를 뛰어넘어 신과 같은 초월적 존재가 되어 있지 않을까?"

그랬다.

이곳이야말로 은초가 보여주었던 만뢰궁극관도(萬雷窮極觀圖)에 그려진 바로 그곳이었으며, 고금제일인이라 불렸던 창천무종(蒼天武宗) 염천월조차도 감히 안으로 들어서지 못하고서 천하제일의 험지(險地)로 인정한 곳이었다.

천지간의 오묘한 조화로 끊임없이 뇌우(雷雨)가 쏟아지는 곳. 이곳은 바로 만뢰곡(萬雷谷)이었다.

2

강산은 잠시 멍한 느낌이었다.

자신이 서 있는 곳이 어디인지에 대한 잠시의 혼란이 스쳐갔다. 낯선 공간에, 마치 다른 차원의 세계로 넘어와 있는 듯하였다.

그러나 사실은 원래의 바로 그 자리라는 것을 그는 알고 있었다. 그는 다만 잠시간 공간을 초월하였다가 원래의 공간으로 되돌아왔을 뿐인 것이다.

바로 직전에 그가 떠올린 것은 바로 금강부동신법이었다. 정확히는 그 근본 이치였다. 채우는 것이 아니라 비움으로써 공간을 초월할 수 있다는 이치.

한순간 강산은 자신의 몸 안을 가득 채우고 있는 그 거대한 화산과도 같은 내력을 비워 버렸다. 삼백육십의 관문이 완전히 열렸다.

뒤이어 표현할 수 없는 가벼움이 찾아왔고, 우주와 소통하는 자유로움에 이르렀다. 마음이 통하였고, 몸이 통하였다.

그리하여 그는 찰나간에 절벽을 관통하였고, 공간을 관통하였고, 사방을 관통하였다. 그리고 다시 원래의 자리로 돌아왔다.

실감이 나지는 않았지만, 그의 의식은 그 모든 과정을 명료하게 지켜볼 수 있었다.

강산의 금강부동신법은 마침내 빠르기의 제약에서 벗어났다. 공간의 제약에서도 벗어났다.

마음이 가는 곳에 몸이 가는 경지. 곧 금강부동신법의 최후 궁극인 심동(心動)의 경지를 이룬 것이다.

그러나 강산은 심동에 대해 알지 못했다.

그런 까닭에 후일 그는 어쩌면 자신의 지금 경지에 대해 심동이 아닌 다른 작명을 해낼지도 모를 일이었다. 발능, 탄능, 흡능, 교류능의 작명을 능히 해냈듯이.

百三
유종(有終)

1

"나 아직 죽지 않았네!"

윤파에게 그 소리는 아주 먼 곳에서 들리는 것 같았다. 그러나 그 소리는 바로 그의 뒤에서 들렸다.

윤파의 몸이 부르르 떨렸다. 그러나 그는 차마 돌아보지 못했다. 돌아보지 않아도 확신할 수 있었다. 그 목소리가 누구의 것이라는 사실을. 그리고 그의 확신이 틀리지 않았다는 것은 맞은편에서 자신을, 아니, 자신의 뒤에 있는 그 목소리의 주인을 향해 있는 이강의 부릅떠진 두 눈이 입증해 주고 있었다.

　멈추었던 모든 것이 다시 움직이기 시작했다. 바람과 공기와 육방의 모든 공간이 일시에 자유를 되찾았다.

　다만 염소천만이 허공에 뜬 채로 그대로 멈춰 있었다. 얼굴을 살짝 일그러진 채 염소천은 그의 모든 의지와 염두를 강산에게로 집중시켰다. 사방을 지배하던 그의 절대 공간이 어떻게 해서 한순간에 소멸되고 말았는지는 도무지 이해가 되지 않는 부분이었다. 그러나 그것은 지금 그에게 커다란 문제도, 또 관심사도 될 수 없었다. 그는 소리없이 웃었다. 너무도 만족스럽게. 강산이 돌아온 것이다. 그가 현재처럼 되게 된 이유이자 목적이었던 자가 돌아온 것이다. 그럼으로써 그는 놓쳐 버렸던 최고의 쾌감을 되찾을 수 있게 된 것이다.

　"호호호호!"

　염소천은 나직이 소리 내어 웃었다. 그의 웃음소리는 돌연 모든 것을 파멸시킬 듯한 음산한 공포와 잔인한 파멸의 기운을 스멀거리며 온 사방을 잠식해 들어갔다.

　그러나 강산은 오히려 염소천에게서 몸을 돌렸다. 저쪽의 무리 속에 유정이 서 있었다. 전혀 그녀의 모습이 아니었지만, 그녀라는 걸 대번에 알아볼 수 있었다. 그녀만이 지니고 있는 느낌으로.

　유정은 문득 자신의 혈도가 풀리는 것을 느꼈다. 이중삼중으로 봉쇄되었던 혈도가 어떻게 해서 저절로 풀렸는지는 조금도 의아하지 않았다. 자신을 향해 천천히 다가오는, 그러나 이미 바로 앞에 와 있는 사내의 품으로 그녀는 놀란 제비처럼 뛰어들었다.

염소천은 두 남녀의 감격에 찬 재회를 굳이 훼방 놓을 생각이 없었다. 다만 그들이 실컷 재회의 감격을 나눈 다음에 간단히 그 감격을 절망으로 되돌려 놓을 참이었다. 그래야 쾌감이 배가되지 않겠는가?

2

쩌어어엉!

염소천의 절대 공간이 다시 형성되었다. 강산과 유정을 중심으로 겹겹이 중첩된 공간이었다.

그러나 강산은 여전히 유정을 품에서 떼놓지 않았다. 그녀가 자신의 품속을 세상에서 가장 안전하고 아늑한 곳으로 인정해 주는 이상, 영원히 그녀를 떼놓지 않을 작정이기라도 한 듯이.

염소천의 두 눈이 서서히 혈광으로 물들어갔다. 그는 그가 가진 힘을 모조리 끌어올리고 있는 중이었다.

그러나 염소천의 절대 공간은 '절대'의 의미를 완성시키지는 못하고 있었다. 그의 칠절천마기는 가히 무한의 힘을 내뿜고 있었으나, 막상 강산과 유정의 가까이에 가서는 속절없이 소멸되고 마는 것이었다.

강산의 주위로는 모든 것이 자유롭게 흐르고 있었다. 염소천의 칠절천마기가 흐르고 있었고, 무한의 공간이 흐르고 있었고, 시간이 흐르고 있었으며, 우주가 흐르고 있었다. 억압받거나 강제되거나 지배당하는 것은 그 어느 것도 없었다.

"크으으으!"

염소천은 문득 신음을 뱉어냈다. 거기에는 극도의 분노와 극도의 좌절이 녹아 있었다. 그의 내부에서 칠절천마기가 돌연 폭주하고 있었다.

염천월의 사념이 일찍이 짐작하였으면서도 애써 보기를 외면하고 차라리 스스로 소멸하기를 택하였던 바로 그 불완전이고 바로 그 파탄이었다.

콰아아아아!

쿠오오오오!

사방의 공간이 뒤틀리고 있었다. 기(氣)의 대폭주였다.

유정은 문득 허전함을 느꼈다. 강산의 품에서 전해지던 안온한 온기가 아주 잠깐 찰나적으로 사라진 것 같았다.

"싫어!"

마치 어린아이처럼 칭얼대며 그녀는 더욱 강산의 품속으로 작은 어깨를 밀어 넣었다. 그리고는 이내 안심했다. 강산의 품은 여전히 거기에 있었다. 따뜻한 느낌 그대로.

그녀가 느꼈던 그 잠깐의 허전함은 아마도 지금 누리고 있는 이 안도와 행복의 느낌을 결코 잠시 잠깐만이라도 놓치고 싶지 않다는 그녀의 간절한 소망이 만들어낸 엷은 불안 같은 것이었을까?

그녀의 작은 등을 가볍게 어루만지며, 또 조심스럽게 토닥이는 투박한 손길이 그녀가 겪었던 암울한 공포와 고통을 위로하고 있었다.

염소천은 그의 모든 것이 일시간에 사라져 버리고 마는 허탈감을 느꼈다. 느낌만이 아니었다. 실제로 그의 모든 것이 일시에 사라지고 말았다. 그가 일으켜 낸 절대 공간 상의 모든 힘과 그의 내부에서 무한히 폭발을 일으키고 있던 거대한 힘의 근원까지도.

"어떻게……?"

염소천이 여전히 유정을 품에 안은 채 담담히 서 있는 강산에게 물었다.

강산은 굳이 대답하지 않았다. 다만 유정의 가녀린 어깨를 더욱 감싸 안았다. 이제부터 벌어질 참경을 그녀에게 보이지 않게 하기 위해.

"어떻게……?"

반복하여 다시 묻는 이번의 물음은 염소천이 그 스스로에게 던지는 것이었다. 그 순간,

픽!

하는 가벼운 소리와 함께 염소천의 오른쪽 팔이 폭발하듯

이 터져 나갔다. 비산하며 흩어지는 피안개가 허공을 붉게 물들이는 가운데, 그의 한쪽 팔이 형체도 없이 사라져 버린 것이다. 그것은 마치 그의 팔이 어떤 궁극의 속도를 지닌 힘에 의해 관통된 뒤에 뒤늦게 폭발을 일으키며 산산이 터져 나가는 것같이 보였다.

염소천은 고통에 겨워하기보다는 충격에 휩싸였다. 집요하고도 집착적이었던 그의 증오와 분노까지도 한순간에 얼어붙게 만드는 거대한 충격이었다.

염소천은 알고 있었다. 좀 전에 강산이 마음만 먹었다면 한쪽 팔이 아니라 심장을, 아니, 그의 전신을 가루로 만들 수도 있었음을.

'심검(心劍)의 경지인가? 어쩌면 그것조차도 초월하여 아직까지 정의조차 되지 않은 초월의 경지에 올라선 것인가?

그는 처음으로 두려움이라는 감정을 느꼈다. 아니, 처음이기에 그것이 두려움이라는 것도 실감하지는 못하였지만.

뒤이어 극심한 혼란이 생겨났다. 그의 의식 속에서 모든 것이 뒤죽박죽으로 마구 뒤섞이고 부서져 나가고 있었다.

염소천은 한 사람을 간절하게 찾았다. 그에게 지금의 이런 상황을 설명해 줄 수 있는 유일한 사람. 천하에서 오직 그 한 사람만이 그에게 이 혼돈에서 나아갈 방향을 제시해 줄 수 있을 것이었다.

'할아버님!'

그러나 돌아오는 대답은 없었다. 얼마 전까지 천리를 거슬러서까지 그와 공존하던 그 존재는 이미 소멸된 뒤였다. 영원히.

"으아아아아!"

그것은 차라리 절규였고 광기였다. 증오와 분노, 그리고 당황과 공포, 온갖 감정이 광란을 일으키고 있었다. 폭주하던 내부의 기가 한순간 걷잡을 수 없이 팽창했다. 그리고 마침내 폭발했다.

그것은 격렬했으나, 조용한 폭발이었다. 염소천이 떠 있던 허공에 직경 일 장 정도의 시뻘건 구체(球體)가 생기긴 했으나 이내 사라져 버렸다.

그렇게 염소천의 모든 것은 원래 그것들의 근원지였던 곳으로 돌아갔다. 대기로, 대지로, 자연으로, 우주로. 작은 흔적도 남기지 않은 채.

3

하염없이 안겨 있으려는 유정의 등을 가만히 토닥이며 강산은 가느다란 한숨을 불어냈다.

'연연하지 않으리라! 이 또한 얽힌 인연들과 인과들이 순리대로 흐르는 것이리라! 그저 순리대로!'

　지금으로써는 그저 흘러갈 뿐이었다. 그러나 먼 훗날의 어느 날, 어쩌면 그는 지금의 일이 이렇게밖에 될 수 없었던 어떤 인과의 고리를 문득 깨닫게 될지도 모를 일이었다.

百四
조장(組長)

1

강산은 이제 그만 진급하라는 소리를 이번에는 군말없이
순순히 받아들였다. 총수인 유정의 간청이 있었을 뿐만 아니
라, 총수 직에서 완전히 물러났으면서도 때때로 잔소리를 아
끼지 않고 있는 유직의 반강요까지 있었기 때문이다. 그것이
다 가끔씩 예고도 없이 강호로의 탈출을 감행하곤 하는 그의
방종(放縱)이 가져온 대가이겠지만.

사실은 그가 두말없이 진급을 수락한 가장 큰 이유는, 상단
에서 인재육성원을 새로 만들고 그 원장 직을 그에게 맡으라
고 했기 때문이다. 그 자리는 그다지 바쁘거나, 더욱이 골치
아픈 자리는 절대로 아닐 것이므로.

어쨌든 그는 진급을 했다. 그것도 한때는 목을 매던 행두급(行頭級)을 건너뛰어 단숨에 그 위 직급인 행장(行長) 급으로. 더욱이 총수의 부군(夫君)이니, 그는 그야말로 사해상단의 최고 실세였다.

그러나 그가 가장 중요시하는 직위는 '조장(組長)'이었다. 바로 잡조의 조장 자리 말이다. 물론 잡조는 더 이상 없었다. 사해상단에서도, 그리고 천하 어디에도. 이미 한참이나 흘러간 과거일 뿐인 것이다. 그럼에도 그는 여전히 잡조의 조장이라는 데 대해 자부하고 있었다.

그를 조장으로 인정하는 사람이 없지도 않았다. 심지어는 그의 불시 소집이 떨어지면 수천 리 밖에서도 만사를 제치고 달려올 사람도 있었다. 바로 과거 잡조의 조원들이었던 사람들이다.

불시 소집은 지금까지 단 한 번 있었다. 삼 년 전에. 그러나 강산은 이제부터는 적어도 일 년에 한 번씩은 아예 정기적으로 소집을 할 작정이었다. 별로 유순하지 않을 뿐만 아니라, 제각기 강호에서는 제법 위세를 떨치고 있는 조원들이긴 하지만, 그가 이제 당당히 인재육성원의 원장 자리를 꿰차고 앉았으니 조장으로서 제법 체면을 세워볼 수도 있지 않겠는가?

2

딱!

"자넨 사람이 어째 만날 그 모양인가?"

바둑돌을 놓으며 하는 유직의 말에 은근한 날이 서 있었기에 강산은 돌을 집어가던 손길을 멈칫하며 짐짓 조심스럽게 반문했다.

"예?"

"다섯 점을 놓고 둔 지가 언제인데 도대체가 발전의 기미가 없으니 말이야!"

"아, 예! 제가 원래 좀 그렇지 않습니까? 복잡하게 수 쓰는 데는 영 재주가 없어 놔서! 하하하!"

"흠! 하긴 자네 재주 없는 것이야 어디 바둑뿐이던가?"

"예! 그렇지요. 하하하!"

"그 실없이 웃는 버릇 좀 고치라고 여러 차례 말했을 텐데?"

"아, 예!"

딱!

조금은 신경질적으로 돌을 놓고 나서 유직은 다시 날 선 소리를 뱉었다.

"자네 처가 동산만큼이나 부른 배로 힘들게 격무에 시달리고 있는데, 사람이 양심이 있다면 좀 나서서 거들어야 하는 게 아닌가?"

강산이 슬쩍 어깨를 움츠리며 죄스러운 체 대답했다.

"그게… 마음이야 굴뚝같지만 그 사람 하는 일에 제가 뭘 아는 게 있어야지요. 괜히 나섰다가 방해나 될 뿐이지요."

그런 강산을 힐끗 째려보던 유직이 이윽고는 실소하며,

"허허! 참! 말이나 못했으면……!"

하고는 다시 표정을 조금 부드럽게 만들며 물었다.

"그래, 요즘은 무슨 일을 하고 있나?"

"예? 아, 예! 월말이라 몇 가지 장부(帳簿) 정리하는 것 외엔 뭐 특별히……."

"허허! 자네의 그 뻔한 업무에 대해서는 궁금할 것도 없네."

"예?"

그러자 유직이 가볍게 미간을 좁히며 탄식하듯이 말했다.

"이거야 원! 손서(孫壻)라고 하나 있는 인사가 뭘 제대로 하는 일이 있어야 어디 내놓아도 체면이 좀 서지!"

그럼에도 강산이 빙그레 웃고만 있자, 유직은 새삼 기가 찬 듯이 헛바람을 뱉으며 말을 이었다.

"허! 제 마누라가 총수 자리에 앉히려고 아주 등을 떠밀어도 한사코 싫다 하고, 굳이 이름뿐인 인재육성원이나 차고 앉아 있는 이유가 도대체 뭔가, 그래?"

"그나마 제가 잘할 수 있는 일이 그것뿐인 걸 어떡합니까? 하하하!"

"어허! 그 실없는 웃음 좀 그만 웃으라니까!"

"……"

"사내가 되어서 자넨 야망도 없나? 혹여 상단 일이 마음에 안 차서 그렇다면 자네 주변 사람들이 강호를 아주 곱게 가져다 바칠 테니 받아만 주십사 간청하다시피 하는데도, 그건 왜 또 싫대?"

"할아버님도 참! 강호가 무슨 누구 주머니 속 물건이라도 된답니까? 마음대로 가져다 바치고 말고 하게요? 그리고 저는 그런 거 정말로 싫습니다."

"아, 글쎄! 남들은 목숨을 걸고라도 움켜잡아 보고 싶어하는데, 자네는 그게 왜 싫으냐고?"

"뭐, 제가 그럴 만한 그릇이 못 되는 모양이지요. 그리고 그릇이 된다고 해도 제 나이 낼모레면 벌써 사십 줄인데, 그까짓 거 가져 봤자 귀찮고 번거롭기만 하지 무슨 대단한 영광과 재미를 누리겠습니까?"

유직이 차라리 허탈하다는 듯이,

"그까짓 거?"

하고 반문하고는 다시,

"허허허!"

실소하며 말했다.

"그래, 낼모레 사십 줄이라 아주 인생을 달관했다는 건가?"

강산이 이번에는 빙그레 웃기만 할 뿐 대답은 하지 않고 짐짓 수를 고민한다는 듯이 바둑판만 들여다보았다. 그에 유직이 이마를 찌푸린 채 잠시간 강산의 능청을 지켜보다가 문득 다시 물었다.

“그래, 이번에는 언제쯤 모이기로 되어 있나? 자네의 그 잡조 말일세.”

“열흘 됩니다.”

“이번에도 일단은 다들 이곳으로 모이겠지?”

“죄송합니다.”

“죄송? 뭐가 죄송하단 말인가?”

“다른 곳에서 모이자고 얘기를 하는데도, 잡조의 기원이 어쩌고 하면서 고집들을 부리는 통에 매번 모일 때마다 이래저래 상단에는 손해만 끼치게 돼서……”

“허허! 이런… 이런 모자란 인사 하고는. 누가 자네더러 그런 걱정 하라던가? 그런 손해라면 백배, 천배 더 끼쳐도 좋네. 아니, 제발 열심히 좀 손해를 끼쳐 주게! 아니, 자네가 누구인가? 지금 이 사해상단의 총수가 바로 자네 마누라가 아닌가? 그리고 비록 겉으로야 드러나지 않지만 암중으로는 천하를 한 손아귀에 움켜쥐고 쥐락펴락 하고 있는 대잡조동맹의 실질적인 맹주가 아닌가 말이야? 그런 자네이니만큼 누구 앞에서도, 설령 황제의 앞이라고 해도 죄송하다는 말 따위는 할 필요가 없네.”

“하하하! 할아버님도 참! 그저 예전에 함께했던 시절의 추억을 안주 삼아 술잔이나 기울이자고 만나는 걸 가지고 잡조동맹은 무엇이고 맹주는 또 무엇입니까? 하하하! 그 사람들 또한 그저 재미 삼아서 여태껏 저더러 조장이라고 불러줄 뿐인 걸요.”

그 말에 유직이 조금은 머쓱해졌던지 괜한 너털웃음으로 분위기를 바꾸었다.

"허허허! 알았네, 알았어! 그러니까 자네는 그저 잡조 조장이나 계속 하도록 하게!"

"예, 할아버님! 기왕에 고마운 말씀을 해주셨으니 이번에는 조금 후하게 쓰도록 하겠습니다. 어찌나 입들이 까다로운지 만날 때마다 술의 격이 떨어지느니 안주가 입맛에 안 맞느니 하고 괜한 불평들이 늘어져서 말이지요. 혹시 나중에 집사람이 뭐라고 한다면 할아버님께 먼저 허락을 받은 일이라고 얘기를 하겠습니다."

"허허! 고얀 인사로다. 같은 말이라도 어째 그리 뱉누?"

그러나 말과는 달리 유직은 타박하는 기색이 아니었다. 그는 곧바로 바둑판 쪽으로 허리를 숙이며 돌 놓을 곳을 궁리하는 모습이었다. 그리고 방 안에는,

딱!

딱!

바둑돌 놓는 소리만이 이따금씩 울렸다.

「잡조행」 7권 終

눈매 퓨전 판타지 소설

the Mask of Leon

가면의 레온

**중원을 공포로 떨게 만든 희대의 악마, 혈마존.
그의 영혼이 기억을 잃은 채 차원 이동을 한다.**

한 소년과 몸이 바뀐 후 깨어난 혈마존.
기억은 지워지고 싸가지없는 본성만 남았다!
욱할 때마다 튀어나오는 살벌한 말투와 그의 독자 무공.

'아, 나는 왜 이렇게 성격이 더러운가?
어째서 이리도 잔인한 기술을 알고 있는 것인가? 착하게 살고 싶다.'

살인광이었던 그가 전혀 어울리지 않는 대신관이 되기로 결심한다.
하지만 그 본성이 어디 가나…….

"이런 빌어 처먹을 놈들, 신전에서 봉사 활동 안 할래?"

임준욱 장편 소설

무적자

WITHOUT MERCY

그의 이름은 임화평(林和平)이다.
이름처럼 살기를 소망했고 그렇게 살아왔다.
그를 건드리지 말았어야 했다.
조용히 살게 놔두었어야 했다.

"너희들 실수한 거야.
내 세상의 중심,
내 평안의 근거를 깨뜨린 거다.
세상 전부와도 바꿀 수 없는……
알게 해주마, 너희들이 누구를 건드린 건지."

그의 고독한 여정이 시작되었다.

—오, 바라타족의 아들이여. 언제든지 정의가 무너지고 정의가 아닌 것이
판을 치는 때가 되면 나는 곧 나 자신을 나타내느니라.
올바른 자를 보호하기 위하여, 악한 자를 멸하기 위하여, 그리하여 정의를
다시 세우기 위하여, 나는 시대에서 시대로 태어난다.

〈바가바드기타 중에서〉

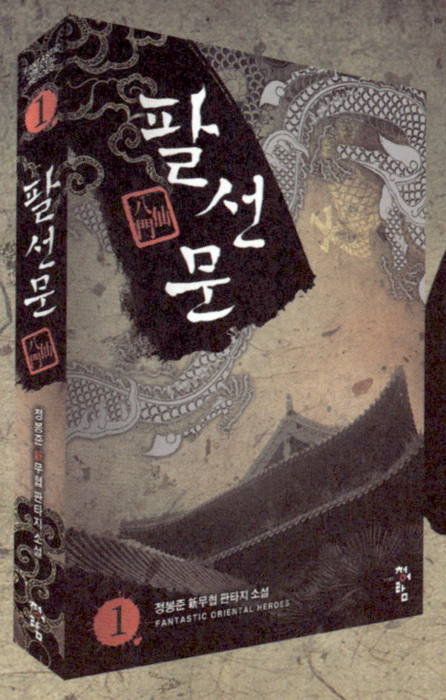

『철산전기』의 작가 정봉준!!!
팔선문을 통해 또 다른 유쾌함을 선사한다!!

뛰어난 자질을 갖춘 팔선문의 대제자 유검호,
그의 치명적인 단점은 게으름과 의지박약!

천하제일마두의 기행에 재수없이 동참하게 된 의지박약아.
갖은 고생 끝에 가까스로 고향으로 돌아오다.

"무림? 그딴 건 개나 주라 그래. 나만 안 건드리면 돼!"

시간을 가르는 그의 행보에 무림이 뒤집어진다!!!

War Mage

워메이지

김재한 퓨전 판타지 소설

사람들이 인식하는 상식의 세계 이면,
짙은 어둠이 드리워진 그곳에 사는 괴물들이 있다.

문명이 드리운 그림자 속에서, 전투기계들과
인간의 사념으로부터 태어난 마물들이 격돌한다.
마법과 주술이 난무하는 초현실적인 전장,
소년은 그곳에 서는 대가로 인생을 잃었다.
운명의 노예가 되어 가족과 인성을 잃어버린 소년, 진유현.

총염(銃炎)과 검광(劍光)이 뒤얽히는
어둠의 거리에서, 운명의 족쇄를 끊고 나온
소년의 눈이 살의를 발한다.